たのしみを詠う陶淵明

三枝秀子　著

汲古書院

序

三枝さんは、二〇〇二年一〇月末日、大東文化大学大学院文学研究科に博士号請求論文「陶淵明文学研究――「たのしみ」の表現を中心にして――」を提出し、二〇〇三年三月に博士（文学）の学位を取得した。本書はその学位論文をもとにして一書としたものである。

「たのしみを詠う陶淵明」という題が示しているように、本書は、陶淵明の詩文における「たのしみ」を表す言葉に焦点を当てて論じている。そのような観点からの研究は、これまでほとんどなされてこなかった。陶淵明以前の文学は「悲哀」を詠むことを中心にしてきた。それに対して、陶淵明の詩文にはさまざまな「たのしみ」が詠まれている。このこと自体はすでに指摘されていることである。しかし、その内容が実際どのようなものであるか、それについての検討は必ずしも十分ではなかった。三枝さんはそこに着目し、「たのしみ」を表す言葉を、歴史をさかのぼって詳細に調査した。そして、それらを丹念に読み解くことによって、陶淵明の詩文における「たのしみ」の表現の独自性を分析し、ひいては、それを通して陶淵明の詩文の文学的世界の特徴の中心的な部分を明らかにしたのである。

本書は、第一章で戦後の陶淵明研究の歴史を総括し、その問題点を指摘している。そして、この度の研究を行なうこととなった動機、およびその目的を明白に述べている。戦後の陶淵明研究史に対する三枝さんの捉え方は妥当であると思う。そしてそのようなパースペクティブのもとに、自己の立場をはっきりとさせている。このことは、その論を明確な輪郭をもったものとしている。

第二章においては、「和」という言葉を取りあげている。三枝さんは、それについて検討を加え、陶淵明の詩文に見える「たのしみ」の基本的な特徴を明らかにしたのである。すなわち、陶淵明の「たのしみ」というのは、節度ある穏やかなものである。けっして、はめをはずして、自分自身の欲望のために我を忘れて求めるようなものではない。それが陶淵明の「たのしみ」の基本的な特徴だということである。

第三章では、「歓」や「娯」、あるいは「称心」という言葉を取りあげている。陶淵明は、それらの言葉は従来の使用法を発展させ、自分独自の言葉とし、彼特有の「たのしみ」を表現するものとしたということについて論じている。

「歓」と「娯」はともに「たのしみ」を表す言葉である。そして、その基本的な意味は従来の用例と変るところはない。だが、陶淵明の詩文に見える「歓」と「娯」ははっきりとした使い分けがなされている。陶淵明以前においては、そのようなことはなかった。このように使い分けをすることは、陶淵明独自の使用法である。これが、三枝さんの出した結論である。

一方、「称心」の「称」というのは、本来、ものごとのバランスを取ることを意味する言葉である。しかし、そのような「称」に「心」という言葉を結びつけて「称心」としたのは、おそらく陶淵明が最初である。これは、従来の用法の上に陶淵明の独自のものが付け加えられたということである。陶淵明の精神の独自性は、自己の内面に意識を向け「心」の安定をとろうとするところにある。陶淵明はそれをこの「称心」という言葉によって表現した。そのような使い方は、先に述べたように従来にはなかった。三枝さんは、そのことを論証した。その論証は着実で、説得力がある。

第四章では、「楽天」という言葉と「悠然」という言葉を取りあげている。三枝さんは、陶淵明はこれらの言葉を、それらがそれまで表現していた内容とは反対のことがらを表す言葉として用いていると結論した。「楽天」や「悠然」が、「たのしみ」を表す言葉であることは、陶淵明の作品に慣れ親しんだ者にとっては当たり前のように思える。しかし、三枝さんは、陶淵明以前の用例を丹念に当たることによって、それは陶淵明以前においては、むしろ「かなしみ」の感情をともなったものであったこと、そして陶淵明に至ってはじめて「たのしみ」を表す言葉になったことを論証した。それは、陶淵明の「たのしみ」の表現の特徴を明らかにしているだけでなく、陶淵明の文学世界全体の本質を示唆するものともなっている。

ただ、本書では、「たのしみ」を表す表現のみを取りあげており、「かなしみ」を表す言葉が検討されていない。陶淵明の詩文にも、もちろん「かなしみ」を表すものはある。したがって、陶淵明の「かなしみ」の表現は、他の詩人たちとどのような共通性をもち、どのように異なっているのか。そのことを明らかにすれば、陶淵明の文学世界の全体的な特徴はより立体的な姿として立ちあらわれてくるはずである。博士論文の審査における口頭試問の時点において、すでにそのことに着目し、調査、検討を開始しているとのことであった。今後の成果を期待したい。

右のような課題が指摘されるとはいえ、本書においては、陶淵明の文学に対して、明確な方法を用いて、着実な調査、丹念な読解がなされ、それによって妥当な結論が導き出されている。そのことは、十分に評価するに値するものである。この書は、陶淵明文学の研究史に、従来にはなかった一面を付け加えた。また、それだけでなく、さらに新たな問題を提起しているのである。

三枝さんが検討したのは、うかつに読んでいればほとんど見過ごしてしまいそうな何でもない当たり前の言葉ばかりである。三枝さんは、そのような言葉の表す内容を一つ一つの丹念に追求していき、あらたな見解を導き出した。

そのような姿勢は、後輩たちの模範となるものである。三枝さんは、愚直な努力をこつこつと何年にもわたって積み重ねてきた。その努力が、このような形で実を結んだのである。そのことをともに喜びたいと思う。

二〇〇五年九月三日

門脇廣文

目次

序　大東文化大学文学部中国学科教授　門脇廣文……1
目次……5
序章……3
研究の動機と目的
第一章　日本における陶淵明研究について……11
（一）はじめに——陶淵明研究の問題点
（二）一九五〇年代　陶淵明研究のはじまり——「孤独」と「矛盾」と「虚構」
（三）一九六〇年代　陶淵明の新研究——貴族性からの考察
（四）一九七〇年代　陶淵明像研究——世俗と超俗
（五）一九八〇年以降の陶淵明文学の研究——その方法の探究
（六）おわりに

第二章「たのしみ」の表現［1］陶淵明の詩文に見える「たのしみ」の表現の基本的な特徴 …… 37
「和」について
（一）はじめに
（二）「自祭文」の「和」のこれまでの解釈
（三）音楽と「和」の関係——礼楽の伝統
（四）音楽と「和」の関係——嵆康の「琴賦」に見られる「和」
（五）陶淵明の「和」について
（六）おわりに
第三章「たのしみ」の表現［2］従来の表現から発展し陶淵明の独自性が見られる言葉 …… 67
第一節「歓」と「娯」について …… 69
（一）はじめに
（二）従来の「歓」と「娯」の用例について
（三）陶淵明の詩文に見られる「歓」について
（四）陶淵明の詩文に見られる「娯」について
（五）おわりに
第二節「称心」について …… 95
（一）はじめに

（二）「称」と「適」について
（三）「称心」の詠まれる詩文の分析
（四）おわりに
第四章「たのしみ」の表現［３］従来の表現を逸脱する言葉……119
第一節「楽天」について……121
（一）はじめに
（二）運命を嘆く――悲観的・負の感情
（三）運命にまかせる―たのしまず・うれえず
（四）運命を楽しむ――楽観的・正の感情
（五）おわりに
第二節「悠然」について……145
（一）はじめに
（二）従来の「悠然」の解釈について
（三）「悠」「悠悠」の再検討
（四）「悠然」の語句の再検討
（五）陶淵明の詩文にみえる「悠」「悠悠」と「悠然」について
（六）おわりに

終章　まとめとこれからの課題 …… 173
付録 …… 179
付録一　「遊斜川幷序」考 …… 181
付録二　陶淵明関係研究文献目録（稿）――日本編――一九七八―二〇〇四 …… 211
付録三　陶淵明関係研究文献目録（稿）――中国編――一九七八―二〇〇三 …… 239
初出誌一覧 …… 335
あとがき …… 339
索引

たのしみを詠う陶淵明

序章

研究の動機と目的

戦後から今日まで、陶淵明に関して数多くの研究がなされてきた。それらは、おおきく二つにわけることができる。一つは「陶淵明像の研究」であり、もう一つは「陶淵明文学の研究」である。詳細は第一章で述べるが、ここではそれについて簡単に説明しておきたい。

まず、「陶淵明像の研究」は、陶淵明の残した詩文から陶淵明が実際どういう人であったのかを検討するものである。または、歴史的な資料から陶淵明の経過を見て、それと彼の詩文とを照らし合わせその事実関係を見ようとするものである。つまり、「陶淵明像の研究」とは、詩文に何が詠まれているのかに関心がもたれ、それを解き明かそうとするものである。

もう一方の、「陶淵明文学の研究」とは、陶淵明の詩文に見られる文学性について検討するものである。小著で「陶淵明文学の研究」と見なしたものは、前者のように詩文に何が詠まれているのかを検討したものではなく、如何に詠まれているのかを問題としているもののことである。

この二つにはこのような違いがあるのだが、共に「文学研究」と呼ばれてきた。小著においても勿論「文学研究」を行う。だが、それは後者の「陶淵明文学の研究」のことである。

＊

では、どういう方法を用いて「陶淵明文学の研究」を進めるのか。その方法について簡単に述べておきたい。

川合康三氏は「陶淵明の文学を全体として捉えれば、死を免れない人間の悲観を嗟嘆する文学ではなく、むしろ逆に生の歓びを唱い、生きていることを肯定する文学であろう」[一]と述べる。そして陶淵明の文学は、後の唐の時代の白居易に見られる「閑適の文学」の原型であるとした。川合氏の見解のとおり、陶淵明の詩文には、官界から退き、田園における飲酒・読書・農作業の「たのしみ」を表現したものが多い。小著は、氏の指摘したこの「たのしみ」という側面について、別の角度から検討を加えることを試みたい。

試みるための具体的な方法は、門脇廣文氏が用いた「詩語」の検討方法を応用する。門脇氏は、陶淵明の詩に詠まれる「影」という言葉の検討を通して、陶淵明の表現した詩の世界、詩精神のありかたについて考察した。[二]小著においては、「たのしみ」を表す言葉が、陶淵明の詩文に如何に詠まれているのか、他の人と如何に異なるのか、またそこに陶淵明の独自性が見られるのか、前の時代から受け継いだこと、同時代との差異、その後の世に及ぼした影響を見ていく。そしてそれらのことから陶淵明の表現した文学世界を解明していきたい。それでは、その方法を用いて検討した結果、どのようなことが言えるのだろうか。

＊

小著で言う「たのしみ」を表す言葉とは、「悲哀」を表す言葉に対するものである。それは「快楽主義者」などというときの「快楽」という意味ではない。「愉楽」や「悦楽」に通ずるような「たのしみ」でもない。筆者が言う「たのしみ」は、「与えられた人生をたのしむ」というほどの意味である。

第二章から第四章においては、その「たのしみ」を表す言葉について考察している。第二章では「和」という言葉を取り上げている。第三章では「歓」「娯」と「称心」という言葉、第四章においては「楽天」「悠然」という言葉をそれぞれ取り上げている。ここでまず、各章の結論を簡単に示しておきたい。

第二章で扱う「和」という言葉は、陶淵明は前の時代に見える用例と同じように用いている。この「和」という言葉の用い方には陶淵明の「たのしみ」の基本的な特徴が認められる。

従来の「和」の用例においては、琴の音色によって心なごやかになっている状態が表現されていた。陶淵明の詩文においても、「和」という語によって心なごやかな状態であることが表現されている。それは、心のままに欲望を追求するようなものではなく、音楽によって心が育てられ、節度のある状態に導かれるというものである。

陶淵明の詩文には、詩を詠むたのしみ、読書のたのしみ、飲酒のたのしみ、農耕のたのしみなど、様々なたのしみが詠まれている。ここで注目すべきことは、これらの「たのしみ」も、はめをはずして、自分自身の欲望のために我を忘れて求めるようなものではないということである。これらの「たのしみ」は従来の「和」という言葉が表している「たのしみ」の特徴と似ている。ゆえに「和」は陶淵明の詩文に見える「たのしみ」の基本的な特徴であると結論されるのである。

第三章で取り上げる「歓」「娯」と「称心」は、前の時代に見える用法をふまえ、それを陶淵明が独自に発展させた表現である。まず、「歓」と「娯」は、共に「たのしみ」を表す言葉である。だが、それが陶淵明の詩文においてのみ、使い分けて詠まれている。「歓」は自分以外の誰かと共に酒を飲んだり畑を耕してたのしむことを表す。つまり、よろこびを分かちあうという「たのしみ」が表現されている。一方、「娯」は一人で静かに読書をしたり、詩を詠じたりする、いわゆる自分一人のたのしみを味わうという「たのしみ」を表現している。しかも陶淵明の詩文において、この「歓」と「娯」は混同して用いられることはない。

「称心」の「称」は、本来、物と物とを測ったり比べたりすることを意味する言葉である。そして、「称心」という言葉は、陶淵明の詩文においては、心の安定をとろうとすることを表す。自己の内面に意識をむけ、自己の心に思うことにかなっているかどうかを比べ、そしてそのようにして心のバランスをとる、そのようなことを表現しているのである。陶淵明は、身を犠牲にしてまでも名を後世に残そうとせず、世俗にも流されず、世間と摩擦もおこさず、死をも恐れず、ただ「与えられた人生をたのしむ」のである。そのような陶淵明の心の有り様は、彼が最終的に求めた「称心（心に称(かな)った）」生き方であった。

第四章で取り上げる「楽天」と「悠然」は従来の表現から逸脱している表現である。つまり、陶淵明よりも前の時代において使われていたのとは、全く異なった内容をそこに表現したということである。

まず、「楽天」であるが、「天を楽しむ（楽天）」という表現は、「天から与えられた運命」を「楽」しもうというものである。これは『周易』繫辞伝に基づいている。「繫辞伝」にこのように述べられているのだが、陶淵明以前の作品においては、「天から与えられた運命」は嘆くものとして捉えられていた。しかし、陶淵明の「天命」についての表現は、従来の作品とは異なり、楽観的である。『周易』繫辞伝の思想のままに、「天から与えられた運命」を「楽」しもうと詠んでいる。すなわち、「楽天」という言葉は、陶淵明の詩文より新たな内容を表現するものとなったと考えられるのである。

次に「悠然」であるが、「悠然」は、陶淵明よりも前の詩には郭璞に一例見られるだけである。「悠」一文字だけを用いた表現は、陶淵明より前の「詩」（『詩経』『楚辞』などの韻文）にも見ることができる。だが、その「悠」は、ある事柄の「とめどない」「限りのない」「区切りのない」状況を形容するか、あるいは詩のなかの主人公的人物が何事かに「憂」えている様子を表すものである。それに対して、陶淵明の作品にある「悠然」は、その作品のなかの主人公的人物が何事かに「自足」している様子を表している。「自足」とまでは言うことができないとしても、そこに「憂」えている様子は微塵も認められない。与えられた人生を楽しんでいる、そのような心の有り様が表現されているのである。

＊

陶淵明の詩文において、「たのしみ」という感情が如何に表現されているかについてを見ていくと、今述べたような、与えられた人生をたのしむという心の有り様を見ることができる。だが、小著で述べようとするのは、陶淵明が現実にそのように生き得たのか、本当にそれを得ることができたのかということではない。陶淵明は、そのような境地を作品として創り得たということである。筆者はこれを、陶淵明の表した文学世界だと考えるのである。

念のために言い添えれば、陶淵明の詩文に「かなしみ」が全く表現されておらず、陶淵明はひたすら「たのしみ」のみを詠んだというのではない。小著の目的は、これまであまり論じられることのなかった「たのしみ」を表す表現に焦点を当て、その実態を明らかにし、陶淵明の詩文の独自性を明らかにすることである。

【注】

（一）　川合康三『中国の自伝文学』（創文社、一九九六年一月）九二頁・一七六頁を参照。

（二）　門脇廣文「陶淵明研究ノート――陶淵明の詩文に見える〈影〉について」（『大東文化大学紀要』人文科学二二、一九八四年三月）

第一章　日本における陶淵明研究について

（一）はじめに——陶淵明研究の問題点

近年、川合康三氏[一]や、伊藤直哉氏[二]をはじめとして、陶淵明の詩文を「生の歓び」や「ユーモア」という視点からの検討が行われるようになった。筆者も小著において、両氏と同じような視点から陶淵明の詩文の検討を試みている。具体的には、「たのしみ」を表現する言葉を取り上げ、それが、陶淵明の詩文において如何に詠まれているのかを検討するというものである。

陶淵明の詩文において、「たのしみ」という感情が如何に表現されているかについて見ていくと、そこには、与えられた人生をありのままにたのしもうという心情が表現されていることに気づく。念のためにもう一度確認しておくが、筆者が述べようとするのは、陶淵明が現実にそのように生き得たのか、本当にそれを得ることができたのか、ということではない。陶淵明は、そのような境地を作品として創り得たということである。そして、そのような境地を筆者は陶淵明の表した文学世界であると考える。したがって、陶淵明の生きた東晋から宋という激動の時代の出来事や、陶淵明の現実の姿を詩文の中に追い求めることはしない。

なぜ、このような態度で研究するのか。それは、序章ですでに簡単に述べたように、戦後から今日までの陶淵明研究の歴史が関係している。戦後から今日までの陶淵明研究は、おおきく二つに分けることができる。一つは「陶淵明像の研究」であり、もう一つは「陶淵明文学の研究」である。

「陶淵明像の研究」は、陶淵明の残した詩文から陶淵明が実際どういう人であったのかを検討するものである。また は、歴史的な資料から得られる陶淵明の経歴と、陶淵明の詩文とを照らし合わせてその事実関係を見ようとするものである。この「陶淵明像の研究」をひとことで言うと、詩文に何が詠まれているのかを解き明かそうとするものである。

一方の「陶淵明文学の研究」は、陶淵明の詩文の文学性について検討するものである。ここで「陶淵明文学の研究」として取り上げた論著は全て、何が詠まれているのかではなく、如何に詠まれているのかを問題としている。

この二つの研究方法はともに陶淵明の詩文という文学作品を扱っている。したがってともに「文学研究」とされてきた。しかし、実際は先に述べたような違いがある。

これより以降、その詳細を見ていくこととしたい。ここで扱う文献は以下のとおりである。

一、　斯波六郎『陶淵明詩訳注』（東門書房、一九五一年初版・北九州中国書店、一九八一年九月）

二、　吉川幸次郎『陶淵明伝』（「新潮」一九五五年・中央公論社、一九八九年五月）

三、　石川忠久「陶淵明の隠逸について」（『日本中国学会報』第十七集一九六五年十月）

『陶淵明とその時代』（研文出版、一九九四年四月）

四、　一海知義『陶淵明』（岩波書店、一九五八年五月初版・一九九〇年九月）

「陶淵明における「虚構」と現実」（『吉川博士退休記念中国文学論集』、一九六八年三月）

『陶淵明――虚構の詩人――』（岩波書店、一九九七年五月）

五、　岡村繁『陶淵明　世俗と超俗』（日本放送出版協会、一九七四年第一刷・一九八四年六月）

六、吉川幸次郎『読書の学』（筑摩書房一九七五年・筑摩叢書一九八八年五月）

七、大上正美「「六朝詩文」の考え方」（『高校通信東書国語』一三四号、一九七四年十月）「陶淵明論の行方——書論岡村繁著『陶淵明』（『高校通信東書国語』一四三号、一九七五年七月）『研究資料現代日本文学』第四巻『評論・論説・随想Ⅱ』「吉川幸次郎」の項の「陶淵明伝」の一部（明治書院、一九八一年一月）

すべて『阮籍・嵆康の文学』第四章「陶淵明研究の可能性」（二〇〇〇年二月、創文社）に所収。

八、興膳宏『人物中国の歴史六　長安の春秋』（集英社、一九八一年八月）

九、門脇廣文「陶淵明研究ノート——陶淵明の詩文に見える〈影〉について」（『大東文化大学紀要』人文科学二二、一九八四年三月）

十、川合康三『中国の自伝文学』（創文社、一九九六年一月）

十一、伊藤直哉『「笑い」としての陶淵明　古しいユーモア』（五月書房、二〇〇一年二月）

（二）一九五〇年代　陶淵明研究のはじまり——「孤独」と「矛盾」と「虚構」

一九四八年に鈴木虎雄氏が『陶淵明詩解』（弘文堂書房、一九四八年一月）を、その三年後に斯波六郎氏が『陶淵明詩訳注』を出版した。その後、今日に至るまでの約五十年の間、陶淵明の詩文の訳注は数多く世に出たが、先駆としてのこの二書の功績は今も讃えられるところである。一九七八年から二〇〇〇年までの二十余年において、出版された著書と論文は二〇〇以上にもなる。[三] それ以前のものも合わせたこれらの著作は、すでに述べたように、その研究姿勢のあり方によって、次の二つに大別することができる。

一、陶淵明に関する史書、詩文から、陶淵明の実像（思想・行動・生活）を見ようとするもの。

二、陶淵明の詩文から、陶淵明の文学について研究するもの。

この二つの研究は、ともに陶淵明の詩文という文学作品を扱っている。しかし、その研究姿勢が異なっているのにもかかわらず、両者とも「文学研究」と称してきた。そこに問題があるようである。その問題については、戦後の日本における陶淵明研究の歴史を概観するにつれて次第に明らかになって来るだろう。

①斯波六郎『陶淵明詩訳注』[四] ――「孤独」という側面

まず、斯波氏の『陶淵明詩訳注』は陶淵明の詩文に訳注を施しているだけでなく、「影」という言葉をキーワードとして陶淵明の詩文を分析している。その結果、氏は、陶淵明は客観的に自己を眺め、ほほえみながら深く「孤独」を味わい、自他融合の境地にまで推し進めそしてそれを作品に描いたとの見解を述べている。

この見解は、高潔で無欲な隠逸詩人という従来の陶淵明のイメージと異なるものであった。斯波氏は「孤独」な陶淵明というイメージを導き出したのである。だが、氏の言う「孤独」は、単なる感傷的な悩みにとどまるものではない。そうではなく、ほほえみながら孤独そのものを眺める（自己を客観的に）というものであって、単なる「孤独」とは異なるものである。

②吉川幸次郎『陶淵明伝』[五]――「矛盾」という側面

斯波氏とほぼ同時期に、吉川幸次郎氏は『陶淵明伝』（一九五五年「新潮」一九五五年一月からの連載）において、「矛盾を矛盾のままに表白しているのが、淵明の文学なのではないか」と結論した。そして、詩文中の「勤労」「読書」「飲酒」「詩文を詠む」等の快楽に着眼しつつ、その裏側にある生きることの苦悩について論じた。（傍点三枝――以下省略）

この「矛盾」という側面からの考察は、その作品について論じたものであった。だが、高潔な隠逸詩人とは異なった像、すなわち「矛盾」する陶淵明の実像をあばきだすという、もう一つの陶淵明研究に拍車をかけてしまうきっかけとなるものであった。

③一海知義『陶淵明』[六]――「虚構」について

一海知義氏は『陶淵明』（一九五八年、岩波書店）において陶淵明の詩文の「虚構性」に着目する。そして、主要ないくつかの作品を「虚構」という面から分析している。この「虚構」という面から分析するという視点は、吉川氏の、死への恐れと達観という矛盾、そして、斯波氏の言う「孤独」から影響を受けたものであり、さらにそれを一歩進めたものであると言える。

一海氏は、「孤独」を癒すものとしてまず「酒」を取り上げる。次に「虚構の世界を組み立てること」に着目する。そして「桃花源記」「読山海経」「閑情賦」「形影神」「飲酒」其の十三を「虚構」性のある作品として取りあげ、これらを「内心のいたみを虚構の世界に再現」したものと見るのである。だが、ここでは「虚構」に着目したに過ぎず、それを何故用いたのかについては十分には論じていない。

＊

一九五〇年代の日本における陶淵明研究は、陶淵明という人とその文学について目を向けていた。過去の、しかも異国である中国に生きた陶淵明が一体どういう人物であったのか、その実体はもちろん良くわからない。だが、彼の残した詩文を研究することにより、生身の人間であった陶淵明の像が次第に明らかになってきたのであった。この五〇年代の研究は、次の六〇年代の研究のように陶淵明の実体をあばくことだけで終わってはいない。詩文の分析によって明らかになる陶淵明の像は、彼の文学を総合的に研究するための要素の一つに過ぎないという程度にとどまっている。つまり、「孤独」や「矛盾」といった側面は、陶淵明の実像のある一面であるかもしれない。しかし、それは陶淵明の作品に表現された陶淵明の内面の一つであり、その内面があってこそ、陶淵明の文学が陶淵明の文学らしくなっている。そのための要素の一つであるにすぎないということである。

しかし、この後の一九六〇年代では、その「孤独」や「矛盾」という文学的側面が、高潔な隠逸詩人という陶淵明像を壊すこととなる「陶淵明の新研究」[七]へと形を変えて受け継がれていくのであった。

(三) 一九六〇年代　陶淵明の新研究――貴族性からの考察

「孤独」や「矛盾」という側面は陶淵明の詩文に見られる、その文学的特徴の一つである。だが、六〇年以降、つい最近までの陶淵明研究は、この「孤独」や「矛盾」という側面から陶淵明の実像なるものをあばき出そうとするものであった。

①石川忠久「陶淵明の新研究」

石川氏は自己の陶淵明研究を「陶淵明の新研究」と称した。そしてその内容については、一九六一年の日本中国学会で口頭発表したとのことである。それは口頭発表であったので、今ではもちろんそのままは見ることができない。しかし、その発表を聞いていた高橋和巳氏の学会報告（一九七八年、『高橋和巳全集』第十二巻）や、その後、石川氏本人によって書かれた論考からうかがうことができる。

高橋氏によると、その学会での石川氏の発表は以下の様であった。

陶淵明を「東晋貴族社会における南人貴族の一員」とし、「彼の文学評価にある転倒ないし修正を迫ろうと意図したもの」であったこと。外祖父の陶侃の功績や従叔の陶淡が千金を蓄えていたという事実から、陶淵明自身も彼自身が言うほど貧困ではなかった。とすると、「乞食の詩」やその他の田園詩も虚構性の作品である可能性がある。

というものである。この発表から、高橋氏は研究の立場を二つ示す。

①文学的表現はその人がそう思われたがって提出した自己像をまず全的に受け入れるべきだという立場。

②空白の部分は「常識」を援用して埋め、一人の詩人の生活を一般性のうえに再構成し、そこから翻って詩人の発言を判断し判決するという立場。

①の立場は吉川氏の言う「文学研究」と同じであろう。②は吉川氏のいう「作者についての歴史的研究」ということができよう。高橋氏も吉川氏と同じく二つの研究方法をどちらも評価し認めてはいる。だが、高橋氏は石川氏の研究方法に用いられた「常識」は、その詩人の時代のものではなく、研究者の側のものであったと指摘し、石川氏の研究方法には賛同し難いと述べている。

石川氏はこのときの口頭発表を発展させて、その内容を四年後の一九六五年、『日本中国学会報』第十七集において「陶淵明の隠逸について」と題し発表する。ここでは、陶淵明と顔延之との関わりについて、史書を中心に考察している。そして、陶淵明の隠遁は当時の貴族社会の中でのものであって、社会的意味や、隠者という地位を持つものであったとしている。

石川氏の考察は、当時の時代における陶淵明という人物について検討し、そこから従来の孤高の士という陶淵明像とは異なる「当り前の姿」を見ようとしたものであった。石川氏の考察により、陶淵明の実像の輪郭が浮かび上がったように思える。だが、石川氏の研究に対し、筆者は一つの疑問を感じた。

石川氏は、陶淵明の隠逸の生活を詠う詩などは、「対社会的な意味を加えて鑑賞しなければならない」し「そのまま事実としたり、すべてを感懐の表白としたりするのは早呑み込みとなる」。だから「その間には誇張もあろうし、遊戯性もある可能性がある」と述べている。それにもかかわらず、同じ論考において、陶淵明の子供について、

> 五人の子はすべて白痴に近い凡くらであった。「責子」は帰隠数年後の作だが、「天運苟も此くの如くんば、且く杯中の物を進めん」というその歎きはまこと察するに余りある。

と述べている。これは一体どういうことなのだろうか。「誇張もあろうし、遊戯性もある可能性」を考えなかったのだろうか。石川氏の陶淵明研究は、陶淵明の作品に、その「文学性」を求めようとしたものではない。石川氏が求めたのは、陶淵明の時代の歴史資料を分析することによって得られるその実像だったのである。

②一海知義「虚構と現実」

一海氏は著書『陶淵明』（一九五八年、岩波書店）を発表してから十年後に「陶淵明における「虚構」と現実」と題した論考を発表する。[八]ここでは著書『陶淵明』において、虚構性のある作品とみなした「桃花源記」「読山海経」「閑情賦」「形影神」「飲酒」其の十三のほかに、「五柳先生伝」「擬古」其の五、「挽歌」「自祭文」「乞食」「責子」「止酒」のなどを虚構性のある作品として取り上げ、その虚構性について論じている。

一海氏はここで、「虚構」という手段を用いたその理由を、政治的権力のもと、政治との緊張した関係の下において、現実批判、自己主張をするためであったと定める。

「虚構性」という面から陶淵明の文学にアプローチしたことは非常に鋭い着想であった。だが、「虚構」を用いなければならなかった時代背景や、陶淵明のおかれた現実と結びつけることによって結論を導きだしている。このような導き方は六〇年代の研究の流れのなかにあっては避けられなかったことだったのかもしれない。

一海氏はこの後に発表した『陶淵明――虚構の詩人――』[九]においてもこの姿勢を貫いている。ここでは陶淵明の作品に見られる「虚構性」についてさらに詳しく検討し、「桃花源記」を政治への危険思想を詠みこんだ、虚構のユートピア物語と見る。また「五柳先生伝」は架空の自伝とする。そして「形影神」は矛盾し分裂した自己を二つの分身にたとえ、客観化した「虚構」の世界であるか、または自己の分身と対話した作品であるとする。「読山海経」はこの世に存在しないような不思議な話であり、「閑情賦」はエロティズム、「挽歌詩」と「自祭文」は自分の葬式を想像して作品に描いたもの、とそれぞれに見られる「虚構性」についてさらに詳しく検討しているのである。

＊

「孤独」や「矛盾」という側面は確かに陶淵明の詩文の文学的特徴の一つである。だが、六〇年以降、つい最近まで、陶淵明研究は、「孤独」な陶淵明、「矛盾」している陶淵明としての実体を探るという傾向にあった。これは次の岡村繁氏の研究にも見られる傾向である。

(四) 一九七〇年代　陶淵明像研究――世俗と超俗

①岡村繁の著書『陶淵明　世俗と超俗』[一〇]

この著書の「あとがき」によると、これは一九七一年に発表した論考を基にしているということである。岡村氏は序章「あこがれの隠逸詩人」の中で、研究の動機と方法について次のように述べる。

私には、淵明の詩文に接した読後感として、斯波・吉川両氏の説明だけではなお納得しかねる、根強い疑問がのこる。というのは、淵明の詩文の奥底にとぐろを巻く、なにか人間の魔性とでもいえるような、怜悧さ・わがまさ・功利性・偽瞞性といったものが、私にはある程度鮮明に感じ取られるからであり、それをどうにも払拭しきれないでいるからである。そして、そんな私の眼で両氏の著書をもう一度読みかえしてみると、私のこうした感じは、あるいは両氏がすでに感じ取っていたのではないか、と思われるようなふしもいくつかある。しかしそれは、両氏が必ずしも重視するところではなかった。同様のことは、多少の例外を除いて、両氏につづく多くの研究者にもいえることであって、このような淵明研究の大勢から考えると、現在すでに新しい淵明観に脱皮したとはいっても、やはりその本質は、淵明を偉大な人物として決めてかかる、伝統的な淵明観に深く根をおろしているもののように見られないことはない。そこで私は、上述したような理由によって、淵明の詩文そのものに重点を置きつつ、及ばずながら私なりに淵明文学の本質を究明してみようと思う。（傍線三枝――以下省略）

岡村氏は、この時点においてすでに陶淵明像がこれまでのものとは異なっていることを認めている。これまでの陶淵明像とは俗塵をはるかに超越して、のどかな田園に自由の心を遊ばせ、澄んだ眼で自然の真実を深く見つめ、人間としての在りかたを静かに思索する淵明というものであった。岡村氏は、その陶淵明像とは切り離して陶淵明の詩文を見るという立場をとっている。そしてその立場から陶淵明の詩文を見ると、陶淵明の素朴ですがすがしい清らかな詩文の奥底には「なにか人間の魔性とでもいえるような、怜悧さ・わがままさ・功利性・偽瞞性といったもの」が感じとれるのだという。さらに陶淵明の詩文から陶淵明の生き方と人生観について検討する。その結果、「自己主義」と「世俗的な名声への追求」という二つの志向が見られるという。

岡村氏は、序章において「淵明の文学の本質」について究明すると述べていた。だが、その結果は陶淵明の「生き方と人生観」の究明であったようだ。陶淵明は後世、隠遁詩人として讃えられる人物である。だが、陶淵明といえども一人の人間である。聖人ではない。確かに、岡村氏の言うような汚い部分も、人間であるならば少なからずもっているものである。だが、「淵明の文学の本質」とは、このような陶淵明の実像をあばくということでよいのであろうか。

＊

岡村氏が自身の言葉でいうように、斯波・吉川両氏はこのような実像に迫ろうとする研究に重点をおかなかった。吉川氏は、中国の儒家たちの「経学」の方法を、文学に用いて、「作者の意識について、精細な分析を加える学問」を自身の「読書の学」とした。(一一)その「読書の学」とは、「何をいっているかを知るだけで満足する見方、それに満足せずして、いかにいっているかを、著者の心理に立ち入って把握する能力」のことである。(一二)吉川氏のこの「読書の学」には「それに適する時代と、適しない時代があ」り、しかもこの方法はいつの時代も少数派のものであって、大多数の「常識の読書の方法」は「何を知ることで満足するのであり、いかにを求めない」ものだという。

吉川氏のこの主張は、この時代の大多数の「常識の読書の方法」、つまり、吉川氏とは異なる「他の方法」による学問に対する批判とも受けとることができよう。そして確かに批判はしているが、しかし、それを排除しようとしているのではない。吉川氏は少数派の方法の存在することを主張しようというのである。そして、その方法は実は、近代以前の伝統的な学問の方法の「経学」であったる。

大多数の「常識の読書の方法」「他の方法」について、吉川氏は具体的に述べていない。だが、それまでの一連の陶淵明研究の歴史をながめてくると、それは、一九六〇・七〇年代の石川・岡村両氏の研究を指すものではないかと思えてしまう。吉川氏の言葉を借りて、この六〇年七〇年の陶淵明研究を総括すると、陶淵明がどういう人物であったかを求めることに満足していて、陶淵明がいかにに自己を表現していたのかその心理に立ちいってその詩文そのものについて求めたものではないということになろう。

②大上正美「陶淵明研究の可能性」

一九七五年、大上正美氏により岡村繁氏の『陶淵明　世俗と超俗』についての書論が発表される。[一三] 岡村氏の研究の正当性とその意義を大上氏は以下のように確認する。

・岡村氏は隠者陶淵明像から離れ、詩文に見られる自家撞着のあとづけを、陶淵明の現実にとった行動とかさねて見ていったこと。

・徹底的に「矛盾」する陶淵明をあばきだ出したこと。

・従来の陶淵明像について疑いを抱きつつも、結局は一度限りの生への苦痛をつぶやくという「矛盾を表白する詩人」といって締めくくる論が多い中、岡村氏は徹底的にその陶淵明像を破壊したこと。

そして、大上氏はこれからの陶淵明研究についての課題として、以下の五つを示す。

第一に陶淵明を愛好するその意味をとらえなおすこと。愛好するその正当性を見ること。

第二に純粋な文学的見地から陶淵明の文学を評価しなおすこと。それは現実と表現の次元が異なるというレベルではなく、その異なるところにどれだけの意味があるのかについて考える必要があること。

第三に文学的テクニックについての検証。

第四に思想的な方面からの検討。

第五に徹頭徹尾史的常識に陶淵明をあてはめて考えること。

そして、大上氏自身は、一九七四年十月に発表した「「六朝詩文」の考え方」において、自身の研究態度を示す。それは、陶淵明を阮籍や嵇康と同じ流れの中にとらえ、「現実の生と表現との緊張をはらんだ関係を考えるには好個の文学である」と考えることから出発する。[一四] そして、「同時代の詩人たちの個々の文学と現実との関係のなかで淵明を問い直してゆく方向」を目下の地点とする、というものである。[一五]

また、大上氏は陶淵明研究には、「共感」以上に、陶淵明の複雑さに見合うだけの複眼を必要とすると主張する。なぜなら、陶淵明の深さは、「自己の種々相や自己をとりまく困難な時代に目配りしながら、しかもなお自己のあるべき姿（哲学）を実生活に表現の場に求めて生きてゆくところにこそある」からであるという。[一六]

大上氏は以上のように、岡村氏の著作を出発点にしてこれまでの陶淵明研究のあり方を見直し、そしてそこからさらに一歩進めようと提唱したのである。

（五）一九八〇年以降の陶淵明文学の研究――その方法の探求

①大上正美「陶淵明研究の可能性」

『研究資料現代日本文学』所収の吉川幸次郎『陶淵明伝』[一七]の書評に、大上氏自身の研究方法が示されている。それは、吉川氏の研究を忠実に実行しようとする自己の立場を表明したものである。ここで大上氏は、戦後の陶淵明研究の出発ということのできる吉川氏の陶淵明研究について検証する。そして、吉川氏の陶淵明研究は「内」と「外」の両方を兼ねていたと主張する。[一八] さらには、吉川氏の研究は陶淵明の「内」（作品）と「外」（社会）との両面をバランスよく分析するものであった。だが、この著書の出現により、結果としては陶淵明「像」を研究しているにすぎない陶淵明研究を盛んにすることになり、陶淵明の貴族性や世俗性を問題視するようになってしまったと見ているのである。

では、具体的にこれからどのように陶淵明研究を進めればよいと言うのか。大上氏はそれについて次のように述べる。（　）は『阮籍・嵆康の文学』において加筆された部分である。

今では岡村氏によって快いまでにうちのめされた淵明像を、再度肯定的に語るためには、本書（吉川氏『陶淵明伝』――三枝注）の矛盾の相を前提として、そこからどう逞しく淵明が蘇生するか、その逞しさの証明が今後に要求されているようである。その方法の一つは哲学であり、他の一つは文学（表現）からの位相であろう。つまり、誠実さに淵明（の精神・思想）を見ようとする吉川の哲学を超えることであり、「飲酒」詩でみせた吉川の分析の意識的な再検討（などをはじめとする文学研究の視点と方法の模索）である。[一九]

研究しつくされたかに見える陶淵明文学にも、実は、まだたくさんの問題が残っている。それが大上氏の「陶淵明研究の可能性」である。だが、大上氏の強く主張するところは、吉川氏の陶淵明研究は「内」と「外」の両方を兼ねていたと総括することから理解できるように、「文学と現実」を考慮するものであるといえよう。つまり、大上氏は「文学と現実」という観点のもとに、中国の古代の士大夫たちによって築かれた「言志」の伝統文学を考慮し、陶淵明の詩文をその「言志」の文学の流れのなかに置いて考えようとしているのである。

＊

一九八〇年代は、吉川氏の提唱した研究方法を基にして陶淵明文学の研究方法を模索し始めた時期と言ってよかろう。その一つが大上氏による実践である。そしてもう一つその実践がある。それは、「いかにいっているかを、著者の心理に立ち入って把握する」というものである。

②興膳宏『人物中国の歴史六　長安の春秋』(一九八一年)[二〇]

興膳氏は陶淵明の詩文をとおして、まず、陶淵明のプロフィルを描きだす。そして、「挽歌詩」という自分の死後の姿や家族たちの反応の様子を想像して詠んだ作品を取り上げ、自分の死を想像して詩に詠むというユーモアの精神について検討する。興膳氏は、ユーモア性から見た陶淵明のプロフィルを述べるだけでなく、その文学の特徴について考察する。その特徴とは、以下の二点にまとめることができる。

1、「五柳先生伝」「形影神」の作品には自分自身を客体化して見る視点がある。それが陶淵明を過去や同時代のなかで異質の人とさせた理由の一つである。

2、陶淵明の生きていた時代のころには、農村での日常生活(たとえば、近所の人たちと宴会をしたり、家族のことを詩に詠んだり、農作業をしている)様子を詩に詠むということはほとんどなかった。陶淵明の時代の詩人達は詩に家族のことをなど詠わないのが普通だった。陶淵明の詩は後の唐代の杜甫の「北征」詩などに見られるような生き生きとした妻子の写実に発展していくような方向を持っている。

興膳氏は陶淵明という人物を把握したうえに、その詩人が残した詩文に見られる作者の内面を考察し、さらに、その詩人の特異性や後世に与えた文学的な影響にまで言及している。八〇年代以降、このような陶淵明の文学についての具体的な研究が進んでいくようになる。

③門脇廣文「陶淵明研究ノート——陶淵明の詩文に見える〈影〉について」（一九八四年[二一]）

門脇氏も「その詩文から陶淵明という一個人の事蹟をもとめようとするのではなく、詩人の表現した詩的世界の内実を検討しよう[二二]」という立場をとる。そして、具体的に、陶淵明の詩に詠まれる「影」という詩語の検討を通して、陶淵明の表現した詩の世界、詩精神のありかたについて考察している。それは「影」が具体的に何を指しているかについて研究するのではなく、「如何なる意味を帯び、如何に現出しているか」についてである。

今日に至るまで、詩に詠まれるある一つの言葉を「詩語」として取り上げ、それを検討している論考は数多く出ている。それは詩人像についての研究ではなく、確かに「詩」そのものについての研究ではある。だが、それは「詩語」を研究するまでであって、門脇氏のように「詩語」の研究をさらに深め、詩人の文学性や内面にまで及ぶ研究ではない[二三]。

門脇氏のこの論考には、文学研究をする上での基本的な態度が明確に述べている。それは、上述した吉川氏・高橋氏の態度の実践である。その実践には、「詩語」を研究する方法がプラスされ、いっそう説得力のあるものとなっている[二四]。

④川合康三『中国の自伝文学』（一九九六年[二五]）

川合氏は著書『中国の自伝文学』において、中国の自伝文学について前漢から唐末までをたどり、その特徴についてを述べている。またそれだけではなく、文学研究の方法論も示している。

川合氏は陶淵明の「五柳先生伝」を取り上げ、その文学性や作者の内面にまで言及する。その結果、次のように述べる。

五柳先生の隠逸は隠逸には違いないものの、社会に対する態度を表明するよりも、自己の内部へ目を向けた、具体的には個人の生活を堪能する、彼のことばで言えば、「閑適」に属するかたちに隠逸が変質していることが分かる。世間への批判、反抗から自分自身の楽しみへと重心が移っているのである。

「五柳先生伝」が彼の日常生活の報告であるとはいえない。他の詩文も「五柳先生伝」と同じように、一つの文学世界、文学として昇華された自己の生活を書いているというべきだろう。こう考えてくると、どうやら事実――虚構という二項対立は、単純すぎるようだ。（…中略）陶淵明の生活を反映しつつ、且つ同時にそれが陶淵明のかくありたい生き方でもある、それが「五柳先生伝」であり、事実か虚構かのいずれかに決めてしまうことはできない。[二六]

興膳氏も「五柳先生伝」の作品には自分自身を客体化して見る視点があると、その内面性について言及していたが、ここで川合氏はさらにその内面について詳しく述べている。

また、川合氏は「五柳先生伝」に詠まれる隠遁のスタイルを分析する。それは、これまでの対他的な隠逸から対自的な方向へ移行したというものである。氏によれば、そのような隠遁のスタイルとは、「閑適」という自己の生活を堪能する生き方のことである。この隠逸は、中国の文学における隠逸に新しさをもたらし、それが後の白居易の「閑適」の文学へ、さらには宋以降の官僚文人の精神生活に継承されるそのもとになったのだと主張する。川合氏は「五柳先生伝」に表現される作者の内面にまで分析を及ぼし、さらにその文学性や、その後の時代に与えた影響にまで言及する。一海氏の言う「五柳先生伝」の虚構性についての考え方はここに論破されたと言える。

さらに川合氏は陶淵明研究に対する問題を提起しながら、文学研究のあり方について次のように激しくいう。

文学のもっとも大きな意義は、現実と密着したつながりをはずすことによって、事実とは地平を異にしたもう一つの境地が描き出されることだ。人間、この世に生きていく限り、現実の様々な拘束、利害の網の目の中で悩んだり、世俗的工夫に己を汚すことから免れない。陶淵明の実生活もそうであったということを強調した本もある。しかし文学としての問題は、陶淵明という人間が実際にどうであったか、ではなく、陶淵明がどんな文学世界を創り出したか、なのだ。陶淵明の「実像」なるものを描き出して、それを文学研究であると錯覚している例もないではないが、文学とは人間の可能性の追究であるべきであり、可能性を繰り広げ、それを人々に呼び掛け、共感を呼び起こすものではないだろうか。陶淵明の文学が長い生命を持ち続けてきたのは、彼の実際の人間がどうであったかとは関わりなく、彼の創り出した文学が人々の強い共感を呼び起こし、引きつけてきたからにほかならない。[二七]

陶淵明研究が一時期その「実像」をあばく傾向にあったことをここに指摘する。それに対して陶淵明の「文学研究」のあるべきかたちをここに示したのである。

川合氏も興膳氏と同じように陶淵明の文学に見られる「ユーモア性」について言及する。それは、「五柳先生伝」

には、書き手が五柳先生をどこの誰だか知らないという遊びの要素を加えていること。自己の死を想定して詠んだブラックユーモア的な「挽歌詩」や「自祭文」を取り上げ、そこに既成の死の感傷を引き起こす文学をうち破った新しさがある。この二点である。そして「陶淵明の文学を全体として捉えれば、死を免れない人間の悲観を嗟嘆する文学ではなく、むしろ逆に生の歓びを唱い、生きていることを肯定する文学であろう」とまとめている。[二八]

川合氏の陶淵明文学の研究は、陶淵明の詩文のみにとどまらず、唐代の詩文への影響を見据えながら進めている。逆に唐代から陶淵明の文学を見ているのかもしれない。いずれにせよ、陶淵明の文学の特徴を、陶淵明と同時代の詩人との差異を求め、さらに陶淵明の前後の時代からも見ているのである。

川合氏による陶淵明文学の研究は、陶淵明の実像をあばき、陶淵明の人間性までも否定するというというものではなく、「陶淵明がどんな文学世界を創り出したか」を求めるものであった。

⑤伊藤直哉『「笑い」としての陶淵明　古（あたら）しいユーモア』（二〇〇一年）

伊藤直哉氏は『「笑い」としての陶淵明　古（あたら）しいユーモア』において、タイトルどおりに、陶淵明の詩文に見える「ユーモア性」について検討している。「ユーモア性」からの検討というのは、興膳氏や川合氏と同じ着眼点にあるものであるが、[二九]伊藤氏の「ユーモア性」は両氏とはいささか異なっている。伊藤氏は、ユーモアは、「彼が人生や社会の諸問題を見つめつつ、それを乗り越えて行ったということ」から生じたものであると主張する。「ユーモア性」ということを基準にその文学を分析してはいるが、結局は現実を生きた陶淵明の実像と重ねて見ているのである。そこが興膳氏と川合氏と異なるところである。伊藤氏は「文学性」を見ていると主張するが、実のところは「陶淵明像の研究」であって、「陶淵明文学の研究」ではないと言わざるを得ない。

（六）おわりに

以上、戦後の日本における陶淵明研究の流れを見てきた。陶淵明研究の背後には「文学研究とは何か」を求める研究者たちの真剣な眼差しを見ることができる。ここに取り上げたのは、その問題に真正面から向き合い、格闘している論考のその一部にすぎない。

さて、陶淵明研究の流れを確認したところで、ここで、筆者の態度を明らかにして、この第一章を終わりにしたい。筆者は、「陶淵明文学の研究」を試みていくつもりである。その方法は、まだ確立しているとは言えない。しかし、大上氏がいうように「「飲酒」詩でみせた吉川氏の分析の意識的な再検討（などをはじめとする文学研究の視点と方法の模索）」や「文学的テクニックについての検証」からそのアプローチを試みたつもりである。その方法とは、具体的には、大上氏が吉川氏に続いて「悠然」を再検討した方法や、門脇氏が「影」から詩人の文学性や内面にまで考察を広げているというような方法である。筆者もこのように一つ一つの「言葉」を分析することにより、作品においてそれが如何に詠まれているのかを考察し、さらに詩人の文学性や内面についても検討を加えたいと考えている。小著は、特に「たのしみ」を表すいくつかの言葉に焦点を当て、それらについて検討を加えたものである。

【注】

（一）　川合康三『中国の自伝文学』（創文社、一九九六年一月）一七四頁～一七六頁参照。

（二）伊藤直哉『「笑い」としての陶淵明　古(あたら)しいユーモア』「まえがき」参照（五月書房、二〇〇一年二月）。

（三）「陶淵明関係研究文献目録（稿）日本編　一九七八～一九九七」（『大東文化大学中国学論集』一六、一九九九年三月三十一日）「陶淵明関係研究文献目録（稿）日本編　一九九八年」（『大東文化大学漢学会誌』三九、二〇〇〇年三月十日）「陶淵明関係研究文献目録（稿）日本編　一九九九～二〇〇〇」（『大東文化大学中国学論集』一九、二〇〇二年三月三十一日）。

（四）斯波六郎『陶淵明詩訳注』（東門書房、一九五一年初版・北九州中国書店、一九八一年九月）。

（五）吉川幸次郎『陶淵明伝』（「新潮」一九五五年・中央公論社、一九八九年五月）。

（六）一海知義『陶淵明』（岩波書店、一九五八年五月初版・一九九〇年九月）。

（七）「陶淵明の新研究」と題して、石川忠久氏は『二松学舎大学人文論叢』六八（二松学舎大学人文学会、二〇〇二年一月）にその研究の方法についてのエッセイを寄せている。

（八）一海知義「陶淵明における「虚構」と現実」（『吉川博士退休記念中国文学論集』一九六八年三月）。

（九）『陶淵明――虚構の詩人――』（岩波書店、一九九七年五月）。

（一〇）岡村繁氏『陶淵明　世俗と超俗』（日本放送出版協会、一九七四年第一刷・一九八四年六月）六二頁参照。

（一一）吉川幸次郎『読書の学』（筑摩書房、一九七五年・筑摩叢書一九八八年五月）二九一頁参照。

（一二）吉川幸次郎、前掲書、二頁参照。

（一三）大上正美「陶淵明論の行方――書論岡村繁著『陶淵明』」（『高校通信東書国語』一四三号、一九七五年七月後、『阮籍・嵆康の文学』第四章「陶淵明研究の可能性」（創文社、二〇〇〇年）に所収。

（一四）大上正美「「六朝詩文」の考え方」（『高校通信東書国語』一三四号、一九七四年十月）一六頁。後『阮籍・嵆康の文学』（創文社、二〇〇〇年二月）三二五頁に所収。

(一五) 大上正美「陶淵明論の行方――書論岡村繁著『陶淵明』」二一頁。(『阮籍・嵇康の文学』三九〇頁) また、三九二頁においては、「言志の伝統の上に、陶淵明がどのように深く豊かな詩人としての相貌を呈しているか、詩的空間の解明が急務である」と付け加えられている。

(一六) 大上正美「「六朝詩文」の考え方」一七頁。『阮籍・嵇康の文学』三二七頁参照。

(一七) 大上正美『研究資料現代日本文学』第四巻『評論・論説・随想Ⅱ』「吉川幸次郎」の項の「陶淵明伝」の一部(明治書院、一九八一年一月)のち、『阮籍・嵇康の文学』(前掲書)に所収。

(一八) 大上正美『研究資料現代日本文学』第四巻二三五頁・『阮籍・嵇康の文学』三八六頁。

(一九) 大上正美『研究資料現代日本文学』第四巻二三五頁・『阮籍・嵇康の文学』三八六頁。

(二〇) 興膳宏『人物中国の歴史六　長安の春秋』(集英社、一九八一年八月)。

(二一) 門脇廣文「陶淵明研究ノート――陶淵明の詩文に見える〈影〉について」(『大東文化大学紀要』人文科学二二、一九八四年三月)。

(二二) 門脇廣文、前掲論文、三七頁参照。

(二三) 「詩語」の研究として例えば、井上一之氏は「「悠然見南山」考」(早稲田大学中国詩文研究会『中国詩文論叢』九、一九九〇年十月)において、「悠然」という詩語について研究している。「悠然」のことばそのものにまつわる研究であり、詩人の内面にまでは検討していない。

(二四) 門脇氏はこの他に「陶淵明研究ノート――「読山海経」第一首〈頫迴故人車〉の解釈について」(『東洋研究』七二、一九八四年七月)「陶淵明研究ノート――「読山海経」第一首の詩的世界について」(『大東文化大学六十周年記念中国学論集』一九八四年十二月)を発表している。

（二五）川合康三『中国の自伝文学』（創文社、一九九六年一月）。

（二六）川合康三、前掲書、九二頁・九五頁を参照。

（二七）川合康三、前掲書、九三頁を参照。

（二八）川合康三、前掲書、一六八～一七六頁を参照。

（二九）伊藤直哉、『「笑い」としての陶淵明　古（あたら）しいユーモア』（五月書房、二〇〇一年二月）一一頁を参照。

第二章 「たのしみ」の表現［1］

陶淵明の詩文に見える「たのしみ」の表現の基本的な特徴

「和」について

(一) はじめに

戦後の陶淵明研究を大きくとらえれば「高潔無欲な隠逸詩人」という従来のイメージを再検討するという流れにあったと言って良いものと思う。

まず斯波六郎氏は、陶淵明は自己の孤独感を深く味わい自他融合の境地にまで推し進めて作品に描いたと捉えた。(一)次に、斯波氏とほぼ同時期に、吉川幸次郎氏は陶淵明について次のように述べている。「矛盾を矛盾のままに表白しているのが、淵明の文学なのではないか」と。そして、詩文中の「勤労」「家族」「読書」「飲酒」などのたのしみに着眼しつつ、その裏側にある生きることの苦悩について言及している。(二)吉川氏の「孤独」「矛盾」という側面からの考察は、「高潔無欲な隠逸詩人」という、伝統的陶淵明観に変化をもたらす画期的なものであったと言い得る。

さらにこの方向を推し進めたのが、岡村繁氏と石川忠久氏である。岡村氏は陶淵明には「人間の魔性とでもいえるような、怜悧さ・わがままさ・功利性・偽瞞性といったもの」が感じ取られると述べ、(三)石川氏は陶淵明の「孤高では割り切れない人間臭さ」について指摘した。(四)両氏とも伝統的陶淵明観ではとらえられなかった陶淵明の一面を浮かびあがらせた。両氏の指摘によって「高潔無欲な隠逸詩人」という陶淵明の平面的なイメージは、時には相対立するさまざまな側面をもった詩人像として立体的なものとなってきたように思われる。

そして最近になり、川合康三氏は「陶淵明の文学を全体として捉えれば、死を免れない人間の悲観を嗟嘆する文学ではなく、むしろ逆に生の歓びを唱い、生きていることを肯定する文学であろう」と指摘し、そして陶淵明の文学は、後の唐の時代の白居易に見られる「閑適の文学」の原型だと論じた。(五)

川合氏の見解の通り、陶淵明の詩文には、官界から退き、田園における飲酒、読書、農作業といった「たのしみ」を表現したものが数多い。小著は、氏の指摘したこの「たのしみ」という側面について、別の角度からの検討を加えようというものである。

その別の角度というのは、小著においては、「たのしみ」を表す言葉が、陶淵明の詩文には如何に詠まれているか。他の人と如何に異なり、どのような独自性が見られるのか。前の時代から受け継いだこと、同時代との差異、その後に及ぼした影響などを考察し、そこから、陶淵明の表現した文学の世界を見ていこうということである。この第二章においては、「和」という言葉を取り上げたい。

＊

陶淵明の「自祭文」の第三段落の第五・六句「欣以素牘、和以七弦」は、これまで「欣ぶに素牘を以てし、和するに七弦を以てす」と訓読し、「書物を読んで楽しみ、七弦の琴で歌に合わせる」(六)と解釈されていた。しかし、見たところ、この二句は対句を構成している。とすると、ここに詠まれる「和」は、「欣」と同じようにたのしみを表現する言葉として理解すべきではないのだろうか。そしてこの句は、「書物を読んではよろこび、琴を奏でてなごむのだ」と解釈することができるのではないかと考える。

「和」は本来、儒教の経典においてよく見る言葉であり、音楽によって心穏やかになることが、この「和」という言葉によって表現されている。本章においては、特に、『礼記』と嵇康の「琴賦」及びその序などに記されている「和」を取り上げる。それらも、音楽によって人は和やかな心情に導かれ、その状態を表現しているものである。また、陶淵明の詩文に見えるその他の「和」の用例に見られる特徴から判断しても、「和」はたのしみを表現する言葉として理解することができると考える。

ただ、「和」がたのしみを表現するといっても、それは欲望のままに求めるようなたのしみではない。それは、「礼楽」の伝統に則った節度のあるたのしみなのである。陶淵明の詩文には、詠詩のたのしみ、読書のたのしみ、飲酒のたのしみ、農耕のたのしみなど、様々なたのしみが詠まれている。これらのたのしみは、はめをはずして、自分自身の欲望のために我を忘れて求めるようなたのしみではない。それは、「礼楽の伝統」における「和」と共通している。それゆえにこの「和」は陶淵明の詩文に見えるたのしみの表現の基本的な特徴と考えられるのである。

以下、まず、「自祭文」の「和」に対する従来の解釈を見、次に音楽と「和」という言葉について検討し、最後に陶淵明の「和」について検討を加えたい。

(一)「自祭文」の「和」のこれまでの解釈

問題とする「和」は「欣ぶに素牘を以てし、和するに七弦を以てす（欣以素牘、和以七弦）」という対句の中に詠まれているものである。[七] この対句の中の「欣」は文字通り「よろこぶ」という意味である。この「欣」がたのしみを表現する言葉であるのなら、これと同じ構文でしかも対句に詠まれる「和」もたのしみを表現する言葉として理解するのが妥当なのではないか。例えば、松枝茂夫・和田武司両氏は、「大好きなのは読書で、それに琴を弾ずる楽しみが加わる」[八]と解釈している。だが、ほかの解釈を見ると「和」がたのしみを表現しているとは理解されていない。従来の解釈の多くは以下に列記したように、「和」を動詞として「合わせる」や「奏でる」の意味にとるか、あるいは動詞とそれを修飾する副詞の二つを兼ねて解釈している。

①川合康三「本を読んでは楽しみ、七弦の琴を爪弾いては歌に合わせる」[九]
②都留春雄・釜谷武志「書物を読んで楽しみ、七弦の琴で歌に合わせる」[一〇]
③伊藤直哉「そして書物に親しんで、おだやかに琴を奏でる」[一一]
④田部井文雄・上田武「暇を見て読書を楽しみ、歌に合わせて琴をかなでた」[一二]

陶淵明の「和」の用例全十八例を調査したところ、「和」を「合わせる」「奏でる」という意味に理解できるものはない。したがって「合わせる」「奏でる」という意味に訳すとすればその根拠は十分ではない。そして、いずれの解釈も、「和」について詳細に調査されていないのである[一三]。

そもそも「和」とはいかなる意味であるのだろうか。次にそれを見ていきたい。

(三) 音楽と「和」の関係——礼楽の伝統

李沢厚氏は『華夏美学』第一章「礼楽伝統」の第二節「「楽従和」情感与形式」において、「和」と礼楽の伝統との関係について論じている。[一四] ここでは、まず、李氏の見解に従って、音楽と「和」の関係について見ていくことにしたい。

「楽」是作為通過陶冶性情・塑造情感以建立内在人性、来与「礼」協同一致地達到維系社会的和諧秩序。

「楽」は人の心を養い育てたり、感情を形成することにより、心のうちにある人間性を造りあげる。「礼」と「楽」の作用が合わさり、社会の穏和と秩序が保たれるようになるのである。

李氏は、社会の秩序は「礼」と「楽」により造られていると述べる。「礼」は人を外側から陶冶し、「楽」は人の内面に直接働きかけ、それらによって人の心は養い育てられるのである。

そして、李氏は、「楽」が人の心を養い育てる効力があるのは、「楽」がもともと祭祀のとき、人と天とを結び、また、人と人とを結ぶ効力があったからだとして次のように述べる。

「楽」既本来源于祭祀、而又効用于人際、所以牠所追求的不僅是人間関係的協同一致、而且是天人関係的協同一致。而所有這種人際——天人的「和」、又都是通過個体心理的情感官能感受（音楽是直接訴諸官能和情感的）的「和」（愉快）而実現的。

「楽（音楽）」は祭祀に用いられたことを起源としている。そして人と人とをつなげる効用がある。だから楽が求めるのは人と人との間のつながりだけでなく、天と人とのつながりも求めているのである。しかも全てのこのような人と人、天と人との「和」は、みな個人個人のそれぞれの心の感情や体に感じたこと（音楽は直接さまざまな体の器官や心に訴えるものである）の「和」（たのしさ）によりなされるのである。

音楽は直接人の心に訴えかける力がある。その力こそが「楽」の「たのしさ（和）」であった。そしてその「楽」によって造りあげられた理想的な社会は次のようなものであると李氏は言う。

「楽」所追求的是社会秩序、人体身心、宇宙万物相連系而感応地諧和存在、彼此都「適度」（「細大不逾」）地相互調節、協同、溝通和均衡。這就是「平」、就是「和」。

「楽」が求めているのは社会の秩序、人体と心、宇宙万物が互いにつながり感応し穏やかに存在することである。それらがみな「適度（小さすぎずまた大きすぎず）」に互いに調い、合わさり、通じあったり均しくなることである。その状態こそがつまり「平」であり「和」であるのだ。

「楽」のたのしさ（和）は、度を超したものではなく、音「楽」によって天（宇宙）や人、社会などの全てのものがおだやかな状態になることなのである。

李氏が導きだした見解のとおり、たしかに音楽には、直接人の心に影響を及ぼす働きがあるようである。古代の為政者たちは、その効用を利用し、世の中を平和な状態にしようと考えた。李氏も取り上げているが、『国語』周語に、「夫れ政は楽に象り、楽は和に従い、和は平に従う（夫政象楽、楽従和、和従平）」という記載がある。ここでは、「政」治と音「楽」はともに「和」を貴ぶべきであると説かれている。そして音「楽」が「和」の状態になれば、陰の気と陽の気のバランスが保たれ（陰陽序次）、農作物が育ち（嘉生繁祉）、人々はその恵みを受け穏やかになる（人民龢利）ことができるのである。

『礼記』楽記篇は、音楽は人の心から生じている（凡音之起、由人心生也）こと、人の心が動くのは、まわりの物が原因となっている（人心之動、物使之然也）ことが記されている。そして、音楽と政治との関係について次のように、述べられている。

楽者、音之所由生也。其本在人心之感於物也。（…中略）故礼以道其志、楽以和其声、政以一其行、刑以防其姦。礼楽刑政、其極一也。所以同民心而出治道也。

音楽は音声を根本として発生するものである。もともとは人の心が物に感じて生じたのである。（…中略）それだから古代の王たちは礼によって人々の志を導き、音楽によって人の声をやわらげ、政治によって人の行いを規制し、刑罰によって人の乱れを防ごうとしたのである。礼楽刑政は、人々の心を一つにさせたり、天下を治める方法でもある。その目標とするところは一つなのである。

ここには音楽の効用を利用し、世の中を平和な状態にしようと記されている。

「和」はこのように「音楽」と関係している。「自祭文」の「和」の句につけられた解釈も「琴を音楽にあわせる」となっており、一見すると音楽と関係する理解となっている。だがそれは次元が異なっていると筆者は考える。

李氏によれば、「和」は、音楽によって人の心が穏やかになることをいう。すなわち「和」と音楽との関係は切り離すことができないほど密接なものであり、やがてそれは人民の心を穏やかにさせ、教化するという礼楽の伝統へ、そして中国の儒学の思想へと発展していったということである。

『周礼』地官司徒第二大司徒には、「郷学」の中の三つの教法（六徳・六行・六芸）の一つの「六徳」の中に「和」があげられている。

以郷三物教万民、而賓興之、一曰六徳、知・仁・聖・義・忠・和。

郷の三物を以て万民に教え之を賓興す。一に曰く六徳。知、仁、聖、義、忠、和。

「和」の効力が儒学の教法の一つとなっても、「和」のもつ基本的な意味（穏やか）は変わらない。『詩経』小雅、鹿鳴之什、鹿鳴に、(一五)

鼓瑟鼓琴　和楽且湛　瑟を鼓し琴を鼓し　和楽して且つ湛む

我有旨酒　以燕楽嘉賓之心　我に旨酒有り　以て嘉賓の心を燕楽す

瑟を鼓し琴を鼓しては、なごやかに楽しむこと極まりない程である。旨い酒もある。客人の心を（音楽と酒の）酒宴によって楽しませよう(一六)、と詠まれている。音楽や酒によって心がくつろぎ穏やかになっても、それが度をすぎたものではなく適度であることは、「和」が礼楽と関係していることから推測できよう。

「和」は確かに音楽と関係している。だが、それは「自祭文」につけられた解釈のように音楽を奏でるということではない。音楽には人の心に直接働きかける力がある。音楽によって人の心は穏やかになる。そして人と人、人と天とを「和(あわ)」せることもできる。このように音楽によって人の心が和やかな状態になることが「和」という言葉によって表現されるのである。また、人と人、人と天とがひとつになることも「和」によって表現されるのである。

李氏は、その「和」のたのしみを、「人の免れない」快楽の要求を満足させるだけではなく、同時にそれは抑制されたものなのである（這個「和」既是満足「人之所不免」的快楽要求、同時又是節制牠的）と言っている。

(四) 音楽と「和」の関係——嵇康の「琴賦」に見られる「和」

鄭正浩氏に「嵇康の音楽思想における「和」について」という論考がある。[一七] 鄭氏は「声無哀楽論」と「琴賦」を合わせて分析し、さらに嵇康の「和」が音声の「和」の特質を持って、如何に因襲的観念を打破し、独自の音楽理論を確立しているかについて検討している。

鄭氏の見解は、音楽の価値は、音楽による道徳的な効用の有無にあるのではなく、音楽そのものの音楽美にある。それゆえに政治本位で音楽の「和」を利用する儒家的な態度に対して嵇康が批判的に見ているというものである。そして、嵇康の音楽の「和」は、天地と人間と音楽とが「和」の状態の美にあること、そこに嵇康は価値を見いだしているのだという。

鄭氏が嵇康の「和」を儒家的な側面から離れ、道家的な側面から捉えたことは興味深い。だが、鄭氏が自ら述べているように、嵇康は「音楽と心理活動との関係を全く否定しているわけではない」のである。先に見たように、儒家の「和」はもともとは中国の礼楽の伝統の中にあった。そして礼楽の伝統は、そもそもこの音楽と、音楽が心に及ぼす心理活動から始まっていた。鄭氏の主張のように、嵇康の唱える音楽の「和」を儒家と道家という枠組みに括ることができるのであろうか。本章で、先に礼楽の伝統を確認したのは、その伝統の伝承の変化を理解する助けとしたかったからである。ここでは嵇康の「琴賦」に見られる「和」について取り上げ、そこに見える礼楽の伝統を見ていきたい。

＊

嵇康の「琴賦」の序に、[一八]「以て神気を導養し、情志を宣和し、窮独に処りて悶えざる可き者は、音声より近きは莫し（可以導養神気、宣和情志、処窮独而不悶者、莫近於音声也）」というように音楽を聴くことにより心が導き養われ（導養）、心を調わせ穏やかにし、困難にあっても悩むことがなくなると記されている。ここでの「和」は「宣」と合わさり「宣和」と熟して用いられている。『漢語大詞典』においても、この嵇康の「琴賦」のこの句を引用し「宣和」を「疎通調和」の意としている。また、「宣」については『説文解字』の段玉裁の注に、「緩」の意味に派生したとある。これらのことから、「宣和」は、音楽によって心が調い、心がやわらぐことを意味していると考えられる。

さらにこの「序」は次のように続く。

是故復之而不足、則吟詠以肆志、吟詠之不足、則寄言以広意。然八音之器、歌舞之象、歴世才士、並為之賦頌、其体制風流、莫不相襲。称其材幹、則以危苦為上、賦其声音、則以悲哀為主、美其感化、則以垂涕為貴。麗則麗矣、然未尽其理也。推其所由、似元不解音声。覧其旨趣、亦未達礼楽之情也。衆器之中、琴徳最優。故綴叙所懐、以為之賦。

是の故に之を復して足らざれば、則ち吟詠して以て志を肆べ、之を吟詠して足らざれば、則ち言を寄せて以て意を広む。然れども八音の器、歌舞の象は、歴世の才士、並びに之が賦頌を為り、其の体制風流、相襲せざるは莫し。其の材幹を称すれば、則ち危苦を以て上と為し、其の声音を賦すれば、則ち悲哀を以て主と為し、其の感化を美むれば、則ち垂涕を以て貴しと為す。麗は則ち麗なるも、然れども未だ其の理を尽くさざるなり。其の由る所を推すに、元音声を解せざるに似たり。其の旨趣を覧るに、亦 未だ礼楽の情に達せざるなり。衆器の中、琴徳最も優る。故に懐う所を綴叙し、以て之が賦を為る。

音楽について論じる「賦」が多く世に出ているが、それらはみな似たりよったりである。楽器の材料の産地を論じるときは自慢し、音色については「悲哀」を述べることを主としている。そして音楽の影響力については涙を流させることを重んじるのである。それらの文章は華麗ではあるが「理」を述べるものではない。このようになってしまう原因はどこにあるのかと考えてみたところ、音楽そのものの根本を理「解」していないからではないか。また、「礼楽の情」に達していないからではないかと考えた。そこで楽器のうち琴がもっとも優れているのでこの「琴賦」を作ったのである、というのがこの序のおおまかな意味であろう。

当時の音楽論に対して嵇康はこのように批判をした。そしてこの批判の中に、嵇康独自の音楽論が込められている。それは、音楽は悲哀を表現するものではなく「礼楽の情に達」することを表現するものだということである。

さらに、「琴賦」では「和」について以下のように述べている。

及其初調、則角羽倶起、宮徴相証。参発並趣、上下累応。踸踔・硌、美声将興。固以和昶而足躭矣。

其の初めて調うに及びては、則ち角羽倶に起こり、宮徴相証す。参わり発し並び趣き、上下累応す。踸踔・
碌として、美声将に興らんとす。固に和昶するを以て、躭るに足る。

できあがったばかりの琴を始めて調律すると、五音の角と羽と、宮と徴とが響きあう。高い音低い音とが応じあい、音が重なりあう。その響き合う琴の音は穏やかで伸びやかで、たのしむのに足るものである、というのがこの大意であろう。

「和」は「昶」と熟して、「和昶」と用いられている。李善がここの「昶」に対して「広雅に曰く昶は通なり（広雅曰昶通也）」と注しているように、『広雅』は、「昶」は「通」という意味であるとしてる。また、『漢語大詞典』は、「昶には「暢」に通じ、「舒暢、通達」という意味である」とする。そして、やはり嵇康の「琴賦」の「雅やかに唐堯を昶べ、終に微子を詠ず（雅昶唐堯、終詠微子）」の「昶」に対して李善が「昶 暢と同じ（昶与暢同）」と注したのを例としてあげている。とすると「昶」は心を穏やかに伸びやかにすることを意味する言葉であると考えて良いだろう。つまり、「和昶」は琴の音色を表現しているのである。そして、その琴の音色は人の心を穏やかに伸びやかにし、たのしませる性質があるということである。

だが、だからといって、その音色は、心を自由奔放にさせるものではない。正しい方向に導く作用があるのだ。そのことは次のように論じられる。

揔中和以統物、咸日用而不失。其感人動物、蓋亦弘矣。
中和を揔べて以て物を統べ、咸日用いて失せず。其の人を感ぜしめ物を動かすこと、蓋し亦弘し。(一九)

ここには、琴の音色には「中和の徳」がある。その「中和の徳」によって様々な「物」を「統」べることができる。人の心もその「中和の徳」により正しい方向に導いたり、人々を「感」動させたりする。琴の音色には「中和の徳」があり、人の心を感化させ、正しい方向に導く働きがあるといわれる。つまり、琴の音色は人の心だけでなく、さまざまな「物」を「統」べるはたらきもあるのだ。

そして、そのはたらきは次のように「天地」にまでも及ぶのである。

感天地以致和、況蚑行之衆類　　天地を感ぜしめて以て和を致す、況や蚑行の衆類をや

琴はこのように天地を感動させて穏やかな状態にさせるはたらきがあり、まして、虫などの生き物を感じさせることは当然である。(二〇)

琴の音色は人の心に直接はたらきかける力がある。また琴の音色は様々な「物」を「統」べるはたらきもある。そのはたらきは「天地」にも及んでいる。このように嵇康の唱えた音楽論にも、先に見た礼楽の伝統が見られるのである。この「琴賦」には、栄啓期、綺里季という隠者のことや列子についての記述がある。確かにこのような人物の名前の記載があると、道家的な色合いを感じてしまう。だが、根本にあるのは儒家伝統の「礼楽の情」であるようだ。

では、次に陶淵明の詩文に見える「和」について見ることにする。

（五）陶淵明の「和」について

問題とする「和」は「和以七弦」という句の中に詠まれている。この句がある「自祭文」は、題の通り、自分自身で自分の死を弔う「祭文」である。これは、死について、しかもそれは他人の死ではなく、自分自身の死について詠んでいる。それにもかかわらず、そこには「死」につきまとう暗さが感じられない。日頃、酒を飲み、詩を詠み、畑を耕し、琴を弾いたりしてのんびりと過ごした、と詠まれている。その「和」の詠まれる、第三段落を見てみよう。

春秋代謝　有務中園
載耘載耔　迺育迺繁
欣以素牘　和以七弦
冬曝其日　夏濯其泉
勤靡余労　心有常間
楽天委分　以至百年

春秋代謝し、中園に務め有り
載ち耘り載ち耔えば、迺ち育ち迺ち繁る
欣ぶに素牘を以てし、和するに七弦を以てす
冬は其の日に曝し、夏は其の泉に濯ぐ
勤めては労を余すこと靡く、心に常間有り
天を楽しみ分に委ね、以て百年に至る

「和」は「欣ぶに素牘を以てし、和するに七弦を以てす（欣以素牘、和以七弦）」という対句の中に詠まれている。その対句の中の「欣」を、たのしみを表現する言葉であると理解するなら、これと同じ構文でしかも対句で詠まれている「和」もたのしみを表現するものとして理解することができるのではないか。だが、先に述べたように、従来の

解釈では、たのしみを表現しているものとして理解されていない。また、その解釈さえも定まっておらず、「和」という言葉についても十分に検討されていない状態である。筆者はここは「和むに七弦を以てす」と訓むべきではないかと考えている。その根拠を以下に検討したい。

「和」は現代中国語において五種類の発音がある。そして意味はそれぞれの発音によって異なっている。(二二) 藤堂明保『漢字語源辞典』によると、「和」(二三)は、

①平声は和音を出す笛のこと。また平和・温和の和。

②去声は唱和・調和の和で、動詞として用いる。

とある。これによると、陶淵明のこの「和」は、これまでこの後者の意味に理解されていたのではないかと思われる。ところが、後に検討するように、実は、陶淵明の詩文にある「和」の用例では、そのように音楽を合わせて奏でるという意味に理解し得るものはないのである。

音楽をあわせて奏でるという意味に理解するのなら、藤堂氏によれば、その場合の「和」は去声に詠まれていなければならない。しかし、陶淵明の詩文によまれる「和」のうち、それが去声に詠まれていることが予想できるものは、次の「雑詩」其の二に詠まれる「和」だけである。

欲言無予和　揮杯勧孤影　　言わんと欲するも予れに和するもの無く　杯を揮って孤影に勧む

心におもうことを言いたいのだがわたしの相手をしてくれる人がいない。だから杯を自分の影にすすめるの

だ。

孟二冬氏が「無予和（ｈｅ賀）：即「無和予」、没有人同我相交談」[二三]と注をしているように、ここでの「和」は「賀」と同じく去声で読まれるものであるようだ。

次の「停雲」第四節に詠まれる「和」は、平声に読まれなければならない。なぜなら、それは押韻字だからである。

翩翩飛鳥　息我庭柯
斂翮間止　好声相和
豈無他人　念子実多
願言不獲　抱恨如何

翩翩たる飛鳥　我が庭の柯に息う
翮を斂めて間かに止まり　好声　相和す[二四]
豈に他人無からんや　子を念うこと実に多し
願いて言に獲られず　恨みを抱くこと如何

この「和」は、「柯」「多」「何」と押韻している。いずれも『広韻』下平七歌韻。「和」は『広韻』下平八戈韻であるが、歌と戈は同用である。したがって、この「和」は韻を踏んでいる他の文字と同じく平声であり、去声ではない。一方、この句は枝の上で鳥たちが鳴き交わしていることを詠んでいる。[二五]したがって「唱和」という意味の「和」でなければならない。そうだとすればここに矛盾があることになる。

この点については、『説文解字』の段玉裁の注の次のような記述が一つの方向を与えてくれる。それは、「古唱和字不読去声」という記述である。これによれば、「古」というのがいつの時代を具体的に指すのか不明ではあるが、「古」は「和」を去声によむことがなかったとのことである。どうやら、この「停雲」の「和」の意味するところを、音韻の面から推定することは困難なようだ。まして、「自祭文」の「和」は韻字ではない。さらにそれは難しいであろう。そうだとすれば、陶淵明の詩文の「和」の用例を分析することにより、その意味するところを見ていくほかはない。

先に取り上げた二例（「雑詩」其の二、「停雲」）の「和」と、問題としている「自祭文」の「和」を除くと、陶淵明の詩文に詠まれる「和」の用例は十五ある。それらは、笛の音色や人柄や春の季節のおだやかさ、という「おだやか」な様を表している。これより以降、それらを具体的に見ていくことにしたい。

①笛の音色のおだやかさ——一例

「閑情賦」によまれる「和」は、おだやかな笛の音色を表現する。

始妙密以閑和　終寥亮而蔵摧

始めは妙密にして以て閑和なるも　終には寥亮として蔵摧く

遠くから流れてくる笛の音色が始めはおだやかに聞こえていたが、やがて心をえぐるかのように哀しみを誘うものに聞こえたという。ここでは笛の音による心の状態の変化を見ることができる。「和」は類義語の「閑（しずか・のどか）」と合わさって、穏やかな様子を表している。

②平和・おだやかにする——一例

「命子」には輝かしい先祖の功績を讃える箇所がある。そこに「和」を見ることができる。

粛矣我祖　慎終如始　　　粛たり我が祖　終(おわ)りを慎むこと始めの如し
直方二台　恵和千里　　　直なるは二台に方たり　恵みは千里を和す

陶淵明の祖父である陶茂は先祖の「二台（宰相陶青、長沙公陶侃）」と肩を並べるほどにすばらしい人物であった。その茂によって「千里」もの地が穏やかに治まったのであった。ここでの「恵」は「和」と類義の語であろう。その二語が合わさって、穏やかな様が表現されている。

③人のおだやかな性質――二例

「晋故征西大将軍長史孟府君伝」には、陶淵明の外祖父孟嘉の人柄を

君色和而正　温甚重之　　　君　色は和にして正　温甚だ之れを重んず

という。ここでの「和」は「正」とともに孟嘉の人柄の穏やかで真っ直ぐな様を表現する。「和」は穏やかな様を表現し、「正」はその性格の片寄らない真っ直ぐな様を表す。「和」は「正」と共に用いられている。そのことは「和」のもとの意味が「礼楽の伝統」にあったことを彷彿させる。孟嘉の性格が「和」であり「正」であったので桓温に重んぜられたということであろう。

また、「祭程氏妹文」でも、陶淵明の妹の人柄を、

能正能和、惟友惟孝　　能く正能く和、惟れ友惟れ孝

という。ここでの「和」も「正」とともに用いられ、人柄の穏やかで真っ直ぐな様を表現している。

このように「和」がおだやかな人柄を形容する用例は、宋玉（戦国時代）の「神女賦」にも見える。宋玉は、神女の性格の穏やかであることを「性和適にして(二六)」と詠む。また、陶淵明とほぼ同じ時代の顔延之（三八四〜四五六）が陶淵明の死を悼んで詠んだ「陶徴士誄」にも、陶淵明の性格を「和にして能く峻し(二七)」と詠んでいる。

④春のおだやかさ——十一例

次の「和」は、春の穏やかな陽気の様を表現するものである。まず、「時運」序をみてみよう。

時運、游暮春也。春服既成、景物斯和。偶景独游、欣慨交心。

時運は、暮春に游ぶなり。春服既に成り、景物斯れ和す。景を偶いて独り游び、欣慨心に交わる。

「暮春」とあるように、この作品に詠まれている季節は春である。そして、「景物斯れ和す」とあるように、春の景色がその舞台となっている。また、その景色の様子は、具体的には「時運」の本文に「山は余靄に滌われ、宇には微霄曖たり。風有り南自りし、彼の新苗を翼く（山や空が春景色に染まり、南からの暖かな春風が、畑に生えた苗の成長を助けるかのように吹く(二八)）」と詠まれているように「おだやか（和）」である。

以下はこの「時運」と同じように、「和」がおだやかな春の季節を表す用例である。

辛丑正月五日、天気澄和、風物間美、与二三隣曲、同遊斜川。

辛丑正月五日、天気澄み和やかに、風物間かにして美しく、二三の隣曲と、同（とも）に斜川に遊ぶ。「遊斜川」序

魴鯉躍鱗於将夕、水鷗乗和以翻飛

魴鯉鱗を将に夕べならんとするに躍らし、水鷗和やかなるに乗じて以て翻り飛ぶ。「遊斜川」序

気和天惟澄　班坐依遠流

気は和やかに天は惟れ澄み、坐を班（わか）ちて遠流に依る。「遊斜川」

風雪送余運　無妨時已和

風雪余運を送るも、時の已に和するを妨ぐること無し。「蜡日」

日暮天無雲　春風扇微和

日暮れて天に雲無く、春風微和を扇ぐ。「擬古」其の七

草栄識節和　木衰知風厲

草栄えて節の和するを識り、木衰えて風の厲（はげ）しきを知る。「桃花源詩」

「遊斜川」序には、「正月五日」とある。「蜡日」では「風雪」の「なごり（余運）」があるがそれでも時節（時）はもう春の気配のあることがうたわれる。「擬古」其の七では「春風」とある。「桃花源詩」では「草栄」と詠まれている。これらはみな、春の季節を詠む句の中に「和」も用いられており、それは穏やかな春の様子を表現しているのである。

また、「和」は「沢」や「風」と熟して用いられる。「勧農」詩に「和沢」と「和風」の両方が見える。その「勧農」を見ることにしよう。この作品は八句ずつ六節にわかれている。それぞれの節の主旨は、

第一節、太古の昔の民達は自給自足の生活をし、純朴な心をもっていた。しかし知恵がつき生活供給と需要とが崩れてしまった。そのような時、民を豊かにしたのは哲人であった。

第二節、哲人とは后稷である。后稷が民に農作業を教えた。そして舜も禹も自ら耕作した。周代の典籍でも「食」を「八政」の筆頭にあげている。

第三節、哲人により蘇った田畑で農作業に励む人々の様子が詠まれている。

第四節、穏やかな時は長くは続かず、世の中は乱れてしまった。だが、冀（き）の国の缺（けつ）は妻と一緒に、また長沮と桀溺という賢人や達人たちでさえも畑仕事に励んだ。だから我々庶民も農耕すべきではないか。

第五節、人の暮らしは労働に励むことが一番大切であると主張する。

第六節、孔子や董仲舒らは田畑に足を踏み入れることはなかった、とやや皮肉をこめていう。


というものである。第三節に、哲人によって蘇った田畑の豊かさ、おだやかさが「卉木繁栄、和風清穆」と詠まれる。また、第四節に、「気節易邁、和沢難久」とある。この句は、穏やかで潤いのある春のような良い時は長くは続かなかったのであったという意味である。

「和風」「和沢」とそれぞれ「風」と「沢」と熟して詠まれているが、「和」の「おだやか」という意味は変わらない。この「和沢」という語は「和郭主簿」其の二にも詠まれており、それは春のような暖かなさまの意と理解し得る。

和沢周三春　清涼素秋節

和沢は三春に周（あまね）く、清涼たり　素秋の節

このように「和沢」「和風」と熟して用いられても、「和」は春のような穏やかさを表している。なお、「和風」の用例は陶淵明よりも前の束皙（?～三〇六）の「補亡詩」にも見える。[二九]

華黍、時和歳豊、宜黍稷也。
黮黮重雲　輯輯和風
黍華陵巓　麥秀丘中
靡田不播　九穀斯豊

華黍は、時に和ぎ歳は豊かにして、黍稷の宜しきなり。
黮黮たる重雲　輯輯たる和風
黍は陵巓に華さき、麥は丘中に秀ず
田として播かざるは靡く、九穀は斯れ豊かなり

序に、「華黍の詩は、時節がなごやかで、稔りも豊かで、黍稷のよく育っていることを述べたものである」とあるようにこの詩は穀物が豊かに育つ様子が詠まれている。黒々とした雲からは恵みの雨がもたらされ、そよそよと吹く和やかな風に育まれ、陵の上には黍の花がさき、丘では麥がよく伸びている。田という田にはすべて種がまかれ、黍稷をはじめいろいろな穀物が豊かに育っている。ここでもやはり「和風」は生物に恵みをもたらす穏やかな風を意味している。

しかし、このような万物を育てる恵みの風（和風）は、いつでも、どこにでも吹いているわけではなかった。陶淵明の「帰鳥」の第一節に次のように詠われている。

和風弗洽　翻翮求心

和風洽からざれば、翮を翻えして心を求む

なごやかな風はひろく行き渡ってはいなかった。そこで翼を翻して心のままにすることにしたのだった

陶淵明の詩文に見える「和」はこれまで見てきたように「おだやか」な意味として理解することができる。他の詩人たちの詠んだ「和」と陶淵明の「和」とを比べても、陶淵明の「和」の用例だけが極めて特異なわけでもない。と

いうことは、本章で問題としている「自祭文」の「和」の場合もその例外ではなく、これらと同じように理解しうるということになる。

＊

ここで問題とする「自祭文」は陶淵明の絶筆といわれている作品である。題の通り、自分自身で自分の死を弔う「祭文」である。死について、しかもそれは他人の死ではなく、自分自身の死を詠んでいる。しかし、そこには「死」につきまとう暗さが感じられない。そこには、日頃、酒を飲み、詩を詠じ、畑を耕し、琴を弾いてたのしんだ、とありふれた日常生活の様子が詠まれている。「和」は、その日常生活の中の一つである琴を奏でるたのしみを表現している。もう一度ここでその第三段落を見よう。

春秋代謝　有務中園
載耘載耔　迺育迺繁
欣以素牘　和以七弦
冬曝其日　夏濯其泉
勤靡余労　心有常間
楽天委分　以至百年

春秋代謝し、中園に務め有り
載ち耘り載ち耔えば、迺ち育ち迺ち繁る
欣ぶに素牘を以てし、和するに七弦を以てす
冬は其の日に曝し、夏は其の泉に濯ぐ
勤めては労を余すこと靡く、心に常間有り
天を楽しみ分に委ね、以て百年に至る

この段落には、農作業と作物の生長をよろこぶ様子（載耘載耔、迺育迺繁）、書物をたのしむこと（欣以素牘）、音楽をたのしむ様子（和以七弦）が詠まれ、冬の日溜まりで日向ぼっこをし、夏は泉で涼を取るという日常の生活が描

かれている。そこでの日常の生活は陶淵明にとって何よりも心休まるものだったのである（心有常間）。そして、このような田園生活の楽しみを、天から与えられた「天命」として楽しむのだと言う（楽天委分）。

この段落は非常に修辞に凝っている。「載」「酒」字を重ねて用いたり、「欣以素牘、和以七弦」の句と「冬曝其日、夏濯其泉」「勤靡余労、心有常閑」の句ではそれぞれ対句が用いられている。そして、その対句である「欣以素牘、和以七弦」の句の中の「欣」は「よろこぶ」というたのしみを表現する言葉である。するとやはり「和」も「欣」の様にたのしみを表現する言葉として理解することが自然であろう。となると、「欣以素牘、和以七弦」の句は、「欣ぶに素牘を以てし、和むに七弦を以てす」と訓んで、よろこぶには書物を（書いたり、読んだり）、なごむには琴を（聴いたり奏でたり）、と理解するのが自然であろう。

（六）おわりに

以上、陶淵明の詩文に詠まれる「和」について述べた。陶淵明の詩文に詠まれる「和」のほとんどは「おだやか」なさまを表現する。そこで、「自祭文」の「和」も同じように「おだやかな」な状態を表現する言葉として理解することも可能である。とすると、この「自祭文」のこの「和」の詠まれる句は、琴を奏でることを表現するのではなく、琴をかなでるたのしみを表現するものと理解することができる。また、この句が対句をなしていることからもそのように理解することが自然であろう。

＊

陶淵明の詩文には、この「自祭文」にあるように琴を奏でるたのしみのほかに、詠詩のたのしみ、読書のたのしみ、飲酒のたのしみ、農耕のたのしみなど、様々なたのしみが詠まれている。これらのたのしみも、はめをはずして、自分自身の欲望のために我を忘れて求めるようなものではなく、抑制されており、「礼楽の伝統」に基づく「和のたのしみ」である。

次の章においては、陶淵明の詩文によまれる様々なたのしみの中から、読書をするたのしみ、琴を奏でるたのしみ、農耕のたのしみ、飲酒のたのしみについて取り上げ、その表現を見ていこうと思う。

【注】

(一) 斯波六郎『陶淵明詩訳注』(東門書房、一九五一年初版・北九州中国書店、一九八一年九月)。
(二) 吉川幸次郎『陶淵明伝』(「新潮」一九五五年・中央公論社、一九八九年五月)。
(三) 岡村繁『陶淵明 世俗と超俗』(日本放送出版協会、一九七四年第一刷・一九八四年六月)六二頁参照。
(四) 石川忠久『陶淵明とその時代』(研文出版、一九九四年四月)五頁参照。
(五) 川合康三『中国の自伝文学』(創文社、一九九六年一月)九二頁・一七六頁参照。
(六) 都留春雄・釜谷武志『陶淵明』(角川書店、一九八八年五月)。
(七) 藤堂明保『漢和大字典』「欣、よろこぶ・ひいひいと息をはずませてよろこぶ。また、よろこび」。
(八) 松枝茂夫・和田武司『陶淵明集』(岩波書店、一九九〇年二月)二三九頁。
(九) 川合康三、前掲書。川合氏は音楽をたのしみの一つとしているが、この句では「和」を「合わせる」と解している。一六三頁参照。

（一〇）都留春雄・釜谷武志『陶淵明』（角川書店、一九八八年五月）三七五頁。

（一一）伊藤直哉『「笑い」としての陶淵明　古（あたら）しいユーモア』（五月書房、二〇〇一年二月）二一九頁。

（一二）田部井文雄・上田武『陶淵明集全釈』（明治書院、二〇〇一年一月）四一二頁。

【語釈】に「和」は歌に和して弾くこと、と説明している。

（一三）中国での主な解釈は次の通りである。

王瑤『陶淵明集』素牘、書籍。七弦、指琴。（人民文学出版社、一九五六年八月、一九八三年九月）一三三頁。。

逯欽立『陶淵明集』素牘、指書籍。七弦、琴。（中華書局香港分局、一九八七年二月）一九八頁。

孟二冬『陶淵明集訳注』素牘、指書籍。牘是古代写字用的木簡。和、和諧。七弦、指七弦琴。（吉林文史出版社、一九九六年六月）三五四頁。

（一四）李沢厚『華夏美学』（中外文化出版公司出版社、一九八九年二月）、興膳宏訳『中国の伝統美学』（平凡社、一九九五年六月）。

（一五）『詩経』には「和」の用例が十八例。『楚辞』には「和」十五例。

（一六）伝に「湛楽之久」とある。

（一七）鄭正浩「嵆康の音楽思想における〈和〉について」（『日本中国学会報』二八、一九七六年十月）。

（一八）『文選』巻十八。

（一九）李善注、礼記曰、楽者、天地之命。中和之紀。周易曰、百姓日用而不知。

（二〇）李善注、礼記曰、聖人作楽以応天、制礼以応地。此則楽者天之和也。

（二一）『新華字典』『現代漢語詞典』ではともに① **he2** 平和・和諧・など② **he4** 合わせてうたう・和詩③ **huo2** 粉類に水を加えてかき混ぜたりこねる④ **huo4** 粉類を合わせる・水を加えて混ぜる⑤ **hu2** 賭博で勝つことの五種類を確認できる。

（三二）①藤堂明保『漢字語源辞典』

「あい応ずるなり・口＋禾声」〈詩経、蘀兮〉の「唱するは予（われ）和するは女（なんじ）」とはその用例。声をそろえて和音を出すこと。平声は和音を出す笛のことで、また、龢とも書く。また平声は平和・温和の和であり、去声は唱和・調和の和で、動詞として用いる。完 **huan** の対転に当たり、角がなくて丸くまとまる意を含む。また歓 **huan** の対転に当たると考えれば、「声をそろえる」意と考えられよう。（六一八頁参照）

「あい応じるなり・口＋禾声」〈詩経、蘀兮〉「唱するは予（われ）和するは女（なんじ）」はその用例で、唱に対するコトバが和である。Aの声にBの声を合わせそろえること。（六四五頁参照）

②『説文』和相応也。从口禾（か）声。（注）古唱和字不読去声。戸戈切。十七部。

③『広韻』下平八、和、爾雅云笙之小者謂之和和順也。諧也。不堅不柔也。

去声三十九、和、声相応。

（三三）孟二冬『陶淵明集訳注』（吉林文史出版社、一九九六年六月）。

そのほか、中国においては次のように注がされている。

丁福保『陶淵明詩箋』（芸文印書館、一九二七・一九七七年七月）張茂先雑詩、寤言莫予応。

古直『陶靖節詩箋』（広文書局、一九七四年十二月再版・一九七八年十月三版）荘子徐無鬼篇自夫子之死吾無与言之矣張茂先雑詩寤言莫予応。

逯欽立『陶淵明集』（中華書局香港分局、一九八七年二月）無予和、無和予者。

（三四）王瑶『陶淵明集』（人民文学出版社、一九五六年八月・一九八三年九月）好声句、以鳥的相鳴求侶、譬喩人的思友。

孟二冬『陶淵明集訳注』（吉林文史出版社、一九九六年六月）相和、互相唱和。

（二五）陶淵明のよりも前の時代、後漢の張衡（七八〜一三九）の「思玄賦」では「鳴鶴頸を交え、鵾鳩相和す（鳴く鶴は首を交え、みさごは呼び交わす）」と「和」は「相」と合わさり「相和」となって「賦」に詠まれている。この「和」は確かに鳥の鳴きあうさまを描写している。（「鳴鶴交頸、鵾鳩相和」『文選』巻十五）

（二六）「性和適」『文選』巻十九。

（二七）「和而能峻」『文選』巻五十七。

（二八）「山滌余靄、宇曖微霄。有風自南、翼彼新苗」。

（二九）『文選』巻十九。

第三章　「たのしみ」の表現〔2〕

従来の表現から発展し陶淵明の独自性が見られる言葉

第一節「歓」と「娯」について

（一）はじめに

この第三章では、「歓」「娯」と「称心」を取り上げる。陶淵明の詩文におけるそれらの意味するところは、従来の用例に見えるものと基本的には変わりない。だが、用法においては、従来の用法に陶淵明の独自性が加わるという特色が見られる。

まず、この第一節において「歓」と「娯」について検討する。結論を先に述べると、「歓」と「娯」は、共に「たのしみ」を表す言葉である。それが陶淵明の詩文においてのみ使い分けられている。「歓」は自分以外の誰かとともに酒を飲んだり、畑を耕したりするたのしみを表す。そこにはよろこびを分かちあうという「たのしみ」が表現されている。一方、「娯」は一人で静かに本を読んだり、詩を詠じたりという一人で味わう「たのしみ」が表現されている。陶淵明の詩文においては、この「歓」と「娯」はほとんど混同して用いられていない。

それでは、「歓」と「娯」について見ていこう。

＊

従弟の陶敬遠を弔うために詠まれた「祭従弟敬遠文」には、秋の刈り入れに敬遠も同行した想い出が次のように詠まれている。

与汝偕行、舫舟同済　君も一緒に舟をならべ川を渡り秋の穫り入れに行ったね
三宿水浜、楽飲川界　川辺に三泊して楽しく飲んだものだね

また、「酬丁柴桑」では、丁柴桑との交遊については、

放歓一遇、既酔還休　あなたと思いがけず出会えてほしいままにたのしみ、酔っぱらっては帰り休む
実欣心期、方従我遊　とてもよろこばしいことだ、心を許しあえる友が、私と一緒にこのようにつきあってくれることが

と詠まれている。さらに「飲酒」序には「詩文を詠む」たのしみが詠まれる。また、其の九では訪ねて来てくれた「父老」に、出仕の気持ちの無い意を表しつつ一緒に楽しく一杯飲もうと詠んでいる。

顧影独尽、忽焉復酔。既酔之後、輒題数句自娯。

影法師を相手に酒を飲み、飲むとたちまち酔ってしまう。そして酔った後にはいつも詩を詠むことをたのしみとしている。（序）

且共歓此飲　　一緒にこの酒を飲んでたのしみましょう
吾駕不可回　　しかし私の車の向きを変えることはできませんが（其九）

以上、無作為に四つの例をあげてみた。ご覧のように、その「たのしみ」は「楽」「欣」「娯」「歓」などの言葉によって表現されている。[一] それらは字は異なっているものの、確かにどれも「たのしみ」を表現しており、そしてこれらの文字についての我々の常識を裏切るものではない。

しかし、少し注意深く読んでみると、これらの「たのしみ」は必ずしも同一の感情を表しているのではないことに気づく。この「楽」「欣」「歓」という三つの文字には、確かに共通して、誰かと共に「飲酒」することによって得られる「たのしみ」が表現されている。しかし、同じように「たのしみ」を表現するものと思われる「娯」は、詩文を詠んで自らたのしむことを表している。そこには誰かと共にするたのしみは認められないのである。これはただ単にたまたまそうなったに過ぎないのであろうか。「飲酒」詩の序で用いられている「娯」は、「歓」に置き換え「既酔之後、輒題数句自歓」とすることも可能なのだろうか。なお、ここの「歓」は、「序」の中の言葉であるので「押韻」の制約を受けていない。あるいは、「娯」そのものに「たのしみ」を表す他の言葉とは異なった何らかの特殊性があるのではないか。そのような疑問を念頭に置いて陶淵明の詩文に詠まれる「たのしみ」の表現を見てみると、次のような問題が浮かびあがってくるのである。

「九日閒居」では、隠遁生活の「たのしみ」について次のように述べている。

棲遅固多娯　　棲遅　固より娯しみ多く

淹留豈無成　　淹留　豈に成る無からんや

「棲遅」すなわち隠遁生活には「娯」が多いということである。[二] ところが、先に引いた「飲酒」序の冒頭では次のように表現している。

余間居寡歓　　余れ間居して歓び寡く
兼比夜已長　　兼ねて比　夜已に長し

同じく「間居」すなわち隠遁生活には「歓」が少ないと詠んでいるのである。陶淵明の詩文において「棲遅」と「間居」はともに官界から離れて隠遁している暮らしぶりを表している。また、「歓」と「娯」は共に「たのしみ」を表現する言葉である。だが、その隠遁生活を、一方は「歓」は「寡」くといい、一方は「娯」は「多」いと詠んでいるのだ。これはどういうことなのであろうか。

さらに、興味深いのは「雑詩」其の五の次のような表現である。

値歓無復娯　　歓びに値うも復た娯しみ無く
毎毎多憂慮　　毎毎　憂慮多し

ここでは、「歓」に「値」うけれども「娯」は「無」いと詠まれている。一見矛盾した表現のように見られるのである。これは吉川幸次郎氏が指摘する「矛盾を矛盾のままに表白している」ということなのであろうか。

このように見てくると、陶淵明を単に「たのしみの詩人」とのみ捉えることは、「嗟嘆する詩人」とのみ捉えることと同じく、一面的なことのように思えるのである。

ここで問題となるのは、先に少し述べたように「歓」の表す「たのしみ」と「娯」の表す「たのしみ」がはたして同じ「たのしみ」を表しているのかどうかということではないだろうか。つまり、「歓」と「娯」は、その指し示す内容が異なっているのではないかということである。

「雑詩」其の五の該当部分を、たとえば都留春雄・釜谷武志の両氏は「楽しいことに出会っても何の楽しさもおぼえず、いつも心配事ばかりが多くなった」と訳している。[三] その他の日本語訳も大きく異なるところはない。また、前述の「九日間居」と「飲酒」序の「娯」と「歓」においても、日本における従来の解釈では異なったものとして理解されているようには見られない。[四] 従来の解釈では、どちらも、単に「たのしみ」と訳されているだけで、異なった内容を指すものとしては解釈されていない。確かに「歓」も「娯」も「たのしみ」であることに間違いはなく、「たのしみ」と訳すことが間違っているというわけではない。また、それを意識して区別して訳さなければならないほど、重要な差異ではないのかも知れない。しかし、筆者は単に「たのしい」と一言で解釈するだけでは再現できない内容がそこに表現されているのではないかと考えている。

そのことをまず意識させたのは、字書類の解釈である。それらによれば「歓」は必ずしも「娯」とイコールではない。[五] 確かに、字の成り立ちや声音が異なっている以上、完全に同じであることなどあり得ない。しかし、一般的には両者の共通部分を意識して、たとえば「歓娯」と熟させて用いることによって、その「差異」よりも「共通」部分を重視し、ほとんどその「差異」を意識することなく使用することとなる。「歓」も「娯」も同じく「たのしみ」を表す言葉として無意識に用いることとなるのである。

しかし、その一方で、日常化した「歓」＝「娯」という使用法に対して、「歓」と「娯」の差異に重点を置き、「歓」≠「娯」として用いるとすれば、日常化した「歓」と「娯」に対して新たな光を当てることとなる。詩の言葉がそのような働きを持つものであることは、今さら言うまでもないことであろう。

さて、この二つの言葉の差異に重点を置いて説明しているものに、荻生徂徠の『訳文筌蹄』がある。そこでは「歓」を「何レモ喜楽ノ義ニテ人ノ出合フ上ニテ云フ也」と、また「娯」を「楽字ト別ナリ和語ノナグサムナリナグサミナリ」と説明している。つまり、「歓」は他者すなわち「人」とともによろこぶたのしみのことであり、「娯」は自分の心を慰めるという「一人」でたのしむたのしみのことのようである。確かにこの両者には意味するところに違いがあるようだ。

＊

以上のようなことを動機として陶淵明以前の詩人の詠んだ「歓」と「娯」の用例と、陶淵明のそれとを調査したところ、次のような結果を得た。すなわち、①陶淵明以前の詩人の詠んだものでは、「歓」と「娯」は同じように使われており、明確な使い分けは認められない。しかし、②陶淵明の詩文では荻生徂徠の指摘したような特徴が明確に認められるということである。つまり、「歓」と「娯」を使い分けて用いるのは、陶淵明の詩文の中に見られる特別な用法である可能性があると考えられるということである。

以下、まず、陶淵明以前の「歓」と「娯」の用例について見ていき、次に、陶淵明の詩文に見られる「歓」と「娯」の用例について見ていきたい。そして最後に、この使い分けの意味するところについて筆者の考えを披瀝し、ご批判を仰ぎたいと思う。

（二）従来の「歓」と「娯」の用例について

「歓」の用例と「娯」の用例は、それぞれ陶淵明以前の文学作品にも数多く見られる。しかし、その両方を用いて詩文に詠んだ作者はそう多くはない。小論ではその両者を用いた宋玉、陳琳、潘岳、謝霊運の用例を検討することとしたい。[六]

まず、宋玉の作品の「招魂」には「歓」と「娯」が同時に見られる。

娯酒不廃、沈日夜些　　酒を娯しんで廃せず、日夜沈む
蘭膏明燭、華鐙錯些　　蘭膏の明燭、華鐙に錯く
（…中略）　　（…中略）
酎飲尽歓、楽先故些　　酎飲歓を尽くして、先故を楽しましめん
魂兮帰来、反故居些　　魂よ帰り来たれ、故居に反れ

「歓」と「娯」はともに宴席でのたのしみを表している。ここに詠まれる「歓」と「娯」は、使い分けて用いてはいないようだ。また、宋玉の「歓」と「娯」は、確かに「たのしみ」が表現されているが、その根底には屈原の不幸な境遇を悲しみ悼む感情が流れている。[七]

宋玉と同じように、三国の魏の陳琳（?～二一七）の「遊覧詩二首」其の一と其の二に見られる(八)「歓」と「娯」も「たのしみ」を表現する言葉を用いながら、その裏側にある「悲哀」を表している。まず、其の一には次のようにある。

高会時不娯、羈客難為心
慇懐従中発、悲感激清音
投觴罷歓坐、逍遙歩長林

高会時に娯しまず　羈客心を為し難し
慇懐中より発し　悲感清音を激す
觴を投じて歓を罷(や)めて坐し　逍遙して長林に歩む

「娯」と「歓」は、盛大な宴席（高会）において楽しむことを表している。この両者は区別しては用いられていない。盛大な宴席（高会）で酒を飲んでも心を解き放ち楽しむことができない（不娯）、それゆえに、「觴」を置き酒を飲みたのしむことを「罷(や)」めた（罷歓）と詠んでいるのである。このように、ここでは「たのしみ」を表す言葉である「娯」と「歓」にそれぞれ「不」と「罷」を付け加えそれを否定している。そうすることにより、「たのしみ」とは反対の「悲哀」を表現している。

ところで、先に見たように、陶淵明は「間居」は「歓」が「寡」くと「棲遅」には「娯」が「多」いと詠んでいた。それに対して陳琳の「遊覧詩二首」其の二では、「閑居」は「たのしく」ないと詠まれている。

閑居心不娯、駕言従友生
翺翔戯長流、逍遙登高城

閑居　心娯(たの)しまず　駕してここに友生に従う
翺翔(こうしょう)して長流に戯れ　逍遙して高城に登る

「閑居　心娯しまず」とあるように、ここでも「不」を用いて悲哀を表現している。陳琳にとってのたのしみは飲酒でも「閑居」でもなく、あるいは「長林」や「高城」を逍遙し遊覧することであったのかもしれない。だが、「逍遙」することにより「たのしみ」を得られたとも詠まれてはいない。悲哀に満ちた感情しかそこには詠まれていないのである。

次に、西晋の潘岳（二四七？〜三〇〇）の「歓」と「娯」を見てみたい。まず、「歓」の用例は「懐旧賦」に見られる。(九)

歓携手以偕老　　手を携えて以て偕に老ゆることを歓び
庶報徳之有隣　　徳に報ゆるの隣有らんことを庶う

この賦は、亡き義父の楊肇とその子である楊潭と楊韶の死を悼み追想したものである。ここには、潘岳が楊潭と楊韶との二人と「偕に老ゆること」をたのしみにしていたとある。この「歓」も誰かと共有するたのしみと理解することができる。先に見た陶淵明の「歓」と同じ類と考えられる。

一方、「娯」はどうであろう。「娯」は「為賈謐作贈陸機」其の九に詠まれる。(一〇)

昔余与子、繾綣東朝　　昔余と子と　東朝に繾綣たり
雖礼以賓、情同友僚　　礼するに賓を以てすと雖も　情は友僚に同じ
嬉娯糸竹、撫鞞舞韶　　糸と竹とを嬉び娯しみ　鞞を撫ちて韶を舞いぬ
脩日朗月、携手逍遙　　脩き日と朗き月とには　手を携えて逍遙せり

「糸と竹とを嬉び娯しみ」とあるように「娯」は、音楽を奏でて楽しむことを表現している。音楽を奏でるたのしみは、「手を携りて逍遙せり」とあるように、賈謐と陸機との交遊の一つであった。

潘岳の詠んだ「歓」には、楊潭と楊韶の二人と共に人生をたのしもうとしていたことが表現されていた。また、「娯」は、友人と一緒に音楽をたのしむことが表現されている。「歓」と「娯」の両者とも、友人と一緒に分かちあうたのしみが表現されており、両者を区別して用いていない。

次に、陶淵明とほぼ同じ時代の宋の謝霊運（三八五～四三三）の「歓」と「娯」を検討しよう。「擬魏太子鄴中集詩八首」序にその両者を見ることができる。(二)

建安末、余時在鄴宮。朝遊夕讌、究歓愉之極。天下良辰美景、賞心楽事、四者難幷。今昆弟友朋、二三諸彦、共尽之矣。古来此娯、書籍未見。

建安の末、余時に鄴中に在り。朝に遊び夕に讌し、歓愉の極を究む。天下の良辰と美景、賞心と楽事、四つの者は幷せ難し。今昆弟友朋、二三の諸彦、共に之を尽くせり。古来此の娯、書籍に未だ見えず。

「歓」は「朝に遊び夕に讌し」とあるように宴席のたのしみを表現している。一方、「娯」は「娯」の前の句に「今昆弟友朋 二三の諸彦 共に之を尽くせり」とあるように、宴席においてたくさんの人たちと過ごすたのしみを表現している。したがって、ここでも「歓」も「娯」も同じく宴席のたのしみを表現しているのである。そこには陳琳のような悲哀は見られない。しかし、このような華やかな宴席において、大勢の人達とともに賑やかにたのしむというのは、次章で述べる陶淵明の隠遁生活の中の飲酒のたのしみとは異なるものである。

＊

以上見てきたように、宋玉、陳琳、潘岳、謝霊運の作品に詠まれる用例においては、「歓」と「娯」は使い分けされていない。では、この「歓」と「娯」は陶淵明の詩文において如何に詠まれているのであろうか。次にはそれを見てみたい。

（三）陶淵明の詩文に見られる「歓」について

陶淵明の詩文において「歓」の用例は全部で二十五ある。その中の十二例は①再会のよろこび②農耕のよろこび③飲酒のたのしみ、の三つに分類することができる。(二二) これらはみな誰かと共にたのしんでいるものである。

①再会のよろこび

「晋故征西大将軍長史孟府君伝」には陶淵明の外祖父である孟嘉が、家に帰りつき、家族と共に再会をよろこぶ様子が詠まれている。

君既辞出外、自除吏名、便歩帰家。母在堂、兄弟共相歓楽、怡怡如也。

君既に辞して外に出づるや、自ら吏名を除き、便ち歩きて家に帰る。母 堂に在り、兄弟共に相歓楽し、怡怡如たり。

孟嘉は任地の廬陵から武昌に戻ると、辞職願いを出して家に帰ってしまった。家に着くと母をはじめ、家族がみな孟嘉を迎えたのであった。

再会のよろこびは、「歓」一字ではなく「歓楽」と熟語となって詠まれている。この「歓楽」は、「兄弟共に相歓楽し」とあり、他の人と共によろこぶ様子を表している。

陶淵明自身が官を辞して家族の住む故郷に帰り着いた時のその様子は、「帰去来兮辞」に詠まれている。

乃瞻衡宇、載欣載奔　　乃ち衡宇を瞻て、載ち欣び載ち奔る

僮僕歓迎、稚子候門　　僮僕は歓び迎え、稚子は門に候つ

懐かしい我が家が目に入ると、うれしくて走ってしまった。召使いたちが私をよろこんで迎えてくれ、幼い子供たちは門で私を待ってくれた。「僮僕は歓び迎え、稚子は門に候つ」とあるように、ここには、召使いをはじめ家族皆で再会をよろこび合うその様子が詠まれている。

②農耕のよろこび

農耕生活は貧しくそして苦しいものであった。しかし、その辛い窮耕生活を仲間たちと送ることによってこそ味わうことのできるよろこびもあった。「癸卯歳始春懐古田舎」其の二にはそのことが詠まれている。

秉耒歓時務、解顔勧農人　　耒を秉りて時務を歓び　顔を解ばせて農人に勧む

この詩には、春を迎え、季節の農作業をすることによろこびを感じ、農夫達と一緒によろこび合う様子が詠まれている。

次の「丙辰歳八月中於下潠田舎穫」には、辛い春の耕作を人々と共に力を合わせて乗り越え、秋に収穫できるようになったそのよろこびを詠んでいる。

貧居依稼穡、勠力東林隅　　貧居して稼穡に依り　力を勠わす東林の隅
不言春作苦、常恐負所懐　　言わず　春作の苦しきを　常に恐る　懐う所に負くを
司田眷有秋、寄声与我諧　　司田　秋有るを眷て　声を寄せて我れと諧る
飢者歓初飽、束帯候鳴鶏　　飢えたる者　初めて飽くを歓び　束帯して鳴鶏を候つ

人々とともに「力」を「勠」わせて辛い「春作」を行ったことが、「秋」の実りへとつながる。農作業の辛さを乗り越え、それが秋の収穫となったことのよろこびが、「飢えたる者初めて飽くを歓び（飢者歓初飽）」と表現されている。この「歓」には「収穫」のよろこびと、「人」との和のよろこび、その両者が表現されている。

③飲酒のたのしみ

酒を飲む（飲酒）という行為は、魏晋時代の人たちの場合、社会に対する抵抗の行為の一つであった。だが、陶淵明にとっての飲酒はそのような社会に対する行為ではなく、隠遁生活によってこそ得られる「たのしみ」の一つだった。陶淵明の詩文において、「歓」によって表現される飲酒のたのしみは、一人でしんみりと杯を傾けるというもの

ではない。誰かとともに杯を交わすものである。次の「帰園田居」其の五と「雑詩」其の一では、隣人たちを集めて宴を開き、たのしく時を過ごすことが詠われる。(一三)

漉我新熟酒、隻鶏招近局　　私が仕込んだできたての酒を漉し 鶏をつぶして隣人を招き
日入室中闇、荊薪代明燭　　日が暮れて部屋の中が暗くなったので 燭の代わりに薪を灯す
歓来苦夕短、已復至天旭　　皆と楽しく盛り上がりあっという間に時間が過ぎ もう夜が明けようとしている

「帰園田居」其の五

落地為兄弟、何必骨肉親　　この世に人として生まれたからには 肉親に限らず人は皆兄弟のようなものだ
得歓当作楽、斗酒聚比隣　　たのしいときにはおおいにたのしもう 酒があるから近所の皆来なさいよ

「雑詩」其の一

次の「酬丁柴桑」「答龐参軍」にそれぞれ詠まれる丁柴桑や龐参軍という人物は世俗の人である。世俗の人であっても、心が通じ合えばともに杯を酌み交わしてたのしむのである。

匪惟也諧、屢有良游　　あなたと私は気があい よく一緒に出かけたものだ
載言載眺、以写我憂　　語りあったり景色を眺めたりしてて 心の憂いを晴らしたっけ
放歓一遇、既酔還休　　あなたと思いがけず出会え 存分にたのしみ 酔っぱらっては帰り休む

実欣心期、方従我遊　　とてもよろこばしいことだ 心を許しあえる友が私と一緒にたのしんでくれることが

「酬丁柴桑」第二節

談諧無俗調、所説聖人篇　　あなたは俗っぽさがなく話も合い よく聖人の書物についてお話しました
或有数斗酒、間飲自歓然　　酒があれば、静かにふたりで飲み交わしてたのしんだものですね

「答龐参軍」二

時には、今はすでにこの世に存在しない人とも、時空を越えて心をかよわせ、ともに杯を傾けることが詩に詠まれている。次の「飲酒」其の一がそれである。

邵生瓜田中、寧似東陵時　　邵生は瓜作りに励んでいる 昔は、東陵侯だったのに
寒暑有代謝、人道毎如茲　　寒さや暑さが移りかわるように 人の道もまったく同じなのだなぁ
達人解其会、逝将不復疑　　達人はその道理をわかっているから　変わりゆく道理を疑うことなどしない
忽与一樽酒、日夕歓相持　　この酒樽を　夕方になったら飲んでたのしもう

「飲酒」其の一

かつて生きていた邵生やそのほかの人々の生きざまから、人や物には栄枯盛衰の運命があって、自分もその運命から逃れられないことを悟る。だが、その運命を嘆くのではなく、今は亡き優れた人たちと同じ気持ちになれたことをよろこび、この酒を飲むのである。この「飲酒」の序に「余れ間居して歓び寡く、兼ねて比（このごろ）夜已に長し（余間居寡歓、

兼比夜已長）」とある。隠遁生活をおくるようになって、人と一緒に酒など飲んでたのしく過ごすことは少なくなり、「影を顧みて独り尽くす（顧影独尽）」自分の影法師を見ながら、独り酒を飲むこともあったのだろう。だが、そのような情況においても、書物に見える人々を通して、普遍的で変わることのない人の心に触れることはできる。そのようにして、「独り」ではなく他の誰かとともに酒を飲むことができるのである。

＊

以上、「歓」の用例を①再会のよろこび②農耕のよろこび③飲酒のたのしみ、の都合三つに分類したのであるが、それらに共通しているのは、誰かと一緒にそのよろこびを分かちあうたのしみだということである。前述の荻生徂徠が「何レモ喜楽ノ義ニテ人ノ出合フ上ニテ云フ也」と言うように、これらの作品において「歓」によって表現されるたのしみにはそれを共有してくれる「人」が存在している。つまり、「独り」ではないのである。

それは、陶淵明以前では、例えば前に述べた宋玉の「招魂」に見られる「歓」のようなものである。ただ、宋玉の場合、「娯」も誰かと一緒にたのしみを分かちあうことを表していた。しかし、陶淵明の「娯」はそのような誰かと共にたのしみを分かちあうたのしみは表していない。陶淵明の「娯」は、一人でしんみりとたのしむたのしみを表しているのである。次はその「娯」について見てみたい。

（四）陶淵明の詩文に見られる「娯」について

「娯」は、陶淵明の詩文中に全部で十例ある。[一四] ここではそのうちの五例を検討することにしたい。

まず、「贈羊長史」であるが、「娯」は次のように詠まれている。

紫芝誰復採　　四皓が採って食べていたという紫芝を今また誰が採っているのだろうか
深谷久応蕪　　深い谷は長い年月の間に荒れはてたことだろう
駟馬無貰患　　四頭だての馬車に乗る身分の人たちはいつも苦労につきまとわれているが
貧賤有交娯　　身分の低い者はそんな苦労を娯しみに換えることができるのだ

「駟馬無貰患、貧賤有交娯」の句は「駟馬（しば）」と「貧賤」、「患」と「娯」とがそれぞれ対をなしている。この句には、四頭立の馬に乗っている高貴な身分の者、すなわち官界にいる人には「苦労や心配事（患）」がつきものであるが、貧しい者、すなわち官界にいない者はその「患」を「娯しみ」に換えられるのだと詠まれてる。したがってここで「娯」が表現するたのしみは、官界では得ることができず、官界から離れて隠遁生活を送ることにより得ることができるものであることが予想される。[二五]「九日間居」にも、「隠遁して静かに暮らす生活にはたのしみがたくさんあるものだ、ここに留まっていればなんとかなるだろう（棲遅固多娯、淹留豈無成）」と詠まれている。

では、静かに過ごす隠遁生活にはどのようなたのしみがあるのだろうか。次の「飲酒」序「五柳先生伝」「答龐参軍」には隠遁生活での具体的なたのしみが見られる。

余間居寡歓、兼比夜已長（…中略）顧影独尽、忽焉復酔。既酔之後、輒題数句自娯。
私は隠遁してからというもの歓（よろこ）びが少なく、しかも比（このごろ）というものは夜が長くなってきた（…中略）影法師を相手に酒を飲み、飲むとたちまち酔ってしまう。そして酔った後は詩を詠むことをたのしみとしている。

「飲酒」序

短褐穿結、箪瓢屡空、晏如也。常著文章自娯、頗示己志。忘懐得失、以此自終。

そまつな衣で、食べ物もろくにないけれども、心はとても安らいでいる。いつも文を書いては自分でたのしみ、そこには自分の思いを書き綴っている。心は損得を忘れ、このようにして一生を終わったのだ。

「五柳先生伝」

衡門之下、有琴有書
載弾載詠、爰得我娯
豈無他好、楽是幽居

そまつな門のこの家には　琴があるし書物もある
その琴を弾いたり書物をよんだり　とここに私はたのしみを得ることができた
このほかに好きな物がないというわけではないけれど　このようにひっそりと暮らすことをたのしんでいる

「答龐参軍」

「飲酒」序、「五柳先生伝」には「詩文を詠むたのしみ」が詠まれている。「答龐参軍」には、「書物を読むたのしみ」と、「琴を弾くたのしみ」の両方が詠まれている。「九日間居」には先に取り上げた句「棲遅　固より娯しみ多く、淹留　豈に成る無からんや（棲遅固多娯、淹留豈無成）」の前に「襟を斂めて独り間かに謡えば（斂襟独間謡）」とある。ここにも「詩を詠じるたのしみ」が詠まれている。この「九日間居」に「独り間かに謡えば」とあるように、ここでの「娯」は「一人静かにたのしむ」という「たのしみ」である。それは先に検討した「歓」が、他の人達と共にそのたのしみを分かちあう「たのしみ」を表現しているのとは対照的なものである。

また、「琴を弾くたのしみ」とは、誰かの為に琴を弾くのではない。また、嵇康のように反世俗的な象徴として弾くのでもない。これは隠遁生活の中のたのしみの一つであり、一人静かに自ら琴を弾いてたのしんでいるというものである。

このように陶淵明の詩文に見える「娯」は、「人」と一緒になって「歓」びを分かちあうような「よろこび」や「たのしみ」ではなく、一人で静かにたのしんでいることを表しているのである。このような一人で静かにたのしむたのしみを数多く詩に詠んだのは陶淵明が始めてだと推測される。ただ、このような「たのしみ」を「娯」という言葉を用いて表した例がないわけではない。古くは『荘子』に例を見ることができる。

『荘子』譲王篇では、隠遁生活において得られるたのしみについて次のように述べる。

孔子謂顔回曰、回来、家貧居卑、胡不仕乎。顔回対曰、不願仕。回有郭外之田五十畝、足以給饘粥、郭内之田十畝、足以為糸麻。鼓琴足以自娯、所学夫子之道者、足以自楽也。回不願仕。

孔子、顔回に謂いて曰わく、回よ来たれ。家貧しくして卑しきに居る。胡ぞ仕えざるやと。顔回対えて曰わく、仕うるを願わず。回に郭外の田五十畝あり、以て饘粥を給するに足り、郭内の田十畝、以て糸麻を為るに足る。琴を鼓しては以て自ら娯しむに足り、夫子の道を学びし所の者、以て自ら楽しむに足るなり。回は仕うるを願わずと。

『荘子』譲王篇

大筋は、仕官をしなくても「田」があるので衣食には事欠かない。そして、「琴」を奏で「夫子」に学べば自分の心をたのしませることができるから、顔回は仕官を願わないのだ、というものである。確かにこの一文には、陶淵明の隠遁生活におけるたのしみと同じように、隠遁生活のなかで得ることのできる「琴を奏でるたのしみ」が認められる。

また、この「琴を奏でるたのしみ」は史書にも見ることができる。西晋の陳寿（二三三〜九七）の撰である『三国志』崔琰伝に崔琰が鄭玄に師事し、後に袁紹に招かれるまでのことを「家を去りて自り四年、乃ち帰りて琴書を以て自ら娯しむ（自去家四年乃帰以琴書自娯）」と記している。さらに、宋の范曄（三九八〜四四五）の撰である『後漢書』梁鴻伝には「耕織を以て業とし、詩書を詠じ琴を弾じて以て自ら娯しむ（以耕織為業詠詩書弾琴以自娯）」と書かれている。

ただ、『荘子』に表現されている「娯」には、陶淵明の「娯」と異なる点が一つ存在する。陶淵明の「娯」は、詩文を詠んだり琴を奏でて一人で静かにたのしんでいることを、さらにまた自らそのたのしみを詩文に詠むという「たのしみ」なのである。しかし、『荘子』のこの「娯」は「琴を奏でるたのしみ」を自分自身のたのしみとして認識するまでの段階のことにすぎない。つまり、陶淵明のようにそのたのしみそのものをさらに自分自身で詩文に詠んでたのしむというものではないのだ。それは『三国志』崔琰伝や『後漢書』梁鴻伝などの史書に見られる「娯」の用例でも同じである。このことが、陶淵明独特の「たのしみ」であったといえるのではないだろうか。

また、『荘子』には、「楽」という言葉によって「学ぶたのしみ」が表現されている。陶淵明の詩文にも「楽」の用例は三十例見られる。だが、陶淵明の詩文に見える「楽」には、「歓」によって表現されるものと「娯」によって表現されるものとを、共に含んでおり、何か特別な意味を表すものではない。例えば、先に示したが、「祭従弟敬遠文」に「水浜（すいひん）に三宿し、楽しんで川の界（ほとり）に飲む（三宿水浜、楽飲川界）」とあり、ここに「飲酒のたのしみ」が詠まれる。また、「帰去来兮辞」に「琴と書とを楽しんで以て憂を消さん（楽琴書以消憂）」とあり、ここには「琴書のたのしみ」が見られるのである。

ということは、「歓」と「娯」の使い分けそのものが、陶淵明の詩文におけるたのしみを表す言葉においても特殊なものということになる。このような表現の歴史上における特異性、また陶淵明個人の表現内における特殊性は、彼の描き出した文学世界の内面を考察する手がかりの一つになるのではないかと考えられる。

（五）おわりに

これまで「歓」と「娯」の用例を、陶淵明以前の用例と陶淵明の詩文に見られるものとを比較し検討を加えてみた。その結果、「歓」と「娯」は共に「たのしみ」を表しており、その基本的な意味は従来の用例と変わりはない。だが、陶淵明の詩文に見える「歓」と「娯」は使い分けがされており、従来の用法に陶淵明の独自性が加わるという特色を見いだせることが分かった。

すなわち「歓」には自分以外の誰かと共に賑やかにたのしみ、そのよろこびを分かち合うというたのしみが表現されている。一方、「娯」は一人で静かに自分のたのしみを味わうということが表現されているのである。

この「歓」と「娯」の表すたのしみは、陶淵明の詩文において混同して用いられることはない。言いかえれば、「歓」の表現する「飲酒のたのしみ」は「娯」の用例には見られず、また、「娯」の表現する「琴や詩文のたのしみ」は「歓」によって表現されることはないのである。

このように、陶淵明が「歓」と「娯」を使い分けて用いているとすれば、第一章で提示した問題——「九日間居」

と「飲酒序」の「棲遅 固り娯多く」と「余れ間居して歓び寡く」と詠まれている一見矛盾した表現であること——はすっきりと解決できるものと思う。これは矛盾でも何でもない。つまり、「歓」の表す「たのしみ」と「娯」の表す「たのしみ」とは、異なる「たのしみ」を表しているということなのである。すなわち、隠遁生活には一人で詩文を詠んだり琴を弾くなどしてたのしむ「娯」のたのしみが多いが、自分以外の誰かと一緒に大騒ぎして楽しむような「歓」のたのしみが少ない、ということである。

ということは、仕官していた若い頃を懐古して詠んだ作品とされる「雑詩」其の五に「歓に値うも復た娯無く、毎毎 憂慮多し」と詠まれているのは、仕官していた若いときには誰かと共に賑やかに過ごす「歓」のたのしみはあったけれども、一人でしんみりと味わう「娯」のたのしみはなく、憂いに満ちた日々であったということになろうか。

さらに言えば、たのしみを表現する「歓」と「娯」の使い分けだけでなく、自己のたのしみに目を向けて詩文に詠むこと自体も、川合康三氏の指摘のように、陶淵明以前には珍しい。何故なら、陶淵明の詩文に詠まれた「たのしみ」そのものが他の作者のものと異なっているからである。西晋の石崇（二四九～三〇〇）の「思帰引」序には次のようにある[二六]。

其制宅也、却阻長堤、前臨清渠、百木幾於万株、流水周於舎下、有観閣池沼、多養魚鳥。家素習技、頗有秦趙之声。出則以游目弋釣為事、入則有琴書之娯。又好服食咽気、志在不朽、傲然有凌雲之操。

其の宅を制するや、却は長き堤を阻て、前は清き渠に臨み、百木は万株に幾く、流るる水は舎の下を周り、観閣 池沼有り、多く魚鳥を養う。家は素より技を習い、頗秦趙の声有り。出づれば則ち目を弋釣に游ばしむるを以て事と為し、入れば則ち琴書の娯しみ有り。又 服食咽気を好み志は不朽に在り、傲然として雲を凌

ぐ操有り。　　　　　　　　　　　　　　　　　　　　　　「思帰引」序

ここには隠遁生活における読書と弾琴のたのしみが、「娯」によって表現されている。このたのしみは、一見、陶淵明の詩文に詠まれた「娯」のようである。しかし、それは陶淵明のように田園生活の中にあるささやかなものではなく、豪華な別宅での贅沢なたのしみなのだ。世俗での憂いを晴らすためにわざわざ風光明媚な山水に出かけ、そこで豪華な宴を開いてたのしむというものである。しかし、陶淵明のたのしみは田園での農作業、自宅でのささやかな宴、そして一人静かに詩文を詠むというもので、それはわざわざためにするような特別なものではなく、生活の中にとけ込んだたのしみである。

このことが彼の描き出した文学世界とどのように関わるのか、彼の文学精神とどのように関係するのか、この点についてはさらに少し掘り下げて検討する必要があろう。それについては次の第二節で述べることにしたい。

【注】

（一）陶淵明の詩文における「快楽」を表現する言葉としてこの他に「喜」「懽」「怡」「悦」「豫」「慶」「熙」などが認められる。

（二）「棲遅」は『詩経』陳風、衡門に「衡門之下、可以棲遅」伝に「棲遅遊息也」とある。

（三）都留春雄・釜谷武志『陶淵明』（角川書店、一九八八年五月）。

また、他の注釈書では「歓楽の機会を得ても、もはやたのしい気持にはなれず、いつも憂いに閉ざされていることが多い」（一海知義『陶淵明』岩波書店、一九五八年初版・一九九〇年九月）「歓楽のときにも気持はひきたたないし、憂いのみ多い毎日である」（松枝茂夫・和田武司『陶淵明全集』（下）岩波書店、一九九〇年四月）とやはり留意されているようには

見られない。

（四）一海知義（前掲書）の解釈。「飲酒」序「私は世間と没交渉な生活をしていて楽しみもすくなく、しかもこの頃は夜が長くなってきた」「九日間居」「隠遁の生活にも、もとよりたのしみは多くある」
松枝茂夫・和田武司（『陶淵明全集』（上）岩波書店、一九九〇年三月）の解釈。「飲酒」序「わたしはひっそり暮らして楽しみも少なく、しかもこの頃は夜が長くなった」「九日間居」「おもうに、このような安らかな暮しには、楽しさがいっぱいあるものだ）」

（五）「歓」の原義は『説文解字』に「歓喜楽也从欠雚声」とあり、『広韻』に「歓喜也」とある。我が国では荻生徂徠が「懽歓驩同字ナリ憂歓悲歓ト対用ス（…中略）合二姓之歓トハ婚姻ノコトナリ、酒所以合歓トハ交リノ上ニテ云フ、相得甚驩トハ中ヨク交ルコトナリ、如平生驩中違テ後再タヒ中ヨクナルコトナリ、竹林歓落帽歓皆人ノ出合ノ上ニテ云フ飲宴ノ代字ニナルナリ（…中略）何レモ喜楽ノ義ニテ人ノ出合フ上ニテ云フ也）」（『訳文筌蹄』初編巻六『漢語文典叢書』第三巻）藤堂明保氏は「喜悦するなり。欠＋雚声」声を合わせてガヤガヤいい、どよめくこと。（『漢字語源辞典』学燈社、一九六五年初版・一九九六年八月五二版）という解釈がある。
「娯」の原義は『説文解字』に「娯楽也从女呉声」とあり、『広韻』に「娯娯楽」とある。荻生徂徠は（前掲書）「楽字ト別ナリ和語ノナグサムナリナグサミナリ荘子ニ鼓瑟足以自娯孝道足以自楽狗馬游猟之娯以琴書為娯翫細娯皆是ナリ」と解され、藤堂明保氏は（前掲書）「楽なり。女＋呉声」女性と語り合う意を示す字。楽しく語り合うこと。語と近い。と解している。

（六）調査にはおもに、『周易等十種引得』（洪業等編纂、上海古籍出版社、一九八六年九月）『楚辞索引・楚辞補注』（洪興祖補注・竹治貞夫索引、中文出版社、一九七九年一月）『全漢詩索引』『全三国詩索引』『全晋詩索引』『全宋詩索引』『斉詩索引』

『梁詩索引』『陳詩索引』『北魏詩索引』『北斉詩索引』『北周詩索引』（松浦崇編、福岡大学中国文学会）『文選索引』（斯波六郎主編、中華民国六十年初版・中華民国七十七年十一月三版）を使用した。小論では、「歓」と「娯」の使い分けについての考察を目的としている為、同一作者にて「歓」と「娯」を使い分けているかという点を念頭に置き調査を行っている。

（七）王逸注「招魂者宋玉之所作也（…中略）宋玉憐哀屈原忠而斥棄愁懣山沢魂魄放佚厥命将落故作招魂欲以復其精神延其年寿」に拠った。「招魂」を屈原の作と見る説もあるが、いずれにしても作品の根底に流れているのは悲しみの感情である。

（八）『芸文類聚』巻二十八所収。

（九）『文選』巻十六所収。

（一〇）『文選』巻二十四所収。この詩は題にあるように、潘岳が賈謐の代作をして陸機に送ったものである。

（一一）『文選』巻三十所収。

（一二）十二例以外に「飲酒」序に他二例、「癸卯歳始春懐古田舎」其の一、「与子儼等疏」、「閑情賦」、「感士不遇賦」、「祭従弟敬遠文」、「雑詩」其の四・五・六、「自祭文」、「桃花源詩」、「読山海経」其の一に「歓」が詠まれている。

（一三）この他に次のようなものもある。

深感父老言、稟気寡所諧　　深く父老の言に感ずるも、稟気　諧う所寡し
紆轡誠可学、違己詎非迷　　轡を紆ぐるは誠に学ぶ可きも、己に違うは詎ぞ迷いに非ざらんや
且共歓此飲、吾駕不可回　　且く共に此の飲を歓ばん、吾が駕は回らす可からず　「飲酒」其の九

厭厭閭里歓、所営非近務　　厭厭たり閭里の歓、営む所は近き務めに非ず
促席延故老、揮觴道平素　　席を促して故老を延き、觴を揮って平素を道う　「詠二疏」

主人解余意、遺贈豈虚来　　主人余が意を解し、遺贈あり豈に来るを虚しくせんや
談諧終日夕、觴至輒傾杯　　談諧いて日夕を終え、觴至れば輒ち杯を傾く
情欣新知歓、言詠遂賦詩　　情に新知の歓を欣び、言詠して遂に詩を賦す　「乞食」

(一四) 五例以外に「帰園田居」其の四、「雑詩」其の四・五、「扇上画賛」、「感士不遇賦」に「娯」が見られる。例えば、「帰園田居」其の四に「久去山沢、浪莽林野娯、試携子姪輩、披榛歩荒墟」とある。これはここで「娯」の特徴とする「琴」や「詩文」のたのしみとは異なる「山沢」に出かけるたのしみが詠まれている。しかし、これは謝霊運や石崇のいわゆる「山水」に遊ぶたのしみとは異なるものであり、隠遁生活におけるたのしみという範疇内にある。それは特別な例外というわけではない。

(一五) 諸説の通り、この詩は商山に隠れた四皓（東園公・綺里季・夏黄公・角里先生）の謡った「駟馬高蓋、其憂甚大、富貴畏人兮、不如貧賤之肆志」を典故としている。

(一六) 『文選』巻四十五所收。

第二節「称心」について

（一）はじめに

この節では「称心」という言葉を取り上げる。この「称心」という言葉は、従来の用法の上に陶淵明の独自性が付けられたものである。その独自性は、自己の内面に意識を向け心の安定をとろうとすることをこの「称心」という言葉によって表現している点にある。

それでは、「称心」を見ていこう。

＊

近年、陶淵明の文学の「ユーモア性」を見直す動きが見られることはすでに述べてきた。そのことをもう一度ここで確認しよう。川合康三氏[一]は、「自祭文」を、死を主題とする「祭文」の形式を用いているにもかかわらず、そこにはユーモアが漂い、しかも「生の歓び」までも詠まれていると述べ、そこには「既成の文学を打ち破る新しさ」が認められると言う。また、伊藤直哉氏[二]は、陶淵明の詩文から読みとれるユーモア精神は陶淵明の文学の広さ深さの一つであると述べ、さらに「陶淵明の文学にユーモア精神が表れているのは、彼が人生や社会の諸問題を見つめつつ、それを乗り越えて行ったということに他ならない」と述べる。

このような「生の歓び」や「ユーモア」という側面からの検討はこれまであまり見られないことであった。筆者も両氏と同じような視点から検討を試みている。小著もその流れにあるものである。筆者は「快楽」や「たのしみ」という言葉を用いているが、それは「悲哀」という言葉に対するものとして用いているにすぎない。「快楽主義者」などと言うときの「快楽」という意味ではない。もちろん「愉楽」や「悦楽」に通ずるような「たのしみ」でもない。筆者が言う「たのしみ」は、「与えられた人生を楽しむ」というほどの意味である。

陶淵明の詩文にはどこか人の心を和ませるところがある。それは、そのような「与えられた人生を楽しむ」という「たのしみ」の境地が表現されているからではないかと考える。もちろん、陶淵明の作品には生や死を巡り、焦ったり憤ったりするというマイナスの方向の感情が表現されていないわけではない。「形影神」詩を見てみよう。これは自己の死をテーマとする作品であり、ここには死に対するマイナスの感情が認められる。「形」と「影」がそれぞれ死に対する苦悩を述べている。しかし、詩はそれで終わっていない。「神」が「形」と「影」のそれぞれの苦悩を解き放つのである。ここに「三様の自己」が見られる。このことについては後に言及する予定である。

本節を展開するにあたって念頭に置いておきたいことが二つある。それは前述の「三様の自己」を認めているという、陶淵明の「視点」である。自己の心に目を向け、自己の死や生の苦悩を認め、それを冷静に受け入れる。三様のどれが本当の自己なのかということではない。自己の心の中に意識を向け、「三様の自己」をそれぞれ自己であると認める。その「視点」を念頭に置いて陶淵明の作品を見ていく必要があるのではないか。

もう一つ注意しておきたいことは、川合氏の前掲書において次のように述べていることである。

「晏如」とは、外的な条件に左右されず、自分の内部で平静な精神を保っている状態をいう。隠棲という生きかたの本質は官に就かないとか山に住むとかいった、外にあらわれた行為ではなく、そうした外的要因と没交渉に内面の世界での安定、心の充足を獲得することであって、「晏如」ということばはまさしく心のそうしたありようをいうものだ。[三]

陶淵明は仕官と隠棲をくり返したことがあった。そのような生きかたを、岡村繁氏のように[四]「気まぐれ」「自己中心主義的」「変形された世俗性」と見る見方も確かにあり得る。しかし、陶淵明の表現した「隠棲」は、川合氏の言うように心の安定や充足を獲得するところにあったのではないだろうか。つまり、陶淵明の作品は全体として、心の「平静」を保ち得ることが表現されているのではないか。ここでは「称心」という言葉を取り上げるが、これも「晏如」と同じように心の安定をはかろうとすることを言うものである。

筆者は、「称心」は、上に述べた二点、すなわち「心の内面に意識を向けること」と「心のバランスをとろうとすること」の両方を表現するものではないかと考えている。「称心」という言葉は、陶淵明の詩文に三例見られる。本節では、「称心」にまつわる表現を検討することによって、「称心」という言葉の特徴について見ていくつもりである。

(二)「称」と「適」について

(1)「称」について

すでに述べたように、陶淵明の詩文には「称心」という表現が三つある。

①死去何所知、称心固為好　「飲酒」其の十一
　死んでしまったら名声を得たってわかりはしない、それよりも心にかなうことが好いのである

②人亦有言、称心易足　「時運」
　心にかなえば満足だ、と人も言う

③管生称心、鮑叔必安　「読史述」
　管仲が心にかなうと、鮑叔も必ず安心した

「称心」という表現は陶淵明の詩文においてはこのように三例を見ることができる。しかし、陶淵明以前の詩文には、これまで調べたところ一例も認められない。(五)

「称」は『説文解字』に「称は銓(せん)なり」とあり、(六)日本語では「かなう」と訓(よ)まれている。先にあげた「称心」の用例においては、従来の訓みにしたがって、一応「心にかなう」と訳しておいた。しかし、「銓」は『説文解字』に「銓は称なり」とあり、(七)『訳文筌蹄』巻六では「銓、ハカルトヨム。ハカリニテモノヲカクルコトナリ。故ニモノノ高下ヲ微細ニ評シ分ツヲイフ」と説明されている。これによると「称」や「銓」には、秤(はかり)にぶらさげて重さをはかるように、その甲乙を決めるという意味があるようだ。

『詩経』国風、曹風、候人に「彼(か)の其(そ)の子は、其の服に称(かな)わず（彼其之子、不称其服）」とある。ここでの「称」は、ある人の能力が立派な衣裳を着る（その位にあること）にふさわしいかどうかと、その人物の能力とその位とを

はかりにかけるように比べることを意味している。そしてここでは、「称わず（ふさわしくない）」とその結果を出しているのである。

また、漢の揚雄（前五三～後一八）の「劇秦美新」でも「羣賢と並び、以て職に称う無きを媿ず（与羣賢並、媿無以称職）」とある。(八)優れた人々と自分自身とを比べ、自分の能力が劣っており、与えられた職務につりあっていないことを自らそのように言っているのである。「称」は、このように、ある事とある事がつりあっているかどうかをはかることを意味するようである。この二例の場合は、共に人に内在する能力が職務につりあっているかどうかをはかり判断をくだすというものであった。

時代がくだると「物」だけをはかるのではなく、「心情」をはかることも「称」という言葉によって表現される。西晋の劉琨（二七〇～三一七）の「答盧諶詩一首幷書」には、「想うに必ず其の一たび反さんことを欲するならん。故に指に称りて一篇を送る（想必欲其一反。故称指送一篇）」とある。(九)盧諶が詩の返事を待っているその意を、劉琨がおしはかってこの詩を送るのだと言う。つまり、この場合、他者の気持ちを推しはかり、その旨につりあうように対処するということである。

また、『三国志』魏志、武帝紀に「其れ死者の家にして基業なく自存する能わざるものなれば、県官、廩を絶つなく、長吏　存卹し撫循し、以て吾が意に称えよ（其令死者家無基業不能自存者、県官勿絶廩、長吏存卹撫循、以称吾意）」とある。武帝は、戦乱に混乱し困窮する人々の姿を見て、扶持米をあたえたり、目をかけるようにと役人たちに命じる。ここの「称」は、武帝が困窮している人々を見て、その人々の気持ちを推しはかり、そのに気持ちにつりあうように対処することを言うものである。そしてまた、そのように対処し人々を救済することにより、武帝本人の気持ちの平衡も保たれるのである。

つまり、「称」というのはAとBとをはかり、それがつりあっているかどうかを比べることを意味する。これと同じような表現は陶淵明にもある。「己酉歳九月九日」には、風が吹き、露が降り、草木は枯れ、空が高く澄み、蟬の声の代わりに雁が鳴くようになった。と秋の気配が詠まれる。つづいて、その秋の気配を感じることからわき起こった死へのあせりを次のように詠む。

従古皆有没、念之中心焦　　古より皆没する有り、之れを念えば中心焦がる
何以称我情、濁酒且自陶　　何を以て我が情に称えん、濁酒且く自ら陶しまん

死への焦りにより心のバランスを失ったが、「酒」を飲むことにより「情」をなぐさめ心の安定を得ようとする。つまり、「酒」という「外的な要因」をもって心のバランスを保とうとしているのである。

（2）「適」について

「称」という言葉はAとBがつりあっているかどうかを比べることを表現するもののようである。そのAとBは、単に「事」や「物」だけに限定されるのではない。「内面」（心）に「外的要素」（事・物）をつり合わせるようにし、バランスを保とうとすることも表現している。そのようなニュアンスは「称」を単に「かなう」と訳すだけでは十分に表すことはできない。なぜなら「称」を「かなう」と訓読するように、「適」もそう訓読されるが、その「適」は基本的な意味が「称」とは異なっているからである。また、この「称」や「適」のように、「かなう」と訓読するものは「愜」「叶」「協」「合」「諧」「副」など多数ある。[一〇] そのなかでも特に「適」は心情を表す「心」「意」「情」など

の語とともに詠まれることが多い。そこで次には「適」を取りあげ、それについて検討し、「称」との差異を明らかにしたい。

『訳文筌蹄』巻二には、「適」について次のようにある。「適、カナフトヨム時、当ノ字、称ノ字ノ義アリ。宜キヲ得タルコトナリ。和語ノ相応ナリト云意ナリ」と。「適」も「称」とおなじように「かなう」と訓まれている。荻生徂徠は、「適」には「称」と共通する意味もあるとしているのである。徂徠によると、「適」は「称」と同様に訓まれることもあるということになろう。

しかし、『説文解字』では、「適」は「適は之くなり」とある。[一二] 藤堂明保氏はそれを、

之なり。(ママ)(…中略) 目標めざしてまっすぐに行くこと。適当の適とは、匹敵の敵と同系のコトバで、A——Bの二者がまともに(まっすぐに)向かい合うこと。すばり(ママ)と当たる意から、符合する意となる。[一三]

と解釈している。「適」には、外に向かう性質があるようだ。また、『呂氏春秋』適音に「故に心を適にするの務めは、理に勝せるに在り(故適心之務、在於勝理)」と見え、楠山春樹氏はこの文を「つまり心を適度に保つに必要なことは道理に従うことなのである」と訳している。[一三] これによると、「適」は心のたのしいさま、つまり「快楽」を表現する言葉であると理解することができるようだ。しかしそれは、「(道) 理」という制限によって「適度」に保たれるものなのである。

「適」は「情」や「意」という語を客語として、「適情」「適意」というように詠まれることもある。『淮南子』人間訓に「適情」という表現が見える。

故に意を直くし情に適えば、則ち堅強之を賊い、身を以て物に役すれば、則ち陰陽之を食う
（故直意適情、則堅強賊之。以身役物、則陰陽食之）

この一文は、単豹は俗界から離れて谷川の水を飲み、絹や麻の衣服を着ず、五穀を食べず、年を取っても子供のように血色がよく、世俗から離れ意をのびやかにし「情に適う」ようにしていた。しかし、どんなに養生しても、結局は「堅強」（虎）に食べられてしまう、というなかに見える。ここでは「意」を真っ「直」ぐに、「情」を「適」くままにすることは、調和に欠けているものだと批判しているのである。この「適情」は、「情をほしいままにする」という意味だと理解できる。

宋の范曄（三九八～四四五）の「後漢書皇后紀論一首」にも「適情」という表現が見える。[一四]

爰逮戦国、風憲愈薄、
適情任欲、顚倒衣裳、
以至破国亡身、不可勝数

爰に戦国に逮び、風憲愈薄く、
情に適い欲に任せ、衣裳を顚倒し、
以て国を破り身を亡ぼすに至るもの、勝げて数う可からず

人々は思いのままに行動し、秩序も理性も失われた戦国時代の乱れた世のさまがここに記されている。「適情」は、理性を失い、思いのままにすることを表している。したがって「したがう」と訓んでおいた。

このように「適」＋「情」の「適情」という言葉は、感情のおもむくままの理性を失った心理状態を形容するようである。そして「適」＋「意」の場合にもその傾向が見られる。

『史記』刺客列伝、荊軻には「順適」＋「意」という表現が見られる。

　間、車騎美女を進め、荊軻の欲する所を恣にせしめ、以て其の意に順適せしむ。

　（間進車騎美女、恣荊軻所欲、以順適其意）

燕の太子は刺客に行く荊軻のために、荊軻の望むまま、気持ちのままにさせた。その荊軻の望むままにさせ、荊軻の気持ちのゆくままにさせたことが「順適其意」と表現されている。[一五]

ここにあげた「適情」や「順適其意」に見える「情」「意」は、心のまま「之」くままの状態にあり、それを自制する機能が働いていないことがわかる。

それでは、陶淵明の詩文ではどうであろうか。そこには「適情」も「適意」も「適心」も認められない。陶淵明よりも前の時代にすでに「適」＋「情・意」という表現があるにもかかわらず、陶淵明は、それを用いなかった。それは、「適」にまつわるこのようなイメージ――Aという気持ちを満足させるためにBという外的要素をほしいままに求めるというイメージ――がすでに定着していたからではなかろうか。そして「適」は心のままに欲望を追求するというように、その意識は自己の内面に向かうのではなく、自己の外に向かう性質をもっているのではなかろうか。

陶淵明に「蜡日」という作品がある。そこに「適」が見られる。それは今述べたように、意識が自己の外にある他者（爾）に向かうものである。

　我唱爾言得　　我唱えば　爾が言得たり

酒中適何多　　酒中適するもの何ぞ多き

「我」と「爾」とが酒を媒体として意気投合するさまがここに詠まれている。つまり、ここでは自己（我）と他者（爾）とが向き合っており、意識が自己の内面に向かうのではなく、自己の外の「爾」に向かっているのである。

「帰園田居」其の一にも「適」が見られる。そこには、自己の外にある世界（俗）に向かう気持ちが、「適俗」と表現されている。(一六)

少無適俗韻、性本愛邱山　　少きより俗に適うの韻無く、性本と邱山を愛す

誤落塵網中、一去三十年(一七)　　誤って塵網の中に落ち、一たび去って三十年

「蜡日」の「適」も「帰園田居」其の一の「適」も意識が内面に向かうのではなく、意識が外に向かうものである。「称」という言葉の根底にある意味が「はかる」であり、「適」の言葉の根底にある意味が「ゆく」というのであれば、それらが詩文に用いられた時にも、その意味において何らかの差異はやはりあるはずである。陶淵明は、この「称」と「適」の意味の差異を意識して詩句として表現したのではないかと推測されるのである。

(三)「称心」の詠まれる詩文の分析

陶淵明の「称心」は、自己の内面で平静な精神を保とうとする心のはたらきを表現するものである。そのような心のありようは「与えられた人生を楽しむ」というものであり、それは彼が最終的に求めた「心にかなった」生き方であった。これがこの節の結論である。はたして本当にその様に結論づけることができるのだろうか。それでは陶淵明の詩文に見える「称」と「称心」を見ていくこととしよう。

（1）「称」

「称」＋「心」という組み合わせの用例を検討する前に、「称」と他の言葉の組み合わせになっているものを見てみたい。「和劉柴桑」に「其の用に称う」という表現がある。

耕織称其用　　耕織は其の用に称う
過此奚所須　　此れを過ぎては奚の須むる所ぞ

「山沢」に招かれたが、招きに応じることを躊躇している。何故なら家族や友たちと離れて暮らすことをいまだに言い出せないからである。杖をつきながら廬山の西林の近くの廬（西廬）に帰った。春にできた濁り酒（春醪）を飲んで飢えと疲れを解いて情を慰めることができた。世事は慌ただしく、歳月が過ぎるにつれて世事と私とは遠くなっている。畑仕事と機織りをして暮らすことが私の力量につりあっている。もうこれ以上なにもいらない。死んでしまったら身も名も消えてしまうのだから――というのがこの「和劉柴桑」詩全体の大意である。ここでの「耕織は其の用に称う」というのは、畑仕事と機織りが自分の能力（用）につりあっていることを意味している。

先の川合氏の見解は、「隠棲という生きかたの本質は官に就かないとか山に住むとかいった、外にあらわれた行為ではなく、そうした外的要因と没交渉に内面の世界での安定、心の充足を獲得すること」にあるというものであった。この「和劉柴桑」にも、「栖栖たり世中の事、歳月と共に相疎なり（栖栖世中事、歳月共相疎）」と世と疎遠になることが詠まれている。慌ただしく世事に追われる生活よりも園田で「耕織」し、自分の能力につりあった生活を送ることに満足しようというものである。ここにも内面の世界の安定が詠まれていると言うことができる。また、先に引いた「己酉歳九月九日」詩にも、死への焦りによって心の安定を失ったが、「酒」を飲むことで「情」をなぐさめ、心の安定を得ようとすることが詠まれていた。

（2）「称心」

次に「称心」であるが、冒頭で述べたように「飲酒」其の十一、「読史述」「時運」にそれが見える。まずは「時運」の序文から見ていきたい。

時運、游暮春也。春服既成、景物斯和。偶景独游、欣慨交心。

時運は、暮春に游ぶなり。春服既に成り、景物斯れ和す。景を偶いて独り游び、欣慨心に交わる。

序の「春服既に成り」の句は『論語』先進篇の「莫春には春服既に成り、冠者五六人・童子六七人と、沂に浴し、舞雩に風して、詠じて帰らん（莫春者春服既成、冠者五六人童子六七人、浴乎沂、風乎舞雩、詠而帰）」がもとになっている。しかし、「先進篇」では「冠者」「童子」を伴ってとあるが、ここでは「景をともなって独り遊ぶ」とある。

一人でありながら「景」と一緒であるということは、その「景」は他の人格ではなく自己の中にあるもう一人の自己と考えられる。このことについては後に詳しく述べる。

さて、その「景」をともない出かけたのであるが、その「心」には「欣」と「慨」という感情がわき起こってしまうのであった。それが以下の詩に「欣」と「慨」の感情として詠まれるのである。

1　邁邁時運、　2　穆穆良朝　　邁邁たる時運、穆穆たる良朝

3　襲我春服、　4　薄言東郊　　我が春服を襲ね、薄く言に東郊にす

5　山滌余靄、　6　宇曖微霄　　山は余靄に滌われ、宇には微霄 曖たり

7　有風自南、　8　翼彼新苗　　風有り南自りし、彼の新苗を翼く

まず、一句から八句までの第一節には「欣」の感情が詠まれている。「序」と同じく「春服」を着て春景色の中の野辺歩きを楽しむ。山や空が春景色に染まり、南からの暖かな春風が畑に生えた苗の成長を助けるかのように吹く。このような春の景色を見ては「欣」んでいるのである。

九句から十六句までの第二節にも「欣」の感情が詠まれている。

9　洋洋平津、　10　乃漱乃濯　　洋洋たる平津、乃ち漱ぎ乃ち濯う

11　邈邈遐景、　12　載欣載矚　　邈邈たる遐景、載ち欣び載ち矚る

13　人亦有言、　14　称心易足　　人も亦 言える有り、心に称えば足り易し、と

15　揮茲一觴、　16　陶然自楽　　　茲の一觴を揮い、陶然として自ら楽しむ

渡し場で口や手足をすすぐ。そして遠くまで広がる景色を眺めては「欣（よろこ）」びそしてまた眺めている。すると、誰かが言っていたのと同じ様に、「心」のバランスが保てればそれでいい（人も亦 言える有り、心に称えば足り易し）と悟る。そして「楽」しく酒を飲むのである。ここで飲む酒は、先の「己酉歳九月九日」に詠まれていたような死に焦る「情」のバランスをとるというようなものではなく、ひたすら楽しい酒である。このように、今を楽しみ、楽しみに満ちあふれた「欣（よろこび）」の感情がここには詠まれている。

だが、後に続く十七句から二十四句までの第三節には「慨（なげき）」の感情が詠まれている。

17　延目中流、　18　悠想清沂　　　目を中流に延べ、悠に清沂を想う

19　童冠斉業、　20　間詠以帰　　　童冠業を斉（ひと）しくし、間（しず）かに詠じて以て帰る

21　我愛其静、　22　寤寐交揮　　　我其の静を愛し、寤寐に交（こも）ごも揮う

23　但恨殊世、　24　邈不可追　　　但だ恨むらくは世を殊にし、邈として追う可からざるを

川の流れを眺めていたら、『論語』先進篇にあるように、「童」子たちや「冠」者たちと共に「沂」水で湯浴みをし「詠」いながら「帰」ろう、と言う曾皙の言葉が想い出された。わたしもそのような「静」かな安らかさを「愛」し、そして寝ても覚めても（寤寐）杯を「揮」っている。ただ、彼らと同じ時に生まれなかったことが「恨」めしい。

二十五句から最後の三十二句までの第四節では黄帝と堯の時代に思いを馳せながら今の時代に生まれてしまったこ

とを「慨」いている。

25　斯晨斯夕、　26　言息其廬　　斯れ晨斯れ夕、言に其の廬に息う
27　花薬分列、　28　林竹翳如　　花薬分れ列び、林竹翳如たり
29　清琴横牀、　30　濁酒半壺　　清琴牀に横たえ、濁酒壺に半ばなり
31　黄唐莫逮、　32　慨独在余　　黄唐逮ぶ莫し、慨独り余に在り

朝も夕も、この廬に安らいでいる。そこは草「花」や「薬」草が並び、木々や竹で鬱蒼としている。「琴」を寝床に置き、「濁り酒」が「壺」にまだ「半」分ほどある。「黄」帝と堯（唐）のいた御代は遙か遠い昔のこと。今の時代に生まれてしまったことをただ一人「慨」くのである。

このように「時運」では、「欣」と「慨」というプラスとマイナスの相反する感情が詠まれている。相反する感情であるけれども、「慨」の感情は「欣」の感情の中から生じたものである。

そもそも「独」りであるのに「景」を伴うとはどういうことか。序に「景をともなって独りあそぶ」、と詠まれることが、この詩を読み解くヒントになっているようだ。まず、その「景」について、門脇廣文氏の論考「陶淵明研究ノート――陶淵明の詩文に見える〈影〉について――」を参照しよう。[一八]

①　陶淵明の「影」は飽くまで自省的であり、自己の内部へ沈潜していく方向にある。

②　陶淵明には、現在の現実の自己の他に、現在の自己は本来の自己ではないと考えるもう一人の自己がいたので

はないか。彼が「さあ、飲もう」と杯を指し出す相手であった「影」は、そのような「もう一人の陶淵明」だったと考えられる。

門脇氏によれば、「影」（＝「景」）は、もう一人の自己である。このような「景」の他に「形影神」には「形」「神」という人格も存在する。そこに詠まれる「形」「影」「神」はそれぞれ擬人化された陶淵明自身の三様の自己であり、死をめぐって次のように三様の主張をする。

「形」…人は必ず死んでしまう。だから酒が手に入った時は「影」よ断らないで欲しい。酒を飲んで憂いを忘れ楽しく過ごそう。

「影」…身が没すれば名もなくなってしまう。それを思うと五情が熱くなる。だが、善を立てれば遺愛が残るではないか。「形」の言うように酒は憂いを消すことができるが、善を立てる方がいいではないか。

「神」…「形」の言うように酒は憂いを消すことはできる。しかし、それは齢を促すだけのものに過ぎない。「影」の言うように善をたてれば嬉しいが誰もほめてくれない。それを強く願えばかえって命を傷つけてしまう。だからこそ、大化の中に縦浪し喜ばずまた懼れず。多く慮ることはやめよう。

三様の自己について興膳宏氏も次のように言う[一九]。

そうした自己の内部の葛藤を、またもう一人の陶淵明がじっと眺めている。あの「五柳先生伝」ですでに見てきた自己客体化の視点であり、いいかえれば自己の中にある他人の眼である。内部の葛藤が激烈であればあるだけ、また真摯であればあるだけ、この他人の眼はいっそう冷静さを増して冴えてくる。そしてこの眼は、陶淵明という一人の人間を素材として、人間というものの複雑さ、測りがたさを我々の前に開示してみせてもくれる。「ユモリストは自分の感情を支配することができなければならぬ」といったアンドレ・モロアのことばを、私は思い出す、陶淵明の文学には、そうしたしなやかなユーモアの精神を感じさせるものがあるのだ。

「時運」の序に「景を偶いて独り游」ぶとあるこの「景」は、現在の現実の景色を見て「欣」び、酒を飲んで楽しみ、朝な夕な廬に息う自己を本来の自己ではないと考えるもう一人の自己と考えられる。とすると、現在の現実の自己は、「欣」び酒を飲む自己、いわゆる「形」ということになる。つまり、「欣」は「形」に該当し、「慨」は「景」に相当する。そして「心に称えば足り易し」という精神は喜怒哀楽や死生の恐懼などを超越した「形影神」の「神」と同じものと考えられる。「時運」には「形影神」の様なはっきりとした「三様の自己」は現れていない。しかし、「形影神」と同じような自己の内面をうかがう視点は存在する。

「欣」や「慨」という感情は「心」という内面世界から起るものである。それがこの「称心易足」という表現になっていると考えられる。それを仮に「適」という言葉を用いて「心に適えば足り易し（適心易足）」と詠むとするとする。それだと、心がほしいままに、欲望のままに放たれてしまい、このように心に足りる満足を表現することはできないのではないか。

また、次の「読史述」における「称心」も、そのような意味に理解できる。

管生称心、鮑叔必安　　管仲が心にかなうと、鮑叔も必ず安心したこれは「管鮑の交」で有名な故事についての表現である。商いにより得た利益を管仲と鮑叔で分配する際に、まず、家の貧しい管仲が利益を取り、その後の残りを鮑叔は自分の分け前とした。管仲はいくら貧しくても利益の全てを手におさめず鮑叔のことを思って分け前を残した。鮑叔はそのような管仲の事情を理解していたのであった。「管生心に称えば、鮑叔必ず安ず（管生称心、鮑叔必安）」と、ここに見える「称心」もこのように心のほしいままに欲望のままに心が放たれているものではなく、心に足りる満足を表現しているのである。

では、心をほしいままにすることは、陶淵明の詩文においてはどのように表現されているのであろうか。それは、「縦心（心を縦にす）」と表現されている。「庚子歳五月中従都還阻風於規林」其の二を見ていただきたい。

静念園林好　故郷の園林の素晴らしさを静かに想うにつれ
人間良可辞　この役人生活を辞めようと決意した
当年詎有幾　壮年の良い時はもうあと幾ばくもないではないか
縦心復何疑　心をほしいままにすることに何を疑うのだろうか

陶淵明以前では、後漢の張衡（七八〜一三九）の「帰田賦」（二〇）にも「苟くも心を物外に縦たば、安くんぞ栄辱の如く所を知らん（苟縦心於物外、安知栄辱之所如）」と「縦心」が用いられている。

また、「縦心」と同じように、官界を去って心のままに生きようとすることを「帰去来兮辞」では「委心」と詠んでいる。

寓形宇内復幾時。　形を宇内に寓する復た幾時ぞ。
曷不委心任去留、　曷ぞ心に委ねて去留に任せざる、
胡為乎遑遑欲何之。　胡為ぞ遑遑として何くに之かんと欲す。
富貴非吾願、　富貴は吾が願いに非ず、
帝郷不可期。　帝郷は期す可からず。

肉体がこの世にあるのは、あと幾ばくもないというのに、なぜ心に委ねて行動をしないのか。何故にこんなにも慌ただしくしているのだろう。富や地位はわたしの願いではない。また神仙の世界などもあてにしてはいない。

この「縦心」と「委心」の詠まれる句は、ともに官界から園田に帰り、心のままに生きようとすることを詠んでいる。しかし、「称心」の場合、官界を去るという次元を願いとしているのではなく、その先にある心の充足を得ようとすることを願いとしているものと思われる。それゆえであろう、「飲酒」其の十一の「称心」の詠まれる句には死への恐れや焦りさえも見られないのである。

1　顔生称為仁、　顔生は仁を為すと称せられ、
2　栄公言有道　栄公は有道と言わる
3　屢空不獲年、　屢空しくして年を獲ず、
4　長飢至于老　長に飢えて老に至る
5　雖留身後名、　身後の名を留むと雖も、
6　一生亦枯槁　一生亦　枯槁す
7　死去何所知、　死し去りて何の知る所ぞ、
8　称心固為好　心に称うを固より好しと為す

9　客養千金軀、　10　臨化消其宝　　千金の軀（からだ）を客養するも、化に臨んでは其の宝を消す
11　裸葬何必悪、　12　人当解意表　　裸葬何ぞ必ずしも悪しからん、人当に意表を解すべし

一句から六句までの前半部には、顔回は「仁」、栄啓期は「有道」の人物として死後までも名を残していること。だが生きている間は貧しくいつもひもじかったことが詠まれている。続く七句から十二句までの後半部には、死んでしまったら名声を得たってわかりはしない、それよりも心のバランスを保つこと（称心）が良いのである。なぜなら、いくら「軀」を大事にしてもその身体は自然の変化とともに消えてしまうのだから、と詠まれている。

陶淵明の「称心」は、このように自己の内面で平静な精神を保とうとする心のはたらき、心のバランスを保って生きようとする心の有り様をいう。「称心」には、「与えられた人生」を楽しむことが表れている。それは、生きている間中あくせくとこの身を犠牲にしてまでも名を後世に残そうとはせず、また世俗に流されず、そして世間と摩擦も起こさず、死をもおそれないという内面の世界の安定、心の充足を得ようとすることである。

（四）おわりに

以上、陶淵明の詩文に見られる「称心」について検討した。陶淵明の「称心」には自己の内面に意識を向け、その心のバランスをとろうとすることが表現されている。身を犠牲にしてまでも名を後世に残そうとせず、世俗にも流されず、世間とも摩擦を起こさず、死をも懼れない。「与えられた人生を楽しむ」のである。そのような心の有り様は、

陶淵明が最終的に求めた「心にかなった」生き方であった。ただ、念のために言い添えれば、陶淵明が現実にそのように生き得たのか、本当にそれを会得することができたのか、本節で述べようとしたのはそのようなことではない。陶淵明は、そのような境地を作品として創り得たということである。

＊

以上、第三章において、「歓」「娯」と「称心」について見てきた。この「歓」「娯」と「称心」は従来の表現から発展し、陶淵明独自の表現が見られるというものであった。ここでいう「陶淵明独自の表現」とは、従来のその言葉の持つ意味を受け継ぎながら、表現する内容に独自性が見られる、という程度のものである。次の章で取り上げる「楽天」や「悠然」はこれまでの用法とまったく異なる意味になって使われているが、「歓」「娯」と「称心」はそのようなものではない。

【注】

（一）川合康三『中国の自伝文学』（創文社、一九九六年一月）一七四頁～一七六頁参照。

（二）伊藤直哉『「笑い」としての陶淵明　古しいユーモア』（五月書房、二〇〇一年二月）「まえがき」参照。

（三）川合康三、前掲書、八六頁。

（四）岡村繁『陶淵明　世俗と超俗』（日本放送出版協会、一九七四年十二月）二二四頁。

（五）『申鑒』巻五雑言下に「是称心也」と見えるが、これは「是れ心と称すなり」というものである。

（六）『説文解字』「称、銓也。从禾爯声」段玉裁注「銓者、衡也。声類曰、銓所以称物也。称俗作秤。按爯、幷挙也。偁、揚也。今皆用称。称行而爯偁廃矣。（…中略）銓義之引伸」。

＊荻生徂徠『訳文筌蹄』巻六に「称、ハカルトヨム。ハカリニテモノヲカクルコトナリ」とある。巻二に「称、カナフトヨム時去声ナリ。相応ナルコトナリ」とある。

＊藤堂明保『漢字語源辞典』（学燈社、一九九六年八月）九七頁に、「銓なり。禾＋爯　爯の亦声」稲や穂を手で持ち上げて目方を計ること。「礼記、檀弓」「家の存亡を称る」とはその用例。「論語、憲問」「その力を称せず、その徳を称するなり」とは、もちあげる意より、「ほめあげる」意に転じた用例。また「荀子、礼論」「貧富軽重みな称有り」とは「平均する」意へと傾いた用法である。

と記されている。

（七）『説文解字』「銓、称也。从金全声」。

（八）『文選』巻四十八。

（九）『文選』巻二十五。

（一〇）陶淵明の詩文中の「かなう」。愜——用例無し。協——用例無し。舒——四例（阿舒、董仲舒の人名を除く）。

①擁懐累代下、言尽意不舒。　懐を擁す累代の下、言尽きて意は舒びず。　「贈羊長史」

②衆蟄各潜駭、草木従横舒。　衆蟄各　潜み駭き、草木従横に舒ぶ。　「擬古詩」其の三

③悲扶桑之舒光、奄滅景而蔵明。　悲しいかな扶桑の光を舒べ、奄ち景を滅して明を蔵すを。　「閑情賦」

④登東皐以舒嘯、臨清流而賦詩。　東皐に登りて以て舒に嘯き、清流に臨みて詩を賦す。　「帰去来兮辞」

現代中国語での「舒服」と同じように「快適」な様を表現するものは見られない。

（一一）「適」は『説文解字』に「適、之也。从辵啻声」。

（一二）『漢字語源辞典』四六三頁。

（一三）楠山春樹『呂氏春秋』上（明治書院、一九九六年七月）。高誘注「適中適也」とある。

（一四）『文選』巻四十九。

（一五）この他に「古詩十九首」其の十六にも「適意」が見られる。「眄睞以適意、引領遙相睎。（眄睞して以て意に適い、領を引ばして遙かに相睎む。（『文選』巻二十九）遠くに行ってしまった夫を夢に見たのであるが、夢のなかでやっと会えた夫が夢が消えるとともに消えてしまった。また一人になってしまったその寂しさを紛らすために、夫のいる遠くかなたを眺めやるのである。

ここに「相睎む」と詠まれているが、田中謙二氏の「「相」考」（『ことばと文学』汲古書院、一九九三年三月）にあるように「相」は一方通行の動詞として考えられる。夫と互いに眺めあうのではなく、一人遙か遠くを眺めることにより、夫の居ない寂しさを紛らすのである。

（一六）陶淵明の詩文にみられる「適」は全四例。そのうちの二例は「適世の中に在りと見るも（適見在世中）」「形影神」形贈影というような副詞的な用法である。

（一七）「三十年」を「十三年」とする説がある。

（一八）門脇廣文「陶淵明研究ノート――陶淵明の詩文に見える〈影〉について――」（『大東文化大学紀要人文科学』二二、一九八四年三月）四七頁一四行・四八頁一四行～一五行を引用。

（一九）興膳宏『人物　中国の歴史六　長安の春秋』（集英社、一九八一年八月）「昔から愛唱された「帰去来の辞」の詩人陶淵明」三人の陶淵明を参照。引用は八〇頁二行～七行。

（二〇）『文選』巻十五。

第四章　「たのしみ」の表現［3］

従来の表現を逸脱する言葉

第一節「楽天」について

（一）はじめに

第四章では「楽天」という言葉と「悠然」という言葉を取り上げる。陶淵明の詩文に見える「楽天」と「悠然」は、陶淵明より前の作品に見える「楽天」と「悠然」と比べると、陶淵明の「楽天」「悠然」という言葉の表現する内容は従来のものと全く異なっている。このことから陶淵明のこれらの表現は従来の表現を逸脱したものであると考えられるのである。

まず、第一節では「楽天」を取り上げる。陶淵明が自分の死を想像して詠んだ作品「自祭文」に「天を楽しみ分に委ね、以て百年に至る（楽天委分、以至百年）」という句がある。この「天を楽しむ（楽天）」という言葉は、「天から与えられた運命」を「楽」しもうというものである。これは『周易』繋辞伝に基づいている。しかし、「繋辞伝」にこのように述べられているにもかかわらず、陶淵明以前の作品においては、天から与えられた運命は嘆くものとして捉えられていた。天から与えられた運命、いわゆる「天命」は、「天」から否応なく与えられたもので、自分では如何ともし難いものである。そして人間の生涯は概ね自分の思うようにはならない。したがって、『周易』繋辞伝に「楽天」という表現があっても、天から与えられた運命を嘆き、「天命」をうらむと表現されることとなったのであろう。

それに対して陶淵明の表現は、従来の作品とは異なり、楽観的である。『周易』繋辞伝の思想のままに、「天から与えられた運命」を「楽」しもうと詠む。すなわち、「楽天」という表現は、陶淵明の詩文からあらたなテーマとなったと考えられるのである。

川合康三氏は、陶淵明の「擬挽歌詩」と「自祭文」について、次のように述べている。[一]

自分の臨終から葬儀、埋葬を想像し、物悲しい思いに浸される、そうした情感がどちらにも流れている。それは確かなのだが、特記すべきは単にこの世に別れを告げ、冷たい墓地の下に葬られるわが身を悲しむだけでなく、そこはかとないユーモアが全体に漂っていることである。（…中略）このように人間の死が引き起こす或る種の滑稽さ、それを見る冷徹した目、そこには人の死を主題としながら、それが死の感傷を読者に強要するという既成の文学を打ち破る新しさが躍動している。当人が自分の死を対象として「祭文」を作る、自分の死をめぐって「挽歌」を作る、という形式の新しさを創り出した自由は、文学作品が要求する読み方からも読者を解放するのである。

つまり、川合氏は「自祭文」が死を主題とする「祭文」の形式を用いているのにかかわらず、そこには「ユーモア」が漂い、そこに「既成の文学を打ち破る新しさ」が認められるという。さらに陶淵明の文学には「生の歓び」[二]までも詠まれていると言う。氏の主張する「既成の文学をうち破る新しさ」は、「楽天」という表現にも認められるのではないか、筆者はそう考えている。

この節で問題とするのは、陶淵明の詩文に見える「天命を楽しむ」という表現についてである。しかし、直接このように述べたものが陶淵明の詩文に多く見えるというわけではない。すでにあげた「自祭文」の「天を楽しみ分に委ね、以て百年に至る（楽天委分、以至百年）」と詠まれる一例の他に、「帰去来兮辞」に「夫(か)の天命を楽しみて復た奚(なに)をか疑わん（楽夫天命復奚疑）」と詠まれる、都合二例にすぎない。ただ、この節で検討したいのは「楽天」という言葉だけではない。陶淵明の「天から与えられた運命」を「楽」しもうという「思考」をも検討の対象としたい。したがって、ここでは「命」や「分」、そして「楽天」、「楽天命」というときの「天」あるいは「天命」という言葉も検討の対象としている。[三]それらはすべて「天から与えられた運命」という意味で用いられるものである。

以下、まず、従来の文学作品に伝統的に用いられる「運命を嘆く」という表現を検討し、次に「運命に委ねる」という表現について検討を加えたい。そして、それらの用例と陶淵明の用例とがいかに異なっているのかを比較し、最後に、陶淵明の「楽天」に見える陶淵明の詩精神の独自性について述べるつもりである。[四]

（二）運命を嘆く——悲観的・負の感情

「楽天」という言葉はすでに述べたように『周易』繋辞伝に見える。そこには「天を楽しみ命を知る、故に憂えず（楽天知命、故不憂）」とある。この箇所の韓康伯の注は、「天の化に順う、故に楽と曰うなり（順天之化、故曰楽也）」というものである。また、孔穎達の疏には、「性命の終始を知り、自然の理に任す、故に憂えざるなり（知性命之終始、任自然之理、故不憂也）」とある。そして、この部分について本田済氏は次のように説明している。[五]

易の示すところは天の法則であり、人の運命である。易は天の法則を楽しみ、おのが運命を知ることを教える。天の法則が人にあっては運命となるので、楽天と知命は別のことではない。運命を知って、それがいかなる物であっても、喜んで受容すること、それが同時に天を楽しむことである。だから易は憂えるなと教える。易が法とる天が、そもそも憂えることがないのだから。(六)

韓康伯の注、孔穎達の疏、そして本田氏の解説によれば、『周易』繫辞伝の「楽天知命」とは、自分自身の運命を知り、「天」(=「自然の理」)に「順」って(=任せて)楽しむことと理解しておいて良いであろう。『周易』繫辞伝のこの「楽天知命」という表現をそのまま用いて詠まれた作品に、魏の李康(一九六?~二六五?)の「運命論」や梁の劉峻(四六二~五二一)の「弁命論」がある。まず、李康の「運命論」を見てみたい。(七)

然則聖人所以為聖者、蓋在乎楽天知命矣。故遇之而不怨、居之而不疑也。

然らば則ち聖人の聖為(た)る所以の者は、蓋し天を楽しみ命を知るに在り。故に之に遇いて怨みず、之に居りて疑わざるなり。

ここには、「聖人」は「天を楽しみ命を知って」いるから、どんなに不遇であろうとも、その天命を信じて憂えることはないと表現されている。ここでの「楽天知命」は『周易』の「楽天知命」と同じように、人としての理想的な生き方を論じたものである。それは後の劉峻の「弁命論」でも同じである。その「弁命論」には次のようにある。(八)

然則君子居正体道、楽天知命、明其無可奈何、識其不由智力。逝而不召、来而不距、生而不喜、死而不慼。

然らば則ち君子は正に居り道を体し、天を楽しみ命を知り、其の奈何ともす可き無きを明らかにし、其の智力に由らざるを識る。逝けども召さず、来れども距がず、生くれども喜ばず、死すれども慼えず。

ここにも、「君子」は「天を楽しみ命を知って」いるから、自分の力の及ばないことも分かっている。また去る者を追わず来る者も拒まない。生や死に感情を乱されることもないと表現されている。ここでの「楽天知命」も『周易』の「楽天知命」と同じように、人としての理想的な生き方を論じたものである。

この二つの「楽天知命」は、李善注に「周易に曰く、天を楽しみ命を知る、故に憂えず（周易曰、楽天知命、故不憂）」とあるように『周易』の表現をそのまま受け、天命を知ってそれを楽しむことを表現したものである。とすると、その意味では陶淵明の「楽天」や「楽天命」というのと同じことを表していると言うことができる。ただ、詳細に見てみるとその内容はいささか異なっている。そのことについては後に述べることとし、ここでは陶淵明以前の用例をもう少し見ておきたい。

後漢の蔡邕（一三二～九二）が陳寔（一〇四～八七）のために詠んだ「陳太丘碑文一首」にも「楽天知命」という表現が見える。[九]

会遭党事、禁固二十年。楽天知命、澹然自逸。

たまたま党錮の変に遭ってしまい、二十年間官職に就くことができなかった。しかし、先生は天命としてそれを楽しみ、ゆったりと隠棲しておられた。

ここでの「楽天知命」も、李善の注に「周易に曰く、天を楽しみ命を知る、故に憂えず（周易曰、楽天知命、故不憂）」とあるように、『周易』に基づいたものである。そのことに異論をさしはさむ余地はないであろう。

ここでは、陳寔が党錮の変に遇い追放され、そして閑居したというその一生を、蔡邕が陳寔の代わりに、天から与えられた命を知り楽しんだのだと詠んでいるのである。これは蔡邕が陳寔のために書いた「碑文」という文体においてなされていたもので、蔡邕自身が自己の生涯を振り返って述べたものではなく、陶淵明のものとは大いに異なる。なぜなら、陶淵明の「自祭文」は「祭文」という文体すなわち「死を弔う」という文体ではあるけれども、その「祭る」対象は自分自身であって、他者を対象としたものではないからである。つまり、この両者は、一方は他者の事を詠んだものであり、一方は自己の事を詠んだものであるという点においてまったく異なっていると言わなければならない。

この「楽天知命」という表現は、さらに時代がくだって、庾信（五一三～八一）の「擬詠懐詩二十七首」其の十八や「禹渡江讃」にも詠まれている。だが、それらの用例においても、やはり「楽天知命」は憂いの表現である。[一〇]

＊

「楽天知命」という表現がそのまま使われているわけではないが、次に示すような作品にも『周易』の「楽天知命」という考え方が認められる。

まず、前漢の賈誼（前二〇一～前一六九）の「鵩鳥賦」は、賈誼が長沙に左遷されていた時に作られた作品といわれる。[一一]

そこに、

徳人無累　　徳のある人には憂いはなく

知命不憂　　運命を知っているため憂えることもない
細故蔕芥　　ささいなことを
何足以疑　　心配する必要がありましょうか

という一節がある。ここでは「楽天知命」とは詠まれていない。ただ、「知命」とのみ詠まれるだけである。ところが、「命を知りて憂えず（知命不憂）」という表現に対して、李善がやはり「周易に曰く、天を楽しみ命を知る、故に憂えず（周易曰、楽天知命、故不憂）」と注をつけているように、これも『周易』繫辞伝の「楽天知命」に基づいたものである。しかし、この「知命不憂」という表現は先に述べた李康の「運命論」の「楽天知命」のように「楽天」という部分が詠まれていない。また、李康の「運命論」には「不憂」は詠まれていないが、ここにはそれが詠まれている。さらに、ここに表現されている内容には、「楽天」、すなわち与えられた人生を楽しむことが表現されておらず、「不憂」と述べて、自分の運命を嘆くことを否定するだけなのである。人生を積極的に楽しむことについては、何も述べられていない。そしてその暗い負のトーンはこの一節だけでなく、作品全体に流れているのである。

次に曹植（一九二〜二三二）の「楽府四首箜篌引」を見ておきたい。[一二] この詩には、前半において親しい友人と共に宴を楽しんでいる様子が詠まれる。そして宴たけなわになり、宴席の主宰者である曹植が「千金の寿」を唱える。するとたちまち作品のトーンに憂いの要素が入り込む。「若く盛んなときは、再び巡り来るものではない。百年の命も、すぐさま我が身にも尽きようとする。（盛時不可再、百年忽我遒）」と人生のはかなさに対する感傷に包まれる。このように作品の後半は人生の感傷にともなう「憂い」という負のトーンに覆われているのである。

そしてその最後に、次のように詠まれる。

先民誰不死、知命亦何憂

昔の人で死なぬものなど誰もいない。天命を知れば何も憂えることなどない。

ここに詠まれる「命を知れば 亦 何をか憂えん（知命亦何憂）」という表現には、やはり李善が「周易に曰く、天を楽しみ命を知る、故に憂えず（周易曰、楽天知命、故不憂）」と注を施しているように、『周易』に基づいたものであろう。しかし、ここも「亦 何をか憂えん（亦何憂）」と詠まれるだけで「楽天」とは詠まれていない。また「楽天」という境地も表現されていない。ここに表現されているのは、人生の短さを嘆く憂いに満ちた「負の感情」である。「命を知れば亦 何をか憂えん（知命亦何憂）」は、確かに反語表現を用いて、「何をか憂えん」と言うものの、実は、自分の思いのままにならない人生に対する苦悩という「負の感情」を表現しているのだ。

劉琨（二七〇～三一八）の「重贈盧諶一首」にも「知命」という言葉が見える。(二三)この前半には古の功業のあった人士たちのことが詠まれている。そして、次のように続く。

吾衰久矣夫、何其不夢周。誰云聖達節、知命故不憂。

私はすでに衰え老いてしまい、周公の行いを夢に見ることもなくなってしまった。聖人は時節をわきまえ、天命を知っているから憂えることもない、とは誰がそう言えよう。

さらに、これに続いて「功業は未だ建つに及ばざるに、夕陽は忽ち西に流る（功業未及建、夕陽忽西流）」と詠まれる。古の人士たちと同じように功績をあげようと志を立てたが、それを成し遂げることができずに年老いてゆく苦悩が綴られている。

この「命を知るの故に憂えず（知命故不憂）」にも「周易に曰く、天を楽しみ命を知る、故に憂えず（周易曰、楽天知命故不憂）」という李善の注がある。『周易』に基づいたものであろうことはあらためて言うまでもない。しかし、ここにも、やはり「楽天」という表現はない。「楽天」という境地も表現されていない。「不憂」と言いながらも、作品は全体として自分の運命を嘆くばかりで、楽観的な要素は全くなく、全体に暗い「負の感情」が満ちているのである。

これまで見てきた「鵩鳥賦」「楽府四首箜篌引」「重贈盧諶一首」の三つ例のいずれにも、李善は、全て同じように「周易に曰く、天を楽しみ命を知る、故に憂えず（周易曰、楽天知命、故不憂）」と注をつけている。しかし、この三例とも「天を楽しみ命を知る、故に憂えず（楽天知命、故不憂）」の、「命を知る（知命）」ことと「憂えず（不憂、何憂）」ということまでしか詠んでいない。積極的に「天を楽しむ（楽天）」というところまでは詠んでいないのである。また、作品の全体的な暗いトーンには「負の感情」が満ちている。「楽天」という楽観的な表現は、表面的にも、内容的にも全く詠まれていない。この三例と前に述べた李康の「運命論」、劉峻の「弁命論」、蔡邕の「陳太丘碑文一首」の「楽天知命」とはその趣が異なっている。そのことは容易に理解できよう。

＊

さて、先にも述べたが、陶淵明の「自祭文」に「天を楽しみ分に委ね、以て百年に至る（楽天委分、以至百年）」と詠まれた句がある。そこには「楽天（天を楽しむ）」と共に、「委分（分に委ぬ）」という表現がある。ここに詠まれる「分」には、「命」と同じように、天から与えられた「運命」「宿命」「持ち前」などの意味がある。したがって、「委分」という表現にも「天から与えられた運命」に任せるという楽観的思考が見られると考えられる。

この「自祭文」は人の死を弔う祭文の形式を用いている。しかし、これには、農作業にいそしみ、読書や琴を奏でて人生を楽しむといった、ほのぼのとした人生が詠まれている。一方、従来の「死」と向き合って詠まれた作品、例えば、欧陽建（?～三〇〇）の「臨終詩」[一四]では、刑に処せられ死を目前にした嘆きが詠まれている。

真偽因事顕　人の心が真実であるか真実でないかは、あらかじめ知ることは難しいが
人情難予観　やがてその真偽ははっきりとあらわれる
窮達有定分　困窮することも栄達することも分により定められている
慷慨復何歎　だから今さら憤り、何を歎くというのだろう

ここでは、人の栄枯盛衰はそれぞれの人の持ち合わせた「分」により定められてしまっていて、自分ではどうすることもできないと詠まれている。ここでの「分」は陶淵明の「自祭文」とは異なり、極めて悲観的である。

*

これまで見てきたように、陶淵明以前においては、『周易』繋辞伝に「天を楽しみ命を知る、故に憂えず（楽天知命、故不憂）」と明白に述べられているにもかかわらず、天から与えられた運命は嘆くものとして捉えられていたようである。天から与えられた運命、いわゆる「天命」や「分」は「天」から否応なく与えられたもので、自分では如何ともし難い。そしてその「運命」は往々にして自己の思うようにはいかない。したがって、『周易』繋辞伝に「楽天」という表現があるにもかかわらず、天から与えられた運命は嘆くものとして表現され続けたのであろう。

（三）運命にまかせる——たのしまず・うれえず

先に「自祭文」の「楽天委分」の一節を取りあげ、「分」についていささか考察を加えた。孟二冬氏は、この「委分」についてを「委分とは委命のことで、運命のままになること(一五)（委分、猶「委命」、聴任命運的支配）」と解している。ただ、「委分」という用例は、陶淵明の作品ではこの一例しか認められない。そして「委命（命に委ぬ）」という用例は一例もない。しかし、「委運」という表現はある。「委運」の「運」とは、「命」や「分」と同じように「運命」という意味内容を持つ。「委運」という言葉は、その「運」と「委」とを結びつけたものである。

立善常所欣　　影の言うように善を行うことは喜ばしいことであるが
誰当為汝誉　　死んでしまえば誰がその善い行いを讃えてくれるのだろうか
甚念傷吾生　　思いつめると、かえって自分の命を損ねてしまう
正宜委運去　　運に身を委ねて
縦浪大化中　　人生の大きな変化に従おう
不喜亦不懼　　喜ばずまた恐れず
応尽便須尽　　この生命が尽きるものなら尽きるでよいではないか
無復独多慮　　ひとり思い悩むのはもうやめよう

この「形影神」神釈に見える「委運」は、例えば、先の孟二冬氏が「委運は、自然に順うこと（委運、随順自然）」「大化は、自然の変化のこと（大化、指自然的変化）」と解しているように、多くの注釈者が「自然の造化に委ねること」または「天命に委ねること」と解釈している。[一六] すなわち、「委運」とは、人為ではない大きな力にまかせることと解しうる。

「自祭文」の「委分」は「楽天」という言葉と一緒に用いられて「楽天委分」と詠まれている。また「祭文」の形式を用いられながらも、この一節には、農作業にいそしみ、読書や琴を奏でるというたのしみが詠まれている。このように「委分」が「楽天」と一緒に詠まれることにより、「天から与えられた分と運命を」積極的に「たのしむ」という表現となっていると考えられる。

一方、「形影神」神釈の「委運」は「運命に身を委ねて、人生の大きな変化に従い、喜ぶことも恐れることもせず、この生命が尽きるものなら尽きるでよい」という中に詠まれており、ここには天から与えられた人生をただ嘆くという従来の人生観を超えた人生観が表現されている。しかし、与えられた人生を積極的にたのしむという「楽天」の境地までは表現されていない。「委運」は注釈家の諸氏が言うように「自然の変化」に人生を任せることが表現されているに過ぎないのである。

「運命に委ねる」という表現は前にも取り上げた賈誼の「鵩鳥賦」にも見える。

縦軀委命兮、不私与己。其生兮若浮、其死兮若休。

我が身を命に委ね、自分の勝手にはいたしません。生きている時はこの世に漂っているようであるが、死んでしまえば休息しているようだ。

ここも、「形影神」神釈と同様に、与えられた人生をたのしむ「楽天」という表現は認められない。先に述べた「不憂」を含む文章はこの文の後に詠まれている。この部分では、「死生」をめぐる数々の憂いを如何に解消するかを問答しながら模索している。問答のスタイルを用いること、「死生」をテーマとする点においては陶淵明の「神釈」もこれと同じである。また、賈誼の「鵩鳥賦」のこの「委命」という表現は、「形影神」神釈の死生を「運命に委ねる」という「委運」の表現と同類と見なすことができよう。

賈誼におくれること二百年ばかりの班固（三二～九二）の「答賓戯一首」[一七]にも、「委命」という表現が見える。

慎脩所志　　つつしんで自己の志をおさめ
守爾天符　　天から授かった運を守る
委命供己　　命に委ね己を天道にささげ
味道之腴　　道の美味を味わおう
神之聴之　　そうすれば、神はその人を聞き入れ
名其舎諸　　その人をほおっておくことなどしない

ここには自分の志を全うし、天命に我が身を委ね（委命）ていれば、「神」はきっと助けてくれるだろう、という班固の生き方が、問答形式を用いて述べられている。前に述べた賈誼の「委命」が「死生」にまつわる憂いを解消しようとするものであるのとは異なり、班固のこの「答賓戯一首」では、天から与えられた運命にそのまま身を委ねて生きようと表現している。班固の妹である班昭（四九？～一二〇？）も「東征賦」[一八]において天から与えられた運命に委

ねて生きることを「委命」と表現している。「東征賦」は、息子の曹成の行役について都を離れるときの心境を詠った作品である。それには天命に身を委ね清く生きていこうと詠む。

靖恭委命、唯吉凶兮。敬慎無怠、思嗛約兮。
靖恭（せいきょう）にして命に委ね、唯（ただ）吉凶のままにす。敬慎（けいしん）にして怠る無く、嗛約（けんやく）を思わん。

ここの「委命」には天から与えられた運命にまかせて清く生きていこうということが表現されている。しかし、やはり与えられた運命を積極的に楽しむという所までは表現されていない。

また、同じく「東征賦」には、「且（しばら）く衆に従いて列に就き、天命の帰する所に聴（まか）す（且従衆而就列兮、聴天命之所帰）」という表現がある。我と息子の人生についてを「聴天命乃所帰」と表現している。これも「委命」と同様のものと見なすことができよう。

＊

陶淵明以前の詩文においては「委」と「命」とが一緒になり「委命」となって用いられるのがほとんどであるようだ。だが、「委命」は陶淵明の作品に見られない。陶淵明の作品においては、「委」という動詞と、「命」と同様の意味の「分」「運」というような「与えられた人生」を表す目的語とが組み合わされたものは、「委分」「委運」の二例があるだけである。

ここにあげた「委命」の用例以外に、禰衡（一七三～九八）の「鸚鵡賦」（一九）、張華（二三二～三〇〇）の「鷦鷯賦」（二〇）にもそれを認めることができる。しかし、いずれの「委命」も、与えられた人生をたのしむという「楽天」の境地までは表現されていない。だが、先に見た「知命」と「不憂」の詠まれる「鵩鳥賦」「楽府四首箜篌引」「重贈盧諶一首」の作品に見えたように人生を完全に悲観視する表現でもない。たのしまず、また、憂えず、全てを運命に委ねるという境地を表現するものである。この面から見ると、陶淵明の「神釈」に詠まれる「委運」もこれらと同じ部類に属するものだと見なすことができる。

（四）運命を楽しむ——楽観的・正の感情

最後に、ここでもう一度、陶淵明の「楽天」、すなわち天から与えられた運命を楽しむという考え方にかかわる表現について詳細に検討を加えたい。

陶淵明の詩文において「楽天」という表現の用例は、すでに挙げた「自祭文」と「帰去来兮辞」に一例ずつ、都合二例認められる。「自祭文」では「楽天委分」と詠まれ、「帰去来兮辞」では「楽夫天命」と詠まれている。「自祭文」の「楽天委分」に対しては、主な注釈書のいずれも、『周易』繋辞伝の「楽天知命」を引いていない。しかし、『周易』に基づくものであることは間違いなかろう。また、「帰去来兮辞」の「楽夫天命」に対しては、李善が「周易に曰く、天を楽しみ命を知る、故に憂えず（周易曰、楽天知命、故不憂）[(二二)]」と注をつけているように、あらためて言うまでもなく、これも『周易』に基づいたものである。

まず、「自祭文」を見てみたい。「楽天」はその第三段落に詠まれる。

春秋代謝、有務中園　　春秋代謝し、中園に務め有り
載耘載耔、迺育迺繁　　載ち耘り載ち耔えば、迺ち育ち迺ち繁る
欣以素牘、和以七弦　　欣ぶに素牘を以てし、和むに七弦を以てす
冬曝其日、夏濯其泉　　冬には其の日に曝し、夏には其の泉に濯ぐ
勤靡余労、心有常間　　勤めては労を余すこと靡く、心に常間有り
楽天委分、以至百年　　天を楽しみ分に委ね、以て百年に至る

この段落には、農作業をたのしむ様子（載耘載耔　迺育迺繁）、書物を読んでたのしむこと（欣以素牘）、音楽をたのしむ様子（和以七弦）が詠まれている。さらに、冬の日だまりで日向ぼっこをし、夏は泉で涼むという日常の生活が描かれている。そこでの日常の生活は陶淵明にとって何よりも心休まるものだったのである（心有常間）。そして、このような田園生活のたのしみを、天から与えられた「天命」としてたのしむのだと言う（楽天委分）。つまり、与えられた運命（分）(二三)に身を「委」ね、「天命」を「楽」しもうと詠んでいるのである。

ここに「楽天委分、以至百年」と詠まれる人生は、自分自身で自己の人生を振り返り、そして自らの筆により表現されたものである。それは前に取りあげた蔡邕の「陳太丘碑文一首」に見えた「楽天知命」とは異なっている。なぜなら、「陳太丘碑文一首」は、蔡邕自身が自己の生涯をふり返って述べたものではないからである。

また、「自祭文」の第五段落には次のようにある。

識運知命、疇能罔眷　　運を識り命を知るも、疇か能く眷み罔からん

余今斯化、可以無恨　　余れ今斯に化す、以て恨み無かる可し
寿渉百齢、身慕肥遯　　寿　百齢に渉り、身　肥遯を慕う
従老得終、奚所復恋　　老より終を得、奚の復た恋うる所ぞ

この部分は、「運」を識り「命」を知っても誰しもこの世に未練が残ってしまうものである。しかし、「余」すなわち、私は、「運」を「識」り「命」を「知」ったから、隠遁生活を送りたいと願ったのだ。そして災いにより命を落とすこともなく、このように年老いて死を迎えることができるのだ。だからもう何も思い残す事などない。ということになろう。

ここでの「知命」という表現から読みとれるのは、自己の運命を知り、それを受け入れるということのようである。従来の文学作品、例えば、「鵩鳥賦」や「楽府四首箜篌引」「重贈盧諶一首」などに見えた「知命」という表現にパターン化されていたのは、運命を嘆くばかりの暗い「負の感情」である。しかし、陶淵明はそれと同じ「知命」という表現を用いているにもかかわらず、それとは反対の感情、すなわち自己の運命に対する「正の感情」を効果的に表現している。つまり、「知命」という従来の「負の感情」を表現する言葉を用いて、逆に「正の感情」を表現しているのである。それこそが、陶淵明の独自性ではないかと思う。

「自祭文」は「祭文」という死を弔う文体を用いている。だが、そこには「生の歓び」が詠まれている。その「生の歓び」はこの「楽天」という言葉によって表現される田園生活のたのしみにほかならない。そして、このように自己の人生を「楽天」と表現することは、従来の文学作品においては見られなかったものである。さらに「知命」という言葉においても従来の「負の感情」から、「正の感情」へとその内容を変化させている。また「知命」と同じよう

に、「分」においても「負」から「正」への変化が認められるのである。例えば、前にあげた欧陽建の「臨終詩」は、死を目前にした嘆きを「窮達に定分有り、慷慨すれども復た何をか歎かん（窮達有定分、慷慨復何歎）」と表現されていた。一方、次に示す「感士不遇賦」では、天から与えられた運命に単に順うのではなく、そこに自分自身の意志があるのだと詠んでいるのである。

或撃壌以自歓　太古に土くれを打って（隠遁して）たのしんだ人も
或大済於蒼生　あるいは政治にたずさわって多くの人を救った人も
靡潜躍之非分　世に出て官途に就くか退いて隠遁するかは分によるのではない
常傲然以称情　どちらも自分の気持ちにかなった生き方を選んだのである

隠遁（潜）するか仕官（躍）するかは自分の運命（分）に応じたものではなく、自分の気持ち（情）に「称（かな）」ったものであると言う。これは、前に述べた従来の「分」が「天から与えられた人生を憂える」という「負の感情」であるのとは異なっている。ここには、気持ちに「称（かな）」う生き方を自ら選んでおり(一三)、「天から否応なく与えられた運命」を受動的に生きるという、宿命を背負うかのような暗さは見られないのである。

このように、陶淵明の詩文に詠まれる「命」や「分」には従来には見られない特色がある。それは、自分自身の「命」や「分」というものを嘆くのではなく、自分自身は隠遁することが「命」であり「分」であると楽観的に認めていることである。それ自体が、従来の作品にはない新しさであったのではないか。しかし、それだけではない。筆者は次のように考えている。自らの運命（「命」「分」）を天から与えられた運命としてたのしむ、そのことそのものを詩文に表現したところに、従来にはない陶淵明の新しさがあるのだと。
「帰去来兮辞」に次のようにある。

懐良辰以孤往　　晴れた日にはひとり出かけ
或植杖而耘耔　　杖をたてて田を耕したり
登東皐以舒嘯　　東の丘に登って口笛を吹いたり
臨清流而賦詩　　清き流れに臨んで詩を詠んだりする
聊乗化以帰尽　　自然の変化に身をまかせて命の終わるのを待っている
楽夫天命復奚疑　　このように天命をたのしめばもはや何も疑うことなどなくなってしまう

ここにはやはり、農耕（耘耔）、音楽（舒嘯）、詠詩（賦詩）をしてたのしみ、日常を送っていることが詠まれている。そしてこの田園生活のたのしみを、天から与えられた「天命」としてたのしむのだと詠まれている。

＊

「楽天（天を楽しむ）」という表現は、もちろん『周易』繫辞伝に基づいたもので、天から与えられた運命をたのしもうというものである。しかし、陶淵明以前においては、「繫辞伝」にこのように明白に述べられているにもかかわらず、「天から与えられた運命」は嘆くものとして捉えられ、人生を悲観する思考が見られた。
「委命」という表現においては、従来の「楽天知命」や「知命」という言葉によって表現された人生に対する完全な悲観は表現されてはいない。それは、たのしまず、また憂えずという自己の人生を天に委ねる境地を表現するものであった。ただ、与えられた人生をたのしむという「楽天」の境地までは表現されていない。

ところが、陶淵明の「天」あるいは「天命」についての表現は、従来の作品とは異なり、そのまま『周易』繋辞伝に基づくものであり、文字どおり天から与えられた運命をたのしもうと言うのである。楽観的なのだ。

（五）おわりに

「自祭文」に「天を楽しみ分に委ね　以て百年に至る」と詠まれ、「帰去来兮辞」に「夫の天命を楽しみて復た奚をか疑わん」と詠まれる、これらにおける「楽天」という表現は、陶淵明以前の詩文には認められないものである。従来の作品では、その大半は、如何ともし難い「悲哀」を表現するために「天」「天命」「命」「分」を用いていた。陶淵明の作品では、同じ「天」「天命」「命」「分」を用いながら、従来のそれらとは反対の境地、すなわち人生をたのしむという境地を表現しているのである。すなわち、「楽天」というたのしみの表現は、陶淵明の詩文から新たなテーマとなったと考えられるのである。

＊

以上、陶淵明の詩文に見える「楽天」に関する表現について、従来の用例と比較し検討した。もう一度ここでまとめると、陶淵明の「楽天」は、従来のそれとは反対の境地が表現されていた。また、陶淵明の「楽天」には、負の感情から正の感情へと変化していることが認められ、従来の表現を逸脱していることも認められた。

次の節においては「悠然」という言葉について検討する。この「悠然」は、従来のマイナス思考的心情をイメージしてしまう「悠」という言葉に、「然」という言葉をつけ、そうすることによって、従来のマイナス思考とは正反対のプラス思考的な新たな内容を表現したのである。そして、陶淵明は、それを「詩」において用いることに成功した。つまり、「楽天」も「悠然」も負から正へと、その表現内容に百八十度の転換が行われているのである。次の節においては、その「悠然」という表現について検討したい。

【注】

（一）川合康三『中国の自伝文学』（創文社、一九九六年一月）一七四頁～一七五頁参照。

（二）川合康三、前掲書、一七六頁「陶淵明の文学を全体として捉えれば、死を免れない人間の悲観を嗟嘆する文学ではなく、むしろ逆に生の歓びを唱い、生きていることを肯定する文学であろう」を参照。

（三）陶淵明の詩文において「天」の用例は四十四例。「命」の用例は二十二例。「天命」は一例。「分」は十八例見られる。検索には堀江忠道『陶淵明詩文綜合索引』（彙文堂書店、一九七六年十二月）を使用した。

（四）「天」については、上田武「陶淵明における天・人の問題」（『中国文化――研究と教育』漢文学会会報四十九号、一九九一年六月）の論考がある。「分」については、安立典代「陶淵明「自祭文」〈楽天委分　以至百年〉考」（『中国文化――研究と教育』漢文学会会報五二号、一九九四年六月）の論考がある。両論考とも哲学方面から「天」「分」について研究している。

（五）本田済『易』下（朝日文庫、一九九三年三月第三刷）二七〇頁。

（六）高田真治・後藤基巳両氏は『易経』下（岩波文庫、一九六九七月初版・一九九四年七月第三十四刷）二一七頁～二一九頁において、「聖人」を主語におき、「天道を楽しみ天命を知るが故に、心に憂いを抱くこともなく」と訳している。天命を知り、それをたのしむという点においては、本田氏と共通する。

（七）『文選』巻五十三（論）。

（八）『文選』巻五十四（論）。

（九）『文選』巻五十八（碑文）。

（一〇）「擬詠懐詩二十七首」其の十八（『庾子山集』巻三）。

尋思万戸侯、中夜忽然愁　尋思す万戸侯、中夜　忽然として愁う
琴声遍屋裏、書巻満牀頭　琴声　屋裏に遍く、書巻　牀頭に満つ
雖言夢蝴蝶、定自非荘周　蝴蝶を夢むと言うと雖ども、定自り荘周に非ず
残月如初月、新秋似旧秋　残月は初月の如く、新秋は旧秋に似たり
露泣連珠下、蛍飄砕火流　露泣きて連珠下ち、蛍飄りて砕火流る
楽天乃知命、何時能不憂　天を楽しみて乃ち命を知る、何れの時にか能く憂えざらん

「禹渡江讃」（『庾子山集』巻十）。

三江初鑿、九谷新成　三江初めて鑿ち、九谷新たに成る
風飛鷁涌、水起龍驚　風飛びて鷁涌れ、水起ちて龍驚く
楽天知命、無待憂生　天を楽しみ命を知れば、生を憂えて待つこと無し
危舟遂静、乱檝還平　危舟　遂に静り、乱檝　平に還れり

『芸文類聚』巻十では檝は楫になっている。

（一一）『文選』巻十三（鳥獣）。

(一二)　『文選』巻二十七（楽府）。

(一三)　『文選』巻二十五（贈答）。

(一四)　『文選』巻二十三（詠懐）。

(一五)　孟二冬『陶淵明集訳注』（吉林文史出版社、一九九六年六月）。

(一六)　①委運二字、是三篇結穴。縦浪四句、正写委運之妙、帰於自然。（丁福保『陶淵明詩箋注』芸文印書館、一九七七年七月）。
②［正宜句］運即自然、委運即『一任自然』、神的主張是『委運』、以下四句就是解釈『委運』的意義。［縦浪句］縦浪、猶放浪。大化、宇宙。（王瑤『陶淵明集』人民文学出版社、一九五六年八月・一九八三年九月）。
③委運、任憑天命、聴憑自然造化。（逯欽立『陶淵明集』中華書局香港分局、一九八七年二月）。

(一七)　『文選』巻四十五（設論）。

(一八)　『文選』巻九（紀行）。

(一九)　『文選』巻十三（鳥獣）。爾廼帰窮委命、離羣喪侶。

(二〇)　『文選』巻十三（鳥獣）。委命順理、与物無患。

(二一)　『文選』巻四十五。

(二二)　「分」は陶淵明の詩文中に十八例見られるが、「運命」「宿命」「持ち前」という意味を持つものとしては「遂尽介然分、払衣帰田里」「飲酒」其の十九と本文で取りあげた「感士不遇賦」の二例が認められる。

(二三)　第三章第二節を参照。

第二節「悠然」について

（一）はじめに

陶淵明の世俗を超越した清らかな境地を詠んだ詩として、高い評価を得ているものの一つに「飲酒」其の五がある。それに次のような有名な句がある。

採菊東籬下　　菊を採る東籬の下
悠然見南山　　悠然として南山を見る

ここに表現された「悠然として南山を見」ている陶淵明の姿には、のどかな田園で俗塵をはるかに超越した隠逸詩人としてのイメージを人々の心に引き起こすものがある。しかし、この句の「悠然」の「悠」というのは『詩経』国風周南、関雎に「悠なる哉　悠なる哉、輾転反側す（悠哉悠哉、輾転反側）」というように、もともと「憂い」を表していた。要するに「悠」は、「悠然として南山を見る」という句から我々がイメージするような、ある種の達観を表現する「悠々自適」「悠然自適」というものではなかったのである。

陶淵明がこの句の中に用いた「悠然」という言葉は、陶淵明より前に詠まれた「詩」にはほとんど見ることができない。後に述べるように、郭璞の「遊仙詩十九首」にわずかに一例を認め得るだけである。また、陶淵明より前に書かれた「散文」においても管見の及ぶ限りその用例は一つもない。

筆者の検討によれば、陶淵明より前の「詩」(『詩経』『楚辞』等の韻文)に見える「悠」「悠悠」が表す内容と、陶淵明の作品における「悠」「悠悠」とは共通している。だが、それらの言葉の意味するところは陶淵明の詩文に見える「悠然」という言葉の表現する内容とは異なっている。前者の「悠」「悠悠」は、「とめどない」「限りのない」「区切りのない」状況を形容するか、あるいは詩の中の主人公的人物が何事かに「憂」えている様子、つまり、「マイナス思考的心理状態」を表す。それに対して、後者の陶淵明の作品にある「悠然」は、その作品の中の主人公的人物が何事かに「自足」している様子を表している。「自足」とまで言うことができないとしても、そこには「憂」えている様子は微塵も認められないのである。つまり「プラス思考的心理状態」を表す言葉であるということである。「悠然」は「悠」と「然」とが結びついてできた言葉である。「然」が「状態を表わす形容詞のあとにそえることば(一)」である以上、「悠然」の元々の意味は「悠」の方にある。それ故に「悠」と「然」とが結びついた「悠然」と、「悠」が重言化した「悠悠」とは、本来、その意味に差異は認められないはずである。だが、陶淵明の詩文においては、「悠」「悠悠」と「悠然」とは区別して用いられている。つまり、「悠然」を陶淵明はその当時すでに「憂える」という意味を思いおこさせる「悠」「悠悠」と区別し、新たな意味を付け加えて「詩」において用いることに成功したと考えられるのである。

*

以下、まず従来の「悠然」についての解釈を見てみたい。それを踏まえた上で、従来の文学作品に見られる「悠」

「悠悠」の内容を再検討する。次に、陶淵明と時代を同じくする文学作品に見える「悠然」と「悠」とが如何に異なっているのか比較する。そして最後に、陶淵明の詠んだ「悠然」の特質を見たい。

（二）従来の「悠然」の解釈について

①大上正美「「飲酒其五」試解下」（『高校通信東書国語』一七一号、東京書籍、一九七八年二月）

斯波六郎氏[二]と吉川幸次郎氏[三]は共に、「悠然」は、南山を見る者の心の状態と、南山そのものの状態の二つを形容しているとする説に大上氏は異をとなえる。大上氏は、「悠然」という言葉を分析した結果、「悠然」には、のんびりとした南山、という形容例がないと主張する。大上氏の結論は、「悠然」は心の形容であり、同時に自分と南山との遙かな距離をいうというものである。

その根拠として、

1、陶淵明の詩文に見られる三例の「悠然」の語はいずれもがゆったりとした自得の心の形容であること。

2、陶淵明以前の「悠然」の用例はわずかに二例しかなく、その一例である『楽府詩集』巻四十四の「子夜歌四十首」清商曲辞、呉声歌曲の「悠然未有期」の「悠然」が、「はるかに遠い様子」という「悠」のもとの意味を表すものであること。

をあげている。

大上氏は、「悠然」が、陶淵明以前においてはあまり多く用いられていなかったことに着目し、それを分析することにより、「悠然」の詠まれる詩全体を理解しようとした。そのことは大いに評価されるところである。しかし、大上氏は、ここにあげた「悠然」の用例のほかに、『世説新語』に三例あることを認めているのにもかかわらず、その三例について分析していない。それはおそらく「悠然」を「詩語」、すなわち「詩」に用いられる言葉として理解し、散文に用いられたものはその検討から除外したのではないかと推測される。

②井上一之「「悠然見南山」考」(早稲田大学『中国詩文論叢』第九集、一九九〇年十月)

井上氏は「「悠然見南山」考」において、「飲酒」其の五の「悠然」と、「悠」「悠悠」について、検討を加えている。結論からいうと、井上氏は「悠然」を「遠く」という意味に理解している。

井上氏は「「悠然」と「悠悠」の間には意味的な隔たりは無い」と述べ、さらに「悠」を「ポエティック・ディクション」[四]と見なし、その意味するところを『詩経』『楚辞』などの「韻文」に使用された用例を検討することによって導き出す。なお、「ポエティック・ディクション」とは、「詩的表現」という意味であろう。

井上氏は、「悠」を『詩経』、『楚辞』では、憂思の貌、と遠(久、無窮)の両義を有する。以後の詩は、ほぼこの義を継承していく」と説明している。また、「この憂いを表す言葉が、達観の表現に転化するのは、更に時間を要するであろう」と述べている。

井上氏の見解に対し、筆者は疑問を感じる。それは、氏が主に検討の対象とした「飲酒」其の五の「悠然」はひとまず置くとしても、それ以外の陶淵明の詩や文(詩的韻文)における「悠然」(三例)は、大上氏も指摘するように、必ずしも井上氏が結論として言うような「遠い」ことを表したり、「憂」える様子を表したりする言葉ではないからである。また、検討の対象をいわゆる「詩」（『詩経』『楚辞』などの韻文）のみに限定するのは十分な根拠をもっていないと考える。

*

大上氏と井上氏は共に「悠然」を「詩語」として理解しようとしている。確かに中国の詩は特殊な言語環境にある。だが、陶淵明の詩においてもそうであると言い切れるだろうか。陶淵明は当時の散文もしくは口語からの影響を受けていないであろうか。筆者は、「悠然」は当時の散文もしくは口語からの影響を受けていると考える。そして、陶淵明はその当時、すでに「憂える」という意味を帯びていた「悠」「悠悠」と、「悠然」とを区別し、この「悠然」には新たな意味を加えて「詩」において用い、そのことに成功したのだと考える。

これより以降、まず「悠」「悠悠」「悠然」の再検討を行う。「悠然」については、散文にまで調査の範囲を広げ再調査を行いたい。

（三）「悠」「悠悠」の再検討

本節の結論は、陶淵明は「憂える」という意味を帯びていた「悠」「悠悠」と、「悠然」とを区別していること、さらにこの「悠然」に新たな意味をつけ加えて「詩」において用いることに成功したというものである。

これより「悠」「悠悠」の用例を再検討していくのであるが、まず、それらを大きく二つの系統に分類したい。その一つは、「とめどない」「限りのない」「区切りのない」状況を形容するものである。もう一つは、作品の中の主人公的人物が何事かに「憂」えている様子、つまり、「マイナス思考的心理状態」を表すものである。前者を①事柄の状況を表すものとし、後者を、②登場する人物の心理状態を表すものとする。ここでの最終目標は、「悠」はもともと「憂い」というマイナス思考的心理状態を表現するものであり、従来の用例にはプラス思考的な表現はなかったことを確認することである。したがって「悠」「悠悠」を右のような二つ（①と②）に分類するのは便宜上のことに過ぎない。

（1）『詩経』『楚辞』に見られる「悠」「悠悠」

①事柄の状況を表す「悠」「悠悠」

まず、事柄の状況を表すものとして、『詩経』小雅、魚藻之什、漸漸之石の「悠」は遠い様子を表すものである。「山川悠遠にして、維れ其れ労す（山川悠遠、維其労矣）[五]」という句は、兵士たちの行く道のりがどのくらい遠く、険しいものであるかを詠っている。そして「悠」は後ろの「遠」と結びつき、その行く道のりの果てしなく遠いことを表現している。

「悠」字が重言化し「悠悠」という形になっても、「悠」と同じく「遠いさま」を表す。『詩経』王風、黍離には、「悠悠たる蒼天、此れ何人なるかな（悠悠蒼天、此何人哉）」と、「悠悠」が果てしなく広がる空のさまを表している。[六]

また次の、『詩経』小雅、南有嘉魚之什、車攻の「悠悠」は、旗が風にたなびいている様子を表現している。「蕭蕭として馬鳴き、悠悠たる旆旌（蕭蕭馬鳴、悠悠旆旌）」という句に詠まれる「悠悠」は、「旆旌」（はた）がいつまでもハタハタと風にたなびいているさまを表している。(七)先の「王風」黍離の「悠悠」が、「蒼天」（青空）が果てしなく広がっている、空間的な広がりを表しているものとは異なって、これは時間的な持続性を表している。

このように「悠」「悠悠」は、道のりの遠い様子や、旗がいつまでも風になびいている様子を表現しているのである。

②登場する人物の心理状態を表す「悠」「悠悠」

次に、「詩」（作品）の中に登場する人物の心理状態（思い、憂えているというマイナス思考）を表す用例として、冒頭でも引用した、『詩経』国風、周南、関雎をもう一度見てみよう。

求之不得、寤寐思服　　之を求むれど得ず、寤寐に思服す

悠哉悠哉、輾転反側　　悠なる哉　悠なる哉、輾転反側す(八)

この句には、思い慕っている人に会えずにいるその切ない苦しさが表れている。「悠哉悠哉」はそのような対象喪失から湧き起こるマイナス思考的な「憂い」、または「悲しみ」の色合いが濃厚である。

「悠」が重言化した形の「悠悠」にも、このようなマイナス思考的心情を表す用例がある『詩経』邶風、雄雉に次のようにある。

瞻彼日月、悠悠我思　　彼の日月を瞻れば、悠悠たる我が思い(九)

この句には、遠くに行ってしまった人のことをいつまでも思い続ける思いが詠まれている。「悠悠」は「我思」を修飾し、その行為がいつまでも続くことを表す。それと同時に、その思いがマイナス的な心情（憂い）であることも表している。

これらの「悠」「悠悠」は共に、恋する人を求めようとしても求めることができないやりきれない思い、寂しさといった「憂い」を表現するものである。それは我々が今日しばしば言う「悠然としている」というプラス思考的な心理状態ではない。

＊

これまで見てきたように、「悠」一字であっても、「悠」が重なって「悠悠」となっても、その意味に変わるところはない。また、以上に取り上げた用例だけを見ると、「悠然」を、井上氏の見解のとおり、「遠く」「憂う」さまとして解釈することも可能である。なぜなら、『楚辞』に見える「悠」と「悠悠」の用例もおおよそこれらと違いが見られないからである[一〇]。さらに、『広韻』でも「悠、遠也。遐也。思也。憂也」とあり、また、『爾雅』釈詁には「悠傷憂思也」とある。郭璞は『爾雅』のこの部分に「皆感思也」と注をつけている。「釈訓」にも「悠悠、洋洋、思也」とあり、郭璞は「皆憂思」と注している。さらに『説文解字』にも「悠、憂也」とある。やはり井上氏の見解の正しさを裏づけているようである。しかし、筆者の調査したところによれば、散文などに見える「悠然」となるとそうとばかりは言えないのである。それについて述べる前に、その他の「文学作品」に見られる「悠」「悠悠」の使用方法の変化について述べておきたい。

（２）「文学作品」に見られる「悠」「悠悠」

①事柄の状況を表す「悠」「悠悠」

『詩経』『楚辞』に見えた「悠悠」は、道のりの遠いことを形容していた。それが時代の変化とともにその形容する対象に変化が見られるのである。しかし、それでも、その根底にあるのは、時間的・空間的・数量的に「区切りのない状態」「遮る物のない状態」である。

漢の韋孟（生没年不詳）の「諷諫一首」に「悠悠たる嫚秦、上天寧せず。乃ち眷みて南に顧み、漢に京を授く（悠嫚秦、上天不寧。乃眷南顧、授漢于京）」という表現がある。[一]この句は、ほしいままに政治を行った秦朝を天帝は安らかにはさせなかった。南にある豊沛の劉邦に目をかけ、劉邦の漢に京を授けた、というものである。ここに詠まれる「悠悠」は、ほしいままにしている秦王朝の様子を形容しており、「悠悠」が形容する対象が以前のものとは変化していることを見ることができる。

また、干宝（?〜三七一?）の「晋紀総論」に見える「悠悠」はみさかいのない様を形容するものである。[二]

悠悠風塵、皆奔競之士　　悠悠たる風塵、皆奔競の士にして
列官千百、無譲賢之挙　　列官千百、賢に譲るの挙無し

この句は、穢れにまみれた世俗の人たちは、皆競って自分の名利だけを求めるばかり。何千何百ともいる官吏は、誰ひとり賢者をもちあげようとしないというものである。ここに詠まれる「悠悠」は、穢れにまみれた世俗を形容している。

次に示す潘岳（二四七?〜三〇〇）の「馬汧督誄」の「悠悠」は、数量的に「多い」ことを表現するものである。[三]

悠悠列将　　悠悠たる列将は、
覆軍喪器　　軍を覆し器を喪う。

この句は、羌賊の攻撃により、多くの将軍たちは、軍を乱し武器を失うほどに混乱したことをいう。ここの「悠悠」は、将軍たちの数が多いことを表現している。

＊

これら、「事柄の状況」を表す「悠悠」は、それぞれその形容する対象に変化が見られる。しかし、根底にある基本的な概念は、時間的、空間的、数量的に「区切りのない状態」「遮る物のない状態」である。

②登場する人物の心理状態を表す「悠悠」

「悠」が、「詩」の中に登場する人物のマイナス思考的な「憂い、思う様子」という心理状態を表現することは、すでに『詩経』『楚辞』の用例において確認した。『詩経』『楚辞』以後における「悠」「悠悠」もほぼそれと同じ内容を表現するものである。ここではそのうちの二つを見ておきたい。

まず、王粲（一七七～二一七）の「贈士孫文始一首」を見てみよう。これは、王粲が封地に赴任した士孫萌に贈ったものである。遠くにいる士孫萌に対し、遠くに離れていてもはるかに思いを寄せていることを「悠悠たる我が心、薄か言に之を慕う（悠悠我心、薄言慕之）」と詠む。[一四]これも対象喪失から湧き起こるマイナス思考的な色合いが濃い。

次の、陸機（二六一～三〇三）の「漢高祖功臣頌」に、「安国は親を違り、悠悠たる我が思い（安国違親、悠悠我思）」と詠まれている。[一五]安国（王陵）は母親を敵の項羽の陣中に残してきた。王陵は母のことを案じて止まなかった。

これも前者と同じく、対象喪失から湧き起こるマイナス思考的な色合いが濃い。

この二例は、『詩経』以来の伝統的表現であると考えてよいものと判断される。陶淵明の時代より前の時代、および陶淵明と同じ時代にあっては、「悠」あるいは「悠悠」は、概ね「憂い」といういわばマイナス思考的心理状態を表現するものであったと結論づけるのが妥当である。[一六]

だが、陶淵明よりおおよそ二十年後の江淹（四四五～五〇五）の詠んだ「雑体詩三十首」殷東陽に見える「悠悠」は、従来のマイナス思考的心情表現とは異なった意味を表している。[一七]

晨遊任所萃、悠悠蘊真趣　　晨に遊びて萃る所に任すに、悠悠として真趣を蘊めり
雲天亦遼亮、時与賞心遇　　雲天　亦　遼亮として、時に賞心と遇えり
（…中略）　　（…中略）
直置忘所宰、蕭散得遺慮　　直置して宰る所を忘れ、蕭散として慮を遺るるを得たり

朝早く出かけていって、目に映るさまざまなものを眺めていると、ものにはみなそのもの本来の趣（真趣）をもっていることがわかった。雲のかかった空や、青く美しい松や、清く澄んだ川の流れと白い色の崖。この景色を見ていると、心が洗われ、穢れた世俗から離れたような気分になる。そして「慮」を「遺」れて、静かな気持ちになることができるのだ、というのがこの詩の大意である。

この「悠悠」を花房英樹氏は「ゆったりとしたさま」と解している。[一八]そのように「ゆったり」とひとことでこの言葉を解釈することができるかどうかは、ここではひとまず措くことにしたい。それとは別に、内田泉之助・網裕次両

氏は「はるかに遠いさま」と説明している。[一九]

この「悠悠」は、目に見える様々なものが「真趣を蘊」んでいる状態を形容している。そしてその状態を見ている詩のなかの登場人物は、穢れた世俗から離れた気分になり、最後には「慮を遺れる」ことができたのである。このような文脈から判断すればここでの「悠悠」は、少なくとも、先の『詩経』に見られる「悠悠」のような「憂い」「思う」といういわゆるマイナス思考的心情であると認めることはできない。

このような「悠悠」は、陶淵明より前の「悠悠」の用例には認められない。これは後に述べる陶淵明の「悠然」の用法に極めて近いものである。

＊

心理状態を表現する「悠悠」の場合、それらはマイナス思考的な「憂い」や「思う」様子を表現するものであった。しかし、陶淵明の後になると、ある種の達観的な心理状態、つまりプラス思考的心情を表現するようになる。したがって、陶淵明の生きていた時代の前後に、「悠悠」には、以前とは質を異にした新たな意味が付与されたのではないのかと推測されるのである。

(四)「悠然」の語句の再検討

「悠」あるいは「悠悠」という言葉の表現している内容を理解したところで、次に、「悠然」の再検討に移りたい。

（1）散文にみられる「悠然」

先に述べたように、「悠然」は陶淵明以前の「詩（韻文）」においては、郭璞の詠んだ「遊仙詩十九首」に一つ認められるだけである。しかし、散文においては、大上氏もふれたように、劉義慶（四〇三～四四）の『世説新語』の「言語第二」と「雅量第六」にそれぞれ一つずつある。ここでは、それらについて見ていくことにしたい。

まずは、「言語第二」の次の例である。

王右軍　謝太傅と共に冶城に登る。謝　悠然として遠く想い、高世の志有り。王　謝に謂いて曰く、夏禹は勤王して、手足胼胝（へんち）し、文王は旰食して、日に給するに暇あらず。今　四郊　塁多く、宜しく人人自（みずか）ら効（いた）すべし。而るに虚談もて務めを廃し、浮文もて要を妨ぐるは、恐らくは当今の宜しとする所に非じ、と。謝　答えて曰く。秦　商鞅に任じて、二世にして亡ぶ。豈に清言　患を致さんや、と。

王右軍与謝太傅共登冶城。謝悠然遠想。有高世之志。王謂謝曰。夏禹勤王、手足胼胝、文王旰食、日不暇給。今四郊多塁、宜人人自効。而虚談廃務、浮文妨要、恐非当今所宜。謝答曰、秦任商鞅、二世而亡。豈清言致患邪。

これは、王羲之と謝安とが共に冶城に登った時のことについて記したものである。ここにある「悠然」は「高世の志」（世俗を超越した志）[二〇]のある謝安の人となりを形容している。この「悠然」は、後ろにある「高世の志」との結びつきから考えると、「憂い」というようなマイナス思考的な心情を表現しているとは理解し難い。

先に述べたように「悠」「悠悠」が心情を表現する場合、それはマイナス思考的な「憂い」を表現していた。しかし、この「悠然」の場合それと同じようなマイナス思考的な要素は微塵もない。なぜなら、この「悠然」は、世間一般の人々の考えより、はるかに優れた思考を持つ謝安という人物のことを形容するものとして用いられているからである。

次に「雅量第六」の用例を見てみたい。

戴公東従り出で、謝太傅往きて之れを看る。謝本より戴を軽んじ、見て但だ与に琴書を論ずるのみ。戴既に吝色無く、而して琴書を談ずること愈妙なり。謝悠然として其の量を知る。

戴公従東出。謝太傅往看之。謝本軽戴。見但与論琴書。戴既無吝色。而談琴書愈妙。謝悠然知其量。

この文のおおよその意味は、謝安は戴公のことを重視しておらず、会ってもたわいもない琴や書物の話をするくらいだった。だが、戴公はものおしみなく、話はいつも核心をついていた。謝安は、戴公の器量の大きさを知り、戴公に対する評価がこれまでよりも数段高くなった、というものである。この「悠然」も、文脈から考えて、従来の「悠」「悠悠」のようなマイナス思考的心情を表現するものと捉えることはできない。[二二]

「悠然」という言葉は、その他に、謝霊運（三八五～四三三）の書いた「山居賦」にも見える。[二三]

謝子　山頂に疾に臥して、古人の遺書を覧る。其の意と合するや、悠然として笑いて曰く、夫れ道は重んずべし、故に物軽しとなし、理は宜しく存すべし、故に事斯に忘る。

謝子臥疾山頂、覧古人遺書。与其意合、悠然而笑曰、夫道可重、故物為軽、理宜存、故事斯忘。

謝霊運は病にかかり鬱々とした日々を送っていた。そんなある日、古の人が書いた書物を読み進めていると、その古人の気持ちと我が気持ちとが相通じ、それまでの鬱々とした気持ちが一気に吹き飛んでしまったというのがこの文の大意である。「悠然」は、「悠然として笑いて曰く」と言うように、すぐ後ろに「笑う」という表現を伴っている。「憂い」というマイナス思考的心情を表現していると判断することはできない。それとは反対に心にわだかまりがなくなった、プラス思考的状態にある心情を表現しているものと解釈すべきである。(一三)

＊

以上のように、「言語第二」と「雅量第六」と「山居賦」の「悠然」には共通して、プラス思考的な要素が認められた。それはそれまでの『詩経』などにあった「悠」「悠悠」の用法とは異なっている。

（2）詩にみられる「悠然」

「詩（韻文）」に詠まれている「悠然」は、井上氏の言うとおり魏晋南北朝時代においてはほとんど見られない。陶淵明以前の詩人の詠んだ例としては、わずかに郭璞（二七六～三二四）の一例を見るにすぎない。井上氏は郭璞の「遊仙詩十九首」と陶淵明より後の劉絵（四五八～五〇二）の「餞謝文学」の二首を取り上げて、「悠然」は「遠く、あるいは永くという距離的、時間的な長さをいう」という結論に至っている。本節では、井上氏の検討したこの二つの用例と、筆者の調査した用例三つを合わせた計五つの用例について再検討する。念のために言い添えれば、これら五例はともに「散文」ではなく、「詩（韻文）」における用例である。

郭璞の「遊仙詩十九首」の「悠然」を、井上氏は「遠い」という意味に解釈している。しかし、筆者はこの「悠然」は、心理状態を表現するものとして解釈すべきであり、必ずしも井上氏の言うようではないと考える。では、問題の

郭璞の詠んだ「遊仙詩十九首」の用例を見てみたい。[二四]

廻風流曲櫺、幽室発逸響　　廻風　曲櫺に流れ、幽室　逸響を発す
悠然心永懐、眇爾自遐想　　悠然として心永く懐い、眇爾として自ら遐く想う

朝日を見ていると、人気のないもの静かな物見やぐらの方から素晴らしい音色が聞こえてきた。その音色を聴いていたら、世の中の嫌なことを忘れることができ、心が穏やかになったというのがこの詩の大意である。

ここでの「悠然心永懐」という句と「眇爾自遐想」の句とは対になっている。「悠然」は、「心永く懐い」にかかる言葉である。同様に「眇爾」も「自ら遐く想う」にかかる言葉である。これによると、「悠然」は、「遠く」という状態を意味するものではなく、「心永く懐い」という心情を形容していると解し得る。「眇爾」も「遠く」という状態を形容するのではなく、「自ら遐く想う」という心情を形容している。では、その心情は如何なるものか。これに続く次の句にその答えが隠されている。

仰思挙雲翼、延首矯玉掌　　仰思して雲翼を挙げ、首を延ばし玉掌を矯む
嘯傲遺世羅、縦情在独往　　嘯傲して世羅を遺れ、情を縦いままにして独り往くもの在り

ここに詠まれているのは、何にも拘束されず自由で（嘯傲）[二五]、世俗を忘れ（遺世羅）、情を解き放って（縦情）いる状態である。ここにはある種のプラス思考を見ることができる。

それは、以下の四例のマイナス的な心情を表現する「悠然」の用例と比較するとさらに明らかになる。まず、晋の「子夜歌四十二首」には、

今夕已歓別、合会在何時　　今夕已に歓（きみ）と別れ、合会するは何時に在るや
明燈照空局、悠然未有期　　明燈空局を照らし　悠然として未だ期有らず(二六)

愛する人（歓）と離れ離れになってしまい、次はいつ会うことができるのだろうかと詠まれている。この「悠然」は、次に会うことのできる時までの時間が長いことを形容している。だが、それだけではなく同時に長い間会うことのできない憂いも表している。それは、『詩経』にあった「悠哉悠哉、輾転反側す」と同様のマイナス的な心情を詠うものと解することができる。

次の宋の「読曲歌八十九首」の「悠然」もこれと同じである。(二七)

執手与歓別、合会在何時　　手を執りて歓（きみ）と別れ、合会するは何時に在るや
明燈照空局、悠然未有期　　明燈空局を照らし、悠然として未だ期有らず

斉の劉絵の「餞謝文学」も、思う人が遠くに行ってしまったことによるマイナス的心情を詠うものである。(二八)

汀州千里芳、朝雲万里色　　汀州　千里の芳、朝雲　万里の色

悠然在天隅、之子去安極　　悠然として天隅に在り、之の子去りて安くに極る

井上氏は、この「悠然」を「天隅」と共に用いられていることから判断し、「遠く、あるいは永くという距離的、時間的な長さをいう」としている。だが、これは、思う人（之子）と遠く離れてしまったことと、その遠く離れてしまったことにより生じた憂いの両方を表わしているとは考えられないだろうか。

北斉の「享廟楽辞十八首」昭夏楽では、「愐かなる彼なた遐かに慨き、悠然として永く思う。七享を留連し、四時に纏綿す（愐彼遐慨、悠然永思。留連七享、纏綿四時）」とある。ここでの「悠然」は、その前に詠まれている「慨」に呼応し、マイナス思考的心情を表現するものである。(二一九)

＊

以上のように、郭璞の「遊仙詩十九首」以外の四例の「悠然」は、『詩経』などに見えた「悠」のその特質ともいえる、対象喪失から湧き起こるマイナス思考的「憂い」という心情を表現している。それは、劉絵の「餞謝文学」以外はすべて楽府であり、楽府の性質上、詩句の用法に「詩」のような変化の起きにくいことが原因ではないかと推測される。しかし、「遊仙詩十九首」の「悠然」は、それらとは異なる心情を表している。それは、心にわだかまる憂いではなく、心が何ものにも拘束されずに自由であるという、プラスの心情である。それは『世説新語』の「言語第二」「雅量第六」または謝霊運の「山居賦」と同類のものと見ることができる。

（五）陶淵明の詩文にみえる「悠」「悠悠」と「悠然」について

（1）「悠」「悠悠」について

筆者の調査によれば、陶淵明の場合「悠」「悠悠」は、『詩経』に見られた従来の用法を継承している。だが、「悠然」となると、それは「悠」「悠悠」の用法とは異なった内容を表している。以下ではそのことについて述べたい。

陶淵明の詩文において、「悠」一文字のものは七例ある。

陶淵明の母方の祖父である孟嘉を讃えて詠んだ作品、「晋故征西大将軍長史孟府伝」に「悠」が見られる。「道は悠かに運は促し、遠業を終わらず、惜しい哉（道悠運促、不終遠業、惜哉）」という一文は、孟嘉はとても優れた人物であった。だが、優れた人物であっても、「道」を修得するには「道」はあまりにも遠く、そして人の命はあまりにも短い。それゆえに孟嘉は偉業を達成することはできなかったのだ。なんとも惜しいことだ、と理解できよう。ここに「悠」が詠まれている。この「悠」は、「道」を修得するにはそれはあまりにも大きいこと、そのスケールの大きさを表す。この「悠」は目に見える距離の長さや、時間の長さを形容するのではない。「道」という目に見えないもののスケールの大きさを形容するものである。「道」という概念に対する、作者の主観的な判断が関係している。したがって、単に客観的な「状況」を表すものであるということはできない。その後に「惜しい哉」と続くことからも、主観的な心情も詠まれていると考えるべきであろう。

陶淵明の詩文に見える「悠」は、「遠い」という状況から「憂い」の心情をよびおこすものである。そのことが陶淵明の特色であると認めることができる。たとえば、「停雲」第一節の「良き朋は悠邈たり、首を掻げて延佇す（良朋悠邈、搔首延佇）」である。これは、遠く離れていて会うことのできない友のことを思い、憂えている。「悠」は「悠邈」というように「邈」という字と結び付いて一つの言葉を形成し、友との距離が「遠い」という客観的な状況を表している。しかし、その状態から惹き起こされるのは「憂い」という主観的な心情なのである。

陶淵明の詩文に見える「悠」は、基本的には、「悠」の伝統的な用法の範囲内にある。その基本的な概念は、時間的、空間的、数量的に「区切りのない状態」「遮る物のない状態」、「憂い」の心情を表現するものである。だが、そこにおいては主観と客観とをはっきりと区別することはできない。[三〇]

陶淵明の詩文において、「悠悠」と重言化した形式の用例は八例見られる。

「勧農」には「悠悠たる上古、厥の初めの生民（悠悠上古、厥初生民）」と詠まれる。「悠悠」は悠久なる時間を表現する。「自祭文」には「茫茫たる大塊、悠悠たる高旻（茫茫大塊、悠悠高旻）」と詠まれる。「悠悠」は、「茫茫」と対をなし、空の高く遠い様子を表している。そのほかの、「命子」「与殷晋安別」「飲酒」其の十九の「悠悠」も、同じように時間的に「遠い」ことか、あるいは距離の「遠い」ことを表現している。これらは、客観的な状態を表すものと理解できる。[三一]

「和胡西曹示顧賊曹」に見える「悠悠」は、主観的な心情を表現する。「悠悠として秋稼を待つも、寥落　将に賒遅（しゃち）ならんとす（悠悠待秋稼、寥落将賒遅）」の句は、秋の刈り入れの時を不安な気持ちで待っていることが詠まれる。

＊

以上のことから判断して、「悠」あるいは「悠悠」という表現は、『詩経』以来の伝統的表現を継承したものであることが理解できる。

しかし、「悠」と「然」とが結びついた「悠然」は、これらの「悠」や「悠悠」のように「遠い」という客観的な状況を表現するものではなく、主観的な心情を表す。しかも『詩経』の「悠悠」のような「憂い」というマイナス思考的心情を表現するのでもない。それとは対極に位置するプラス思考的心情を表現するのである。

（２）「悠然」について

「悠然」が詠まれている詩文は、「飲酒」其の五の他に三例ある。まず、「扇上画賛」から見ていこう。
「扇上画賛」の「悠然」は、周陽珪という人物が隠遁している様子を表現している。（三二）

英哉周子、称疾閒居　　英しき哉　周子、疾と称して閒居す
寄心清尚、悠然自娯　　心を清尚に寄せ、悠然として自ら娯しめり

この「扇上画賛」は、周陽珪が、「疾と称して閒居（隠遁）」し、心を清らかにして「悠然として自ら娯し」んだことを讃えたものである。この「悠然」は、後ろに詠まれている「自娯」との結びつきから判断して、プラス思考的心情を表現しているものと捉えることができる。これは、『詩経』などに見えた「悠」「悠悠」の用法には見られないものである。

以下にあげる陶淵明の「悠然」の用例も「扇上画賛」と同様に、『詩経』などに見られる「悠」「悠悠」のような「憂い」というマイナス思考的心情表現ではない。また、「遠い」という「客観的な事柄の状況」を表すものでもない。まず、「帰鳥」第三節には次のようにある。

翼翼帰鳥、相林徘徊　　翼翼たる帰鳥、林を相て徘徊す
豈思天路、欣及旧棲　　豈に天路を思わんや、旧の棲に及ぶを欣ぶ
雖無昔侶、衆声毎諧　　昔の侶は無しと雖ども、衆声　毎に諧う

日夕気清、悠然其懐　　日夕 気清く 悠然たり其の懐い

この詩の「旧」の「棲」に帰って来たことを「欣」ぶ「帰鳥」には、詩人の田園に帰郷した思いが託されているとされている。(三三) 旧の棲に帰りついたこと「欣」んでいる「帰鳥」には「憂い」というマイナス思考的要素は見られない。

また、「癸卯歳始春懐古田舎」には次のようにある。

鳥弄歓新節、冷風送余善　　鳥弄(ちょうろう)は新節を歓び、冷風は余善を送る

寒竹被荒蹊、地為罕人遠　　寒竹は荒蹊(こうけい)を被(おお)い、地は人の罕(まれ)なるが為に遠し

是以植杖翁、悠然不復返　　是(これ)を以て植杖の翁、悠然として復(ま)た返(かえ)らず

即理愧通識、所保詎乃浅　　理に即しては通識に愧(は)ずるも、保つ所は詎(なん)ぞ乃ち浅からんや

「植杖翁」は『論語』微子編に登場する隠者のことである。これは植杖翁が田園の生活に満足し二度と俗世間には戻らなかったその生き方を追想し、そして誉め讃えた詩である。植杖翁は、春の訪れを喜ぶことができる田園に身を寄せ暮らしていた。彼はこのような生活を捨ててまで、元の世俗に帰ることはなかった。この詩の「悠然」にも「憂い」と言うマイナス思考的な要素は認められない。そのことはもはや言うまでもないであろう。

＊

ここに見た三例の「悠然」は、陶淵明自身が用いた「悠」「悠悠」とその用法が異なるものであることが理解できる。では、陶淵明は『詩経』などに見える「悠」「悠悠」の「マイナス思考的」心情をイメージしてしまう「悠」を

用いて、なぜそれとは相反する「プラス思考的」な心情を表現するものとしてその作品のなかに試みたのであろうか。

（六）おわりに

以上述べてきたことから、陶淵明の詠んだ「悠然」は、彼自身が用いた「悠」「悠悠」とその用法が異なることが理解できる。陶淵明は『詩経』などに見えるマイナス思考的心情を帯びる「悠」「悠悠」を、そうとは知らずにそれを作品に用いたのではないということである。「悠」「悠悠」と「悠然」とをはっきり区別して用いている。陶淵明は従来のマイナス思考的心情をイメージしてしまう「悠」に、「然」をつけると同時に、従来のマイナス思考とは正反対のプラス思考的な新たな意味を付与し、それを「詩」において用いることに成功したのではないだろうか。

【注】

（一）『新字源』（角川書店、一九八五年）参照。『漢語大詞典』（漢語大詞典出版社、一九九四年）にも「作形容詞或副詞的詞尾。表状態」とある。

（二）斯波六郎『陶淵明詩訳注』（東門書房、一九五一年初版・北九州中国書店、一九八一年九月）。

（三）吉川幸次郎『陶淵明伝』（「新潮」一九五五年・中公文庫、一九八九年五月）。

（四）井上氏はこの「ポエティック・ディクション」についてを「「悠」は雅語であり、また、『荘子』『史記』などの散文にはあまり用いられないという意味において、文字どおりポエティック・ディクションである」と述べている。

（五）疏に「山之与川其間悠悠然路復長遠」とある。なお、『詩経』の検索には洪業等編纂『周易等種引得』（上海古籍出版社、一九八六年九月）を用いた。

（六）伝に「悠悠遠意」とある。

（七）疏に「軍旅斉粛、唯聞蕭蕭然馬鳴之声、見悠悠然旆旌之状」とある。

（八）伝に「悠思也」とある。

（九）箋に「今君子独久行役而不来、使我心悠悠然思之。女怨之辞」とある。

（一〇）『楚辞』の用例の検索、洪興祖補注・竹治貞夫索引『楚辞索引・楚辞補注』（中文出版社、一九七九年一月）を使用した。

まず、「悠」の用例（一例）は、

①「事柄の状況」を表現するもの。

倚此兮巌穴、永思兮窈悠　　此の巌穴に倚にして、永く思うこと窈悠たり　「九思」怨上

「悠悠」（六例）は、

①「事柄の状況」を表すもの（四例）

晞白日兮皎皎、彌遠路兮悠悠　　白日晞けて皎皎たり、遠路彌悠悠たり　「九懐」危俊

螭龍並流、上下悠悠只　　螭龍並流し、上下に悠悠たり　「大招」

去白日之昭昭兮、襲長夜之悠悠　　白日の昭昭たるを去りて、長夜の悠悠たるに襲ねる　「九弁」

白日出之悠悠　　白日出でて悠悠　「九章」思美人

②「詩の中に登場する人物の心理状態」を表現するもの。（二例）

悠悠蒼天兮、莫我振理　　悠悠たる蒼天、我れ理を振うこと莫し　「七諫」初放

将息兮蘭皐、失志兮悠悠　　将に蘭皐に息い、志失いて悠悠たり　「九懐」蓄英

（一一）『文選』巻十九所収。

（一二）『文選』巻四十九所収。李善注に「孔安国論語注曰、悠悠、周流之貌、風塵、以喩汚辱也」とある。『六臣註文選』（浙江古籍出版社、一九九九年）は「向曰、悠悠遠貌、風塵喩穢俗也、言久遠以来、悉皆奔競勢利」とある。

（一三）『文選』巻五十七所収。

（一四）『文選』巻二十三所収。李注に「毛詩曰、青青子衿、悠悠我心」。

（一五）『文選』巻四十七所収。李注に「毛詩曰、青青子佩、悠悠我思」。

（一六）調査は、『詩経』『楚辞』『文選』を中心とした。

（一七）『文選』巻三十一所収。

（一八）花房英樹『文選』（集英社〔全釈漢文大系二十九〕一九八六年九月）参照。

『李善注文選』『六臣注文選』ともに、この「悠悠」に関する注はない。

（一九）内田泉之助・網祐次『文選』新釈漢文大系第十五巻（明治書院、一九六四年十二月）。

（二〇）この「悠然」と「高世之志」について、劉孝標は注をしていない。

目加田誠『世説新語上』新釈漢文大系七十六（明治書院、一九七五年一月）では「悠然」を「悠然として」と、「高世之志」を「世俗を超越した志」と訳している。竹田晃『世説新語上』中国の古典二十一（学習研究社、一九八三年六月）では「悠然」を「悠然として」と、また「高世之志」は「世俗を超越した志」と訳している。井波律子『世説新語』鑑賞中国の古

典十四（角川書店、一九八八年九月）では「悠然」を「ゆったりとして」と、「高世之志」を「世俗を超越した心境」と訳している。ここではひとまず目加田、竹田両氏に従った。

(二一) 目加田氏はこの「悠然」を「つくづく」と訳し、また竹田氏は「そしらぬ顔をしていたが」と訳している。

(二二) 『宋書』謝霊運伝所収。

(二三) 謝霊運はこの他にも「悠然」を使用している。それは、この賦の後にある、「彌彌たる平湖、泓泓たる澄淵。孤岸竦秀、長州芊綿たり。既に瞻既に眺むれば、曠として悠然たり」（彌彌平湖、泓泓澄淵。孤岸竦秀、長州芊綿。既瞻既眺、曠矣悠然）というものである。しかし、この「悠然」は、主観的な心理状態を表現するものではなく、客観的な状態、広い大きな河を形容したもので、従来の用例と同じ類のものとして解釈し得る。

(二四) 『初学記』巻二十三所収。

(二五) 「嘯傲」は陶淵明の「飲酒」其の七にも見える。

(二六) 『楽府詩集』四十四巻所収。『先秦漢魏晋南北朝詩』晋詩巻十九は「今夕」を「今日」に作る。

(二七) 『楽府詩集』四十六巻所収。

(二八) 『謝宣城詩集』巻四（四部叢刊初編、集部）所収。

(二九) 『隋書音楽志』巻十四所収。なお『楽府詩集』九巻には「愐彼」を「緬彼」に作る。

(三〇) ①事柄の情況「贈長沙公」第一節「礼服遂悠、歳月眇徂」、「帰鳥」第二節の「遐路誠悠、性愛無遺」がある。次の三例は、「遠い」や「はるか」という事柄の状態から、心情的な「憂い」を引き起こされるものである。「時運」の「延目中流、悠想清沂」、「飲酒」其の十五の「宇宙一何悠、人生少至百」、「有會而作」序の「日月尚悠、為患未已」

（三一）次の「飲酒」其の十二と十四の二例は、先に見た、韋孟「諷諫一首」、干宝の「晋紀総論」に見える「悠悠」の用法と同じものと考えられる。

去去当奚道、世俗久相欺　　去り去りて当に奚をか道うべけん、世俗は久しく相欺けり
擺落悠悠談、請従余所之　　悠悠の談を擺い落し、請う 余が之く所に従わん　「飲酒」其の十二

不覚知有我、安知物為貴　　我有るを知るを覚えず、安んぞ知らん物を貴しと為すと
悠悠迷所留、酒中有深味　　悠悠たるものは留る所に迷うも、酒中に深き味わい有り　「飲酒」其の十四

（三二）松枝茂夫・和田武司両氏は、「淵明の作ではあるまいと疑う説がある」と述べている（『陶淵明全集』岩波文庫、一九九〇年四月）。しかし、中国では、一般的にこの作品を「読史述九章」が書かれた頃と同じ頃の作品と見ているものが多い。王瑤、呉沢順両氏等がその説をとる（王瑤『陶淵明集』人民文学出版社、一九五六年八月。呉沢順『陶淵明集』岳麓書社出版、一九九六年十月）。また、「読史述九章」は王瑤氏によると「淵明五十六歳」の時の作品である。これまで調査をしたところ、「偽作説」を採るものは見当たらない。もしも、仮に「偽作」であって、他人の作品であるとしても、「悠然」という言葉の用法を調査するにあたり、その意味する所を検討するのに有力な手がかりを提示してくれるものであると考えている。

（三三）逯欽立氏は「悠然、遙然、心情淡遠」と解釈している。（逯欽立『陶淵明集』中華書局香港分局、一九八七年二月）また、孟二冬氏も「悠然、閑適的様子、指心情淡泊」と解している（孟二冬『陶淵明集訳注』吉林文史出版社、一九九六年六月）参照。多くの注釈も一致する。

終章

まとめとこれからの課題

最後にこれまでの論述を各章ごとにまとめ、今後の課題を提示して本著を終わりたい。

第一章

戦後の陶淵明研究の問題点について論じた。そして、その問題点から、陶淵明の詩文に見える「たのしみ」の表現を論じるにいたった経緯を述べた。

第二章

「和」という表現を取り上げた。この「和」は、陶淵明の詩文に見える「たのしみ」の基本的な特徴——心がなごやかな状態であること——が表現されている。この章ではそこのとについて述べた。

第三章

第一節では、「歓」「娯」について論じた。この「歓」と「娯」は陶淵明の詩文において使い分けされていた。「歓」は自分以外の誰かと共に酒を飲んだり、はたけを耕してたのしむことを表す。一方、「娯」には一人で静かに本を読んだり、詩を詠じたりし、自分のたのしみを味わう「たのしみ」が表現されている。「歓」と「娯」のそれぞれが表す「たのしみ」は区別して用いられている。そして二つとも欲望のままに求める快楽ではなく、心和やかな安定した状態であることを表している。

第二節では、「称心」という言葉を取り上げた。この「称心」は、自己の内面に意識を向け、心のバランスをとろうとすることが表現されている。さらにそこには「与えられた人生を楽しむ」という境地も含まれている。

この章で取り上げた「歓」「娯」と「称心」は、従来の表現をふまえ、その上に陶淵明が独自に発展させた言葉である。

第四章

第一節では、「楽天」について論じた。この「楽天」は、『周易』繋辞伝に基づき、「天から与えられた運命」を「楽」しもうというものである。だが、陶淵明以前においては、「天から与えられた運命」は嘆くものとしてとらえられていた。しかし、陶淵明の「天命」についての表現は、従来の作品とは異なり、楽観的であった。

第二節では、「悠然」という言葉を取り上げた。陶淵明の詩文にみえる「悠然」という言葉は、従来の「悠」という言葉の表現する「憂い」とは全く反対のプラスの心情を表している。そして「悠然」は故郷の田園で与えられた人生を静かにたのしんでいる、そのような心の有り様が表現されている。

「楽天」と「悠」は、従来の表現では「マイナス思考的」な表現であった。だが、陶淵明の詩文での「楽天」と「悠然」は、それとは全く反対の「プラス思考的」な意味を表現する言葉であった。そこに陶淵明の独自性が表れている。

＊

陶淵明の詩文において、「たのしみ」という感情が如何に表現されているかについてを見ていくと、与えられた人生をたのしむという心の有り様を見ることができる。だが、本著で述べようとしたのは、陶淵明が実際にそのように生き得たのか、本当にそれを得ることができたのか、ということではない。陶淵明はそのような境地を作品として創り得たということである。これが、陶淵明の表した文学の世界である。

しかし、本著においては、「たのしみ」を表す表現のみを取り上げ、それとは反対の「かなしみ」の表現については検討していない。筆者は、陶淵明の詩文に見える「かなしみ」を表す表現の特徴を明らかにすると、より明確に陶淵明の文学の世界を見ることができると考えている。今後の課題としたい。

「たのしみ」の感情を表す言葉が如何に詠まれているのか。それを探求することを、「陶淵明文学の研究」の方法の一つとし、本著において試みた。よって、陶淵明の生きた東晋から宋という激動の時代の出来事や、陶淵明の現実の姿を詩文の中に追い求めることはしていない。

本著においては、一つ一つの言葉を詳細に分析することから陶淵明文学の世界を探求することを目標とし、それに徹した。そのために、陶淵明という人物の生い立ちと、作品とをひとまず切り離して検討している。実は、切り離したのは、次の段階に進むためのプロセスと考えている。そのようにしたのは、このような作業を経た後に、初めて作品と陶淵明とをつなぎ合わせ、そして再度自分なりの陶淵明像を描き出したいと考えているからである。「陶淵明像」をもう一度見直すこと、これを今後の二つめの課題としたい。

以上、今後の課題を明らかにしたところで、本著を閉じることとしよう。

付録

付録一　「遊斜川幷序」考

（一）はじめに

陶淵明の詩文に関する論文はこれまで数多く発表されている。それらの論考に基づいて、さらに多くの研究がなされ、そして今もなされつつある。小論では、これまであまり論じられることのなかった「遊斜川幷序」を取り上げたい。後に述べるように、この作品は、王羲之（三二一〜七九）の「蘭亭序」から始まる「宴（うたげ）」の作品の流れにある。あるいは、『文選』の分類における遊覧詩に相当する作品である。しかし、「遊斜川幷序」が如何に「蘭亭序」や遊覧詩と共通しているのか、またはどのように異なっているのかという点についてはこれまでほとんど検討されていない。また、王羲之の「蘭亭序」とその詩に関する論考においても、この「遊斜川幷序」については全く言及されていない。

川合康三氏はその著『中国のアルバ』（汲古書院、二〇〇三年四月）の「うたげのうた」において、「うたげ」の主宰者の詠んだ詩と、その「うたげ」に招かれた客の詠んだ詩とを比較することにより「うたげのうた」の系譜の発端を定義づけ、さらにその変化の過程について論じている。陶淵明のこの「遊斜川幷序」には、客の詩が存在しない。このことからするとこの作品は、川合氏の想定する「うたげのうた」の系譜には属さない作品であるかもしれない。

しかし、「遊斜川幷序」と「蘭亭序」とを読んでみると、そこに一定の共通点が見られることも確かである。川合氏はその著において、石崇（二四九～三〇〇）の「金谷詩序」、王羲之の「蘭亭序」などの構成について分析している。その分析に沿って検討してみるに「遊斜川序」も基本的に「うたげ」の作品であると考えても差し支えないと判断される。その根拠は次の二点である。

まず、この「遊斜川序」も「蘭亭序」のように、風光明媚な所に行き、酒を飲んだり、歌を詠んだりして楽しんでいることが詠まれていることである。次に、「蘭亭序」のその「うたげ」の主宰者である王羲之のように、陶淵明も序とそして詩の両方を詠んでいることである。確かに、招かれた客の作品はそこにはない。しかし、その他に共通している所もあり、「うたげ」の作品としてこの作品をとらえることも許されると考える。そこで小論では、「遊斜川幷序」と「蘭亭」の序や詩との比較を試みることにした。

その結果は、陶淵明の「遊斜川序」は、「蘭亭序」と同様の構成をしていること。詩の方は、王羲之の「蘭亭詩」と異なる構成が見られること。そしてこの構成の違いは、悲観を楽観に変えて詠むという、陶淵明の文学の特徴として考えられるのではないかということが分かった。

さて、本論に入る前に、まず、「遊斜川序」とその詩の全体をここに示しておきたい。

「遊斜川序」

辛丑正月五日、天気澄和、風物間美、与二三隣曲、同遊斜川。臨長流、望曾城、魴鯉躍鱗於将夕、水鷗乗和以翻飛。彼南阜者、名実旧矣、不復乃為嗟歎。若夫曾城、傍無依接、独秀中皐。遙想霊山、有愛嘉名。欣対不足、率爾賦詩。悲日月之遂往、悼吾年之不留。各疏年紀郷里、以紀其時日。

辛丑（しんちゅう）の正月五日、和やかで風景も美しくのどかな今日、二三の隣人と一緒に斜川にでかけた。川を臨み、曾城（そうじょう）を望み見て過ごした。夕暮れ間近、魴や鯉が鱗を躍らして泳ぎ、水鷗がおだやかな風に乗って翻り飛んでいる。あの南阜（なんぷ）（廬山）は、昔から有名で、それを見てもとりわけ感動を覚えない。だがこの曾城は、そばに隣接する山もなく水辺の中に高く聳え立っているし、崑崙山の霊山の曾城を連想させるこの名もとても気に入った。楽しく曾城や景色を眺めていたらますます興が増し、それで詩を詠んだのである。月日は流れるように過ぎてゆき、我が年も留まらず流れゆくことが悲しい。そこで、皆、自分の年齢と郷里を書き連ね、この今日の日にちも記したのだ。

「遊斜川詩」

開歳倏五日　　年が明けてもはやくも五日が過ぎた
吾生行帰休　　私のこの命も終わりに近づいていく
念之動中懐　　このことを思うと心が動じる
及辰為茲遊　　それで良い日を選んで気晴らしにとこの遊を行った
気和天惟澄　　和やかで空は澄みわたり
班坐依遠流　　皆　川の流れに沿って座った
弱湍馳文魴　　緩やかな流れに魴が泳ぎ
間谷矯鳴鷗　　静かな山の谷間には水鷗が飛んでいる
迥沢散游目　　気の向くまま遠くの流れを眺め

緬然睇曾邱　遠くに曾邱を見る
雖微九重秀　九重に連なる崑崙山のように聳えてはいないけれども
顧瞻無匹儔　周りにはこれに匹敵するものはない
提壺接賓侶　酒壺を抱えて友に進め
引満更献酬　互いに酒をついでは飲み干しついでは飲み干す
未知従今去　今日という日が過ぎてしまったら
当復如此不　またこのような機会があるのかどうかわからない
中觴縦遙情　酒を飲んでいるうちに心が楽しくなり
忘彼千載憂　あの「千載の憂い」を忘れてしまった
且極今朝楽　今はこの楽しみを極めよう
明日非所求　明日はどうなるのかわからないのだから

（二）「遊斜川幷序」に関する問題点

（1）日本における陶淵明の「遊斜川幷序」に関する検討

これより、日本における「遊斜川幷序」に関して検討された論考の概要を、①都留春雄・釜谷武志『陶淵明』②石川忠久『陶淵明とその時代』③長谷川滋成『陶淵明の精神生活』④田部井文雄・上田武『陶淵明集全釈』、を出版年代の順に見ていくことで捉えておきたい。

①都留春雄・釜谷武志『陶淵明』（鑑賞中国の古典第十三巻、角川書店、一九八八年五月）

「遊斜川幷序」の訳注のあと、「本による異同をめぐって」において制作年代に関する問題を紹介する。その後、序と詩の構成を分析している。都留・釜谷の両氏によると、序は、「詩の作られた背景を説明する」ものである。そして、詩の冒頭は「この斜川への遊覧を行った直接の動機」が書かれており、次の第五句から八句までは「情景描写」。続く第九句から十二句は曾城について、第十三句以降は「詩のテーマ」と関連している、と分析している。両氏は、この作品を「詩の中に行楽の情景はもちろんあるものの、全体に底流する基調が、死への思いと悲哀である」と見ている。また、両氏は、「遊斜川幷序」を、「郊外などを遊覧してそこの情景に触発された思いをうたう詩は、魏晋のころから出現し始め、宋の謝霊運を代表として多くの作品が書かれるようになる。『文選』では「遊覧」の項に採録される詩がそうであ」ると述べ、さらに、陶淵明の「遊斜川幷序」や「時運」詩もその範疇のものであると述べている。

②石川忠久『陶淵明とその時代』第四章第三節「遊斜川」考（研文出版、一九九四年四月[一]）

「遊斜川幷序」の制作年について、逯欽立氏の説を紹介し、それについて検討しているが、「遊斜川幷序」の具体的な内容の分析は行っていない。

③長谷川滋成『陶淵明の精神生活』（汲古書院、一九九五年七月）

「遊斜川并序」の制作年についての検討は行っていない。その風景描写に着眼し、序と詩とを分析している。氏は、序の「日月の遂に往くを悲しみ、吾が年の留まらざるを悼む」というのが「主意」であると述べる。そして、詩の第五、六句を「天候描写」、第七から第九句を「長流の風景描写」、第十句から第十二句を「曾城の風景描写」としている。そして「中間の風景は、主意である推移する時間、短促な寿命を充実させ、また現在の生活や人生快楽を追求させてくれるものとして位置づけることができよう」と分析している。さらに、注の十九では、「「斜川に遊ぶ」詩と発想が近い詩として「蘭亭詩」の数々があげられる」と述べ、孫綽の後序を紹介している。

④田部井文雄・上田武『陶淵明集全釈』（明治書院、二〇〇一年一月）

「遊斜川并序」の「補説」に、制作年代に関する従来の説を紹介し、さらにその後に「なお、その「斜川」の遊が、西晋の石崇の金谷園や東晋の王羲之の蘭亭の集いにならった点がうかがわれることからも、五十歳代の作とすべしとの主張も展開され、この詩の作詩に関する論議は、未だ決着したとはいい難いものがある」と述べている。

（2）中国における陶淵明の「遊斜川并序」に関する検討

次に、中国における「遊斜川并序」に関して検討された論考、①逯欽立『陶淵明集』②郭維森・包景誠『陶淵明集全訳』③袁行霈『陶淵明集箋注』を、これも出版年代の順に見ていきたい。

①逯欽立『陶淵明集』（中華書局、一九八七年二月）

「事跡詩文繫年」には、「遊斜川并序」の五十歳制作説をとる根拠について、重点的に論じている。斜川の遊びは石崇の金谷の会や王羲之の蘭亭の会の遊びを真似て、作品としたものとしている。

②郭維森・包景誠『陶淵明集全訳』（貴州人民出版社、一九九二年九月）

「陶淵明年譜」において、両氏は「遊斜川并序」の制作年代に関する諸説を紹介し、両氏は李本に従う旨を述べている。王羲之の「蘭亭集序」が書かれたのが三十二歳の時で、そこに生死について書かれているから、「遊斜川并序」で「行帰休せんとす（行帰休）」といっても何の不思議なことなどない、と判断し、陶淵明三十七歳制作説を支持している。

また「題解」において、「遊斜川并序」を王羲之の「蘭亭集序」と同じく「遊賞詩文」の類に属するものと述べている。

③袁行霈『陶淵明集箋注』（中華書局、二〇〇三年四月）

その「析義」において、「遊斜川并序」を陶淵明唯一の山水詩であるとし、その後に、この詩の構成について、「始めと終わりに歳月の移ろいやすいことに対する思い、中間は山水の風景について描かれている」と述べる。また、「蘭亭序」との相違について、「斜川の遊びは王羲之の蘭亭の遊びをおそらく真似たものであり、「遊斜川序」と「蘭亭序」、「遊斜川詩」と「蘭亭詩」とがそれぞれ対応している。歳月の移ろいを悲しみ、人生の無常を嘆くという寓意は互いにとても似ている。だが、「遊斜川序」は初めから終わりまで、言葉を飾りたてではいないがよく練れており、「蘭亭集序」の抒情を述べ列ねているところは似ていない」と述べている。[二]

以上、日本と中国における、「遊斜川幷序」に関する論考について、主なものを取り上げた。これらを見た限りであるが、従来の「遊斜川幷序」に関する研究はその制作年代についての検討が中心であったことがよくわかる。ここに取り上げたもの以外の陶淵明詩の訳本においても、日中を問わず、「遊斜川幷序」の制作年代に纏わる問題が数多く取り上げられている。[三]

これまでの研究で、制作年代に関する議論はかなり行われたと言えよう。だが、その内容に関する検討は、「遊斜川幷序」だけで単独になされるか、または、その制作年代を確定するために行われたものであり、必ずしも深くなされたとは言えないようだ。

例えば、それらの検討においては「遊斜川幷序」に類するものとして、「蘭亭詩」、あるいは『文選』の遊覧詩があげられていた。だが、それらとどのように似ているかについては充分な検討が加えられていない。袁行霈氏が「遊斜川幷序」の構成について述べ、また、「蘭亭序」とその詩との比較を試みているのが筆者の目に止まった唯一の例外である。

そこで、小論では、袁行霈氏が試みた「蘭亭序」とその詩との比較をさらに進め、「遊斜川幷序」の内容の分析を行うこととする。

(三)「蘭亭序」と「遊斜川序」の比較

①王羲之「蘭亭序」の構成

「蘭亭序」の全文は、三つの段落に分けることができる。[四] 第一段落は、いつ、どこで、誰と、集ったかが詠まれている。そして第二段落では、宴が催された場所の景色や楽しさが詠まれ、最後の第三段落では、人生の短促についての悲しみが詠まれている。以下、第一段落から第三段落まで、まずその全体を見てみたい。

第一段落

永和九年、歳在癸丑。暮春之初、会于会稽山陰之蘭亭。脩禊事也。羣賢畢至、少長咸集。

永和九年、歳癸丑に在り。暮春の初、会稽山陰の蘭亭に会す。禊事を脩むるなり。羣賢畢く至り、少長咸集る。

序のはじめには、いつ、永和九年の春に。どこで、会稽山陰の蘭亭で。何を行ったのか、禊ぎを。誰と、多くの賢者や若者から年寄りと、といったことが詠まれている。

第二段落

此地有崇山峻嶺、茂林脩竹又有清流激湍、映帯左右。引以為流觴曲水、列坐其次。雖無糸竹管絃之盛、一觴一詠、亦足以暢叙幽情。是日也、天朗気清、恵風和暢。仰観宇宙之大、俯察品類之盛。所以遊目騁懐、足以極視聴之娯。信可楽也。

此の地に崇山峻嶺、茂林脩竹有り。又清流激湍有りて、左右に映帯す。引いて以て流觴曲水を為し、其の次を列坐す。糸竹管絃の盛なしと雖も、一觴一詠、亦以て幽情を暢叙するに足れり。是の日や、天朗かに気清く、恵風和暢せり。仰いて宇宙の大を観、俯して品類の盛んなるを察す。目を遊ばしめ懐を騁する所以、以て視聴の娯を極むるに足れり。信に楽しむ可きなり。

この第二段落は、以下に大約を示すように、宴が催された場所の様子や宴の楽しさが詠まれる。蘭亭は、高い山、険しい峰、茂った林には竹が生え、清らかで激しい川が流れている所である。そこに水を引いて流觴曲水の宴を開いた。音楽の華やかな演奏はないけれども、酒を飲み詩を詠い、心の思いを述べるだけでもう十分だ。今日は穏やかで清々しく、暖かな春風が心地よい。空を見上げるとこの世界の偉大さが目に入り、地上に目をやれば様々な物が生き生きとしているのが見える。自然の様子を見たり聞いたりすることはまことに楽しいことである。

第三段落

夫人之相与俯仰一世、或取諸懐抱、悟言一室之内、或因寄所託、放浪形骸之外。雖趣舎万殊、静躁不同、当其欣於所遇、暫得於己、快然自足、曾不知老之将至。及其所之既倦、情随事遷、感慨係之矣。向之所欣、俛仰之間、以為陳迹。尤不能不以之興懐。況脩短随化、終期於尽。古人云、死生亦大矣。豈不痛哉。毎覧昔人興感之由、若合一契。未嘗不臨文嗟悼。不能喩之於懐。固知一死生為虚誕、斉彭殤為妄作。後之視今、亦猶今之視昔。悲夫。故列叙時人、録其所述。雖世殊事異、所以興懐、其致一也。後之覧者、亦将有感於斯文。

夫れ人の相与に一世に俯仰するや、或は諸(これ)を懐抱に取り、一室の内に悟言(ごげん)し、或は託する所 因寄(いんき)して、形骸の外に放浪す。趣舎万殊にして、静躁同じからずと雖も、其の遇う所を欣びて、暫く己に得るに当たっては、快然として自足す、曾て老の将に至らんとするを知らず。其の之く所既に倦み、情事に随て遷るに及んでは、感慨之に係れり。向の欣ぶ所は、俛仰の間に、以て陳迹と為る。尤も之を以て懐を興さざる能わず。況や脩短化に随って、終に尽くるに期するをや。古人云う、死生も亦 大なりと。豈に痛ましからずや。昔人感を興すの由を覧る毎に、一契を合せたるが若し。未だ嘗て文に臨んで嗟悼せずんばあらず。之を懐に喩ること能わず。固に死生を一にするは虚誕たり、彭殤を斉しくするは妄作たるを知る。後の今を視るも、亦猶今の昔を視るがごとくならん。悲しいかな。故に時人を列叙し、其の述ぶる所を録す。世殊に事異なりと雖も、懐を興す所以は、其の致一なり。後の覧る者も、亦 将に斯の文に感有らんとす。

最後の第三段落には、人生のはかなさについての感慨が詠まれている。

人の一生はさまざまで、人の生き方には動静さまざまあるが、誰でも喜ばしい状態にある時には、その状態に満足して、老いが我が身に近づいてきていることに気づかないものである。だが、その喜ばしい状態に飽き、想いが移ろいゆくと、次第に感慨がわき起こる。先の喜ばしい状態にあったのはもうすでに過去のこととなっている。しかも命には長短があるが結局は尽き果ててしまうのだからなおさら心が動じてしまう。古人が「死生もまた大なり」と言っているが、なんとも悲しいではないか。古人も私のように感慨に耽っていたことを書物で見る度に、悲しくてたまらなくなる。私には死と生を一としたり、長寿と夭折とを同一視することなどできない。今、私がこうして昔の書物を見て感慨を起こすように、後世の人も今の私の気持ちを汲んでくれることだろう。それでこの会に参列した人たちの名を記しその作品を集めた次第である。後世の人もきっとこれらの作品を見て感慨を起こすであろう

②陶淵明「遊斜川序」の構成

次に「遊斜川序」だが、この序も「蘭亭序」と同じく、三つの段落に分けることができる。第一段落は、いつ、どこで、誰と、集ったのかが詠まれている。そして第二段落では、宴が催された場所の景色や楽しさが詠まれ、最後の第三段落ではやはり、人生短促の悲しみが詠まれている。「遊斜川序」についても、第一段落から第三段落まで一通り見ておくこととしたい。

第一段落

辛丑正月五日、天気澄和、風物間美、与二三隣曲、同遊斜川。

辛丑（しんちゅう）正月五日、天気澄み和やかに、風物間（のど）かにして美しく、二三の隣曲と、同に斜川に遊ぶ。

この第一段落には、「蘭亭序」と同じように、いつ（辛丑の正月五日）、どこで（斜川）、誰と（二三の隣曲）集ったのかが詠まれている。

第二段落

臨長流、望曾城、魴鯉躍鱗於将夕、水鷗乗和以翻飛。彼南皐者、名実旧矣、不復乃為嗟歎。若夫曾城、傍無依接、独秀中皐。遙想霊山、有愛嘉名。欣対不足、率爾賦詩。

長流に臨み、曾城（そうじょう）を臨む、魴鯉鱗を将に夕ならんとするに躍らし、水鷗和かなるに乗じて以て翻り飛ぶ。彼の南皐（なんぷ）は、名（な）実に旧（ふる）し、復た乃ち為に嗟歎せず。夫の曾城の若きは、傍らに依接するもの無く、独り中皐（ちゅうこう）に秀ず。遙かに霊山を想いて、嘉名を愛する有り。欣び対して足らず、率爾として詩を賦す。

続く第二段落も「蘭亭序」と同じく、宴が催された場所の様子（山や川の景色のすばらしさ）や宴の楽しさ（景色を眺めたり、詩を詠んで楽しむ様子）が詠まれる。

第三段落

悲日月之遂往、悼吾年之不留。各疏年紀郷里、以紀其時日。

日月の遂に往くを悲しみ、吾が年の留まらざるを悼む。各（おのおの）年紀郷里を疏し、以て其の時日を紀す。

最後の第三段落も「蘭亭序」と同様に、人生のはかなさに対する感慨を述べ、そして、参列者のそれぞれの年と郷里を記している。

このように作品が三段落に分けられること、またそれぞれの段落において中心となっている話題、第一段落は、いつ、どこで、誰と、集ったのかが詠まれ、第二段落では、宴が催された場所の景色や楽しさが詠まれ、最後の第三段落では、人生短促についての悲しみが詠まれるという点でも「蘭亭序」と「遊斜川序」とは一致している。「蘭亭序」と「遊斜川序」の構成の一致については、次頁の表1において簡潔に示した。

③「蘭亭序」と「遊斜川序」の比較

まず「蘭亭序」と「遊斜川序」を三つの段落に分けた。そして第一段落において、日時、場所、誰と何を行ったのかについてを示した。第二段落では、宴を行った場所の様子、そしてどの様な思いが如何に述べられているかを示し、第三段落では、人生短促の嘆き、記録がそれぞれどのように表現されているのかを示した。

表1

第一段落

	日時について	場所	何をしたか	誰と
蘭亭	永和九年、癸丑の歳、暮春の初	会稽山陰の蘭亭	禊→詠詩・飲酒	羣賢　少長
遊斜川	辛丑の年、正月五日	斜川	遊→詠詩・飲酒	二三の隣曲

第二段落

	周りの様子	どのような思いか
蘭亭	崇山　峻嶺、茂林脩竹、清流　激湍（山あり川あり）	視聴の娯を極むるに足れり信に楽しむ可きなり →楽しい
遊斜川	長流に臨み、曾城（曾城山）（山あり川あり）	欣び対して足らず、率爾として詩を賦す →楽しい

第三段落

	人生短促の嘆き	記録
蘭亭	死生も亦　大なりと。豈に痛ましからずや	時人を列叙し、其の述ぶる所を録す
遊斜川	日月の遂に往くを悲しみ、吾が年の留まらざるを悼む	各々年紀郷里を疏し、以て其の時日を紀す

この表を見れば、両者の構成が一致していることは明白であろう。このような構成は「蘭亭序」よりも五十年前に詠まれた石崇の「金谷詩序」にも認められる。[五] 段落中に若干の前後があるが、第一段落は、いつ（元康六年）、どこ（河南県の界の金谷澗）にいるかが書かれている。第二段落には、誰と（王詡、衆賓）と集ったのかが詠まれ、宴が催された場所の景色や楽しさ（或は高きに登り下(ひく)きを臨み、或は水浜に列坐す。時に琴瑟笙竹筑、車中に合わせ載せ、道路並びに作す。（…中略）遂に各詩を賦し、以て中懐を叙ぶ）が詠まれる。最後の第三段落では、人生短促についての悲しみ（性命の永からざるを感じ、凋落の期なきを懼る）が詠まれ、そして参列者たちについての記録を残すという構成である。

この「金谷詩序」の構成も内容も、「蘭亭序」「遊斜川序」の二者と変わりない。先に第二章で取り上げた諸説に、斜川の遊びは金谷園の集いや蘭亭の集いを真似たものであること、その様子を描いた「序」に共通性があると述べられていたが、その通りである。

では、詩はどうであろうか。残念ながら、石崇によって詠まれた金谷園の詩は残っていない。王羲之の「蘭亭」には四言詩と五言詩が残されている。次に、その「蘭亭詩」と「遊斜川詩」とを比較してみたい。

(四) 王羲之「蘭亭詩」と「遊斜川詩」との比較

王羲之の「蘭亭詩」は、四言詩と五言詩とがある。[六] 先に、四言詩の全体を示そう。

代謝鱗次　忽焉以周
欣此暮春　和気載柔
詠彼舞雩　異世同流
乃携斉契　散懐一丘

代謝は鱗のごとく次なり　忽焉として以て周る
此の暮春を欣び　和気　載ち柔らぐ
彼の舞雩を詠ずるは　世を異にして流れを同じくす
乃ち契を斉しくするものを携え　懐いを一丘に散ず

おおよその意味は、季節の移り変わりは魚の鱗のようにつらなりめぐっていくものだ。この晩春の柔らかな陽気をよろこんでいる。遠い昔、『論語』の先進篇にも「舞雩」（雨乞いのうた）が詠まれているではないか。時代が違っても人は同じような思いを抱くものなのだなあ。心を同じくする者たちと一緒に、春のうたげを楽しみ、思いをはらすのだ、というものである。ここには、穏やかな春の様子と、その春をよろこび、そして楽しんでいることが詠まれている。

次に「蘭亭」五言詩は、(七)

仰眺碧天際　俯瞰緑水浜
寥朗無涯観　寓目理自陳
大矣造化功　万殊莫不均
羣籟雖参差　適我無非親

仰いでは碧天の際を眺め　俯しては緑水の浜を瞰む
寥朗として涯無き観め　寓目　理は自づと陳る
大いなるかな造化の功　万殊　均しからざるは靡し
羣籟参差たりと雖も　我に適いて親しきに非ざる無し

この詩の大意は、空の彼方、川の流れ、この世の中の涯のないものをながめると、「理」がそれぞれにそなわっていることがわかる。「造化の功」は偉大であるなあ、この世の中のものは二つとして同じものはない。様々なものから色々な音が発せられるが、みな私に適(かな)って心地よいものである、というものである。

この四言詩と五言詩の理解をめぐり、以下のような議論がある。

①四言詩は楽観をうたう。五言詩は悲観をうたう。（吉川忠夫『王羲之　六朝貴族の世界』清水新書、一九八四年九月、六〇頁）

「四言詩はたしかに春のよろこびをうたうことに終始する。だが五言詩はたんなる楽観であろうか。「大いなる造化の功」は、微少にして不安定な人間存在との対比のもとにうたわれているのではないか」

②四言詩も五言詩も楽観をうたう。（興膳宏『乱世を生きる詩人たち』研文出版、二〇〇一年十月、三五五頁）

「すでに見た羲之の二篇の詩（四言と五言詩のこと――三枝注）が春の喜びと遊宴の楽しい雰囲気をうたうことに徹して、一点のかげりを見せない」

③四言詩も五言詩も悲観的な要素が見られる。（川合康三『中国のアルバ』、汲古書院、二〇〇三年四月、一〇七頁～一〇八頁）

五言詩については吉川氏の説に賛成し、さらに、四言詩は、中心となる感情は「春の喜び」、「集う楽しみ」であるが、「その春を、次々と移り変わる季節の周期の中で巡ってきたものと捉える態度は、この幸福な季節もまた束の間のうちに過ぎ去ってしまうという感慨に連な」り、「春は周期的に巡ってくるのに、それを享受する人は線状の時間軸の中で次々と生起し消滅する」と述べている。

ここで問題とされているのは、四言詩と五言詩は楽観を詠うものか、それとも悲観か、ということである。このような議論がもちだされたのは、「蘭亭序」に王羲之偽作説が生じたことによる。その偽作説が生じたのは、「蘭亭序」に流れる人生短促の憂いと、「蘭亭詩」二篇に流れる楽観とがそぐわないからである。

だが、小論において問題としたいのは、王羲之偽作説ではない（八）。また、四言詩や五言詩は楽観を詠んでいるのか、それとも悲観なのか、そのどちらかに決着をつけようとするものでもない。小論の目的は、「遊斜川序」と詩の構成と「蘭亭序」と詩との比較を通して、「遊斜川序」とその詩についての理解を深め、さらに陶淵明の文学の特徴について検討することである。

「遊斜川詩」は次の様に詠われている。

第一段落

開歳倏五日　吾生行帰休　　開歳倏ち五日　吾生行（ゆくゆく）帰休せんとす

念之動中懐　及辰為茲遊　　之を念えば中懐を動（ゆる）がせ　辰（とき）に及んで茲（こ）の遊を為す

第二段落

気和天惟澄　班坐依遠流　　気は和やかに天は惟れ澄み　坐を班（わか）ちて遠流に依る

弱湍馳文魴　間谷矯鳴鷗　　弱湍には文魴馳せ　間谷には鳴鷗（めいおう）矯（あが）る

迴沢散游目　緬然睇曾邱
雖微九重秀　顧瞻無匹儔
提壺接賓侶　引満更献酬
未知従今去　当復如此不

第三段落
中觴縦遙情　忘彼千載憂
且極今朝楽　明日非所求

迴かなる沢に游目を散じ　緬然として曾邱を睇る
九重の秀は微しと雖も　顧瞻れば匹儔無し
壺を提げて賓侶に接し　満を引いて更献酬す
未だ知らず今より去りて　当に復た此くの如かるべきや不やを

中觴遙かなる情を縦にし　彼の千載の憂いを忘る
且らく今朝の楽しみを極めん　明日は求むる所に非ず

「遊斜川詩」の全体をひとまず三つの段落に分けて示したが、それぞれは次のような内容になっていると判断される。まず、第一段落では、序に詠まれていた「人生短促の悲しみ」をそのまま続けて「吾生行帰休せんとす」と詠む。そして、その悲しみによって心（中懐）が「動」かされ、この「遊」びを行うことになったのだと宴を催した理由が述べられている。

次に、第二段落では、穏やかな日和、斜川の景観や遊びの様子が具体的に詠まれ、さらにその景観から引き起こされた思いが詠まれている。

最後に、第三段落では、酒を飲み、心が悲しさから解き放たれ、「彼の千載の憂い」さえも「忘」れ、今を楽しむことができたのだと詠まれている。

さて、その第二段落であるが、そこには遊びを行っている所の周りの様子とその景観から引き起こされた思いが詠まれている。それは、先に見た二首の「蘭亭詩」に相当する。すなわち「蘭亭詩」に詠まれている内容は「遊斜川詩」の第二段落の部分でしかない。言い換えれば、「遊斜川詩」は、「蘭亭詩」をベースとし、その前に第一段落、その後ろに第三段落を加えていると考えられるのである。

このことを表に示すと次頁の表2のようになる。

「蘭亭詩」について言えば、四言詩も五言詩も、一句めから四句めまでに宴を催している所の景観や穏やかな気候や、周囲の状況が詠まれている。そして五句めから最後の八句めにその景観から惹き起こされた思いが詠まれている。それは、「遊斜川詩」の第二段落の五句から十句が景観、そして十一句から十六句までが思いを詠むものと同じものである。このように二首の「蘭亭詩」には、「遊斜川詩」の第一段落と第三段落に相当する部分がない。それは表2の「蘭亭詩」四言詩、五言詩の欄に、前者をA、後者をBとして示した通りである。

「遊斜川詩」の方から言えば、三段落に分けたうちの、第二段落のその内容が「蘭亭詩」二首の内容と同じということである。この第二段落の前後に四句ずつ付けられた第一段落と第三段落により、「遊斜川詩」は、詩の内部において感情表現が豊かになっている。先にも述べたが、第一段落は、序に詠まれていた「人生短促の悲しみ」をそのまま承けて「吾生行帰休せんとす」と詠む。そして、その悲しみにより心（中懐）が「動」かされ、この「遊」びを行うことになったその理由を詠む。第二段落では、穏やかな日和、斜川の景観や遊びの様子が具体的に詠まれ、さらにその景観から引き起こされた思いが詠まれている。第三段落では、酒を飲み、心が悲しみから解き放たれ、「彼の千載の憂い」さえも「忘」れ、今を楽しむことができたのだと結ばれている。

表２

段落	「遊斜川詩」	「蘭亭詩」五言	「蘭亭詩」四言
第一段落	1 開歳倏ち五日 2 吾生行帰休せんとす 3 之を念えば中懐を動（ゆる）がせ 4 辰に及んで茲（こ）の遊を為す	A	A
第二段落	5 気は和やかに天は惟れ澄み 6 坐を班ちて遠流に依る 7 弱湍には文魴馳せ 8 間谷には鳴鷗矯る 9 迥かなる沢に游目を散じ 10 緬然として曾邱を睇る 11 九重の秀は微しと雖も 12 顧瞻れば匹儔無し 13 壺を提げて賓侶に接し 14 満を引いて更献酬す 15 未だ知らず今より去りて 16 当に復た此くの如かるべきや不やを	1 仰いでは碧天の際を眺め 2 俯しては緑水の浜を瞰む 3 寥朗として涯無き観め 4 寓目　理は自ずと陳る 5 大いなるかな造化の功 6 万殊　均しからざるは靡し 7 羣籟参差たりと雖も 8 我に適いて親しきに非ざる無し	1 代謝は鱗のごとく次なり 2 忽焉として以て周る 3 此の暮春を欣び 4 和気　載ち柔らぐ 5 彼の舞雩を詠ぜしは 6 世を異にして流れを同じくす 7 乃ち契を斉しくするものを携え 8 懐いを一丘に散ず
第三段落	17 中觴遙かなる情を縦にし 18 彼の千載の憂いを忘る 19 且らく今朝の楽しみを極めん 20 明日は求むる所に非ず	B	B

「遊斜川」序と詩に見える感情の流れを簡単に示すと次の表3のようになる。

表3

序	悲しみ
↓	
第一段落	悲しみ
↓	
第二段落	「遊」の様子。景観から思いを起こす。（「蘭亭詩」はこの第二段落のみ。第一、三段落該当部分は無し）
↓	
第三段落	楽しみ

このように、序から詩までを通して見てみると、「悲しみ」の情が、「斜川の遊び」を経過することによって「楽しみ」へと変わっていったことが理解できるであろう。この構成を「蘭亭序」およびその詩と比較すると、次頁の表4のようになる。

表4

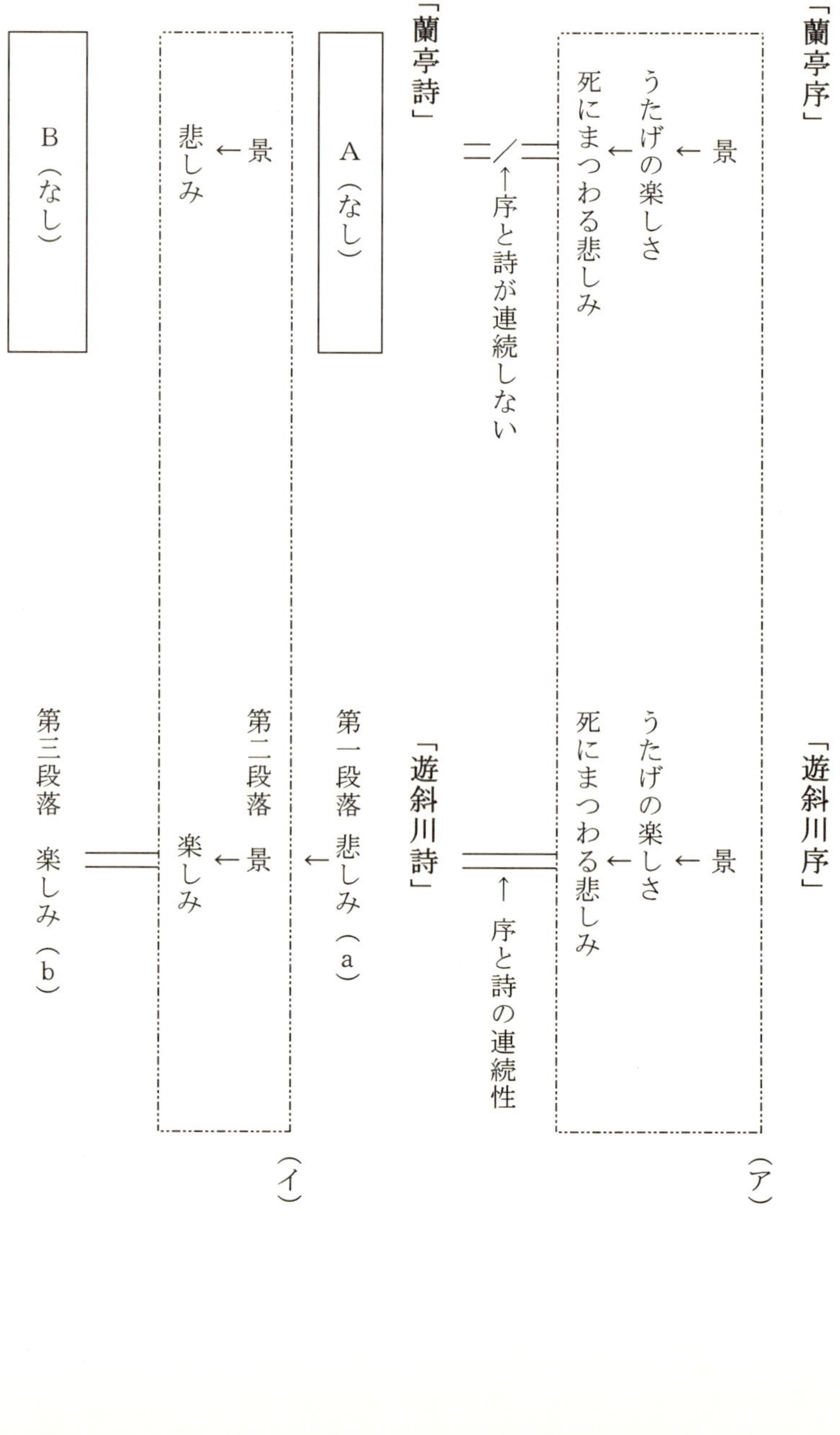

「蘭亭序」
景
うたげの楽しさ
死にまつわる悲しみ
←序と詩が連続しない
「蘭亭詩」
A（なし）
景
悲しみ
B（なし）
「遊斜川序」
景
うたげの楽しさ
死にまつわる悲しみ
↑序と詩の連続性
「遊斜川詩」
第一段落　悲しみ（a）
第二段落　景
楽しみ
第三段落　楽しみ（b）
（ア）
（イ）

点線で囲った部分の（ア）と（イ）は、「蘭亭序」と詩、「遊斜川序」と詩との共通部分を表している。

まず、（ア）だが、序は二つとも遊びが開かれる場所の景色を詠い、そして楽しさが極まると、やがて悲しみがわきおこることが詠まれている。次に（イ）の詩はの部分、「蘭亭詩」も「遊斜川詩」も景観から惹き起こされた感慨が詠まれている。このように（ア）と（イ）の部分は共通している。

「蘭亭序」は、景観から感慨が詠まれている。そして「蘭亭詩」も序と同じく、景観から感慨を詠んでいる。つまり、同じパターンの繰り返しにより作品が構成されているのである。

一方、「遊斜川幷序」は、まず、序は「蘭亭序」と同様、景観から感慨が詠まれている。そして、詩の第一段落では、序の最後に詠まれていた死にまつわる悲しみを受け、引き続きその悲しみを詠う。第二段落では、穏やかな日和、斜川の景観、遊びの様子が具体的に詠まれ、さらにその景観から惹き起こされた楽しい思いが詠まれる。第三段落では、酒を飲み、心が悲しみから解き放たれ、「彼の千載の憂い」さえも「忘」れ、今を楽しむことができたのだと詠んでいる。

このように「遊斜川幷序」は（ア）（イ）の部分のように「蘭亭序」、および詩と同様の部分が見られる。だが、それだけではない。「遊斜川詩」には（a）と（b）の部分が加わっている。そのことによって、序と詩の第一段落で詠まれていた「悲しみ」が、第二段落での「遊」びを経過することによって心が解き放たれ、そして第三段落において「楽しみ」に転じるのである。このようなより豊かな感情表現をこの「遊斜川幷序」には見ることができるのである。

（五）おわりに

これまで「遊斜川并序」と「蘭亭序」および詩との比較を行ってきた。「遊斜川」の序だけを詠むと、「蘭亭序」や「金谷詩序」のパターンと同じであった。しかし、序とともに詩を見ると、この「遊斜川」の作品全体が「蘭亭序」と詩とは異なっていることが認められた。また、従来のスタイルやモチーフを踏襲した部分と、そこから逸脱し、独自のパターンを作りだしている部分も認められる。筆者は、この踏襲と逸脱の二面性が「遊斜川」の特徴であると考えている。

もう一つの特徴として、「遊斜川」の中に悲観から楽観への変換が認められる。「蘭亭」の場合、悲観なら悲観、楽観なら楽観だけが作品の中に詠まれていた。だが、「遊斜川并序」は、序と詩の第一段落で詠まれていた悲観が、第二段落の「遊」を経過することにより心が解き放たれ、第三段落では一転して楽観が詠まれている。「遊斜川并序」は、このような心情の変換によって「蘭亭」よりも、より豊かな感情表現がなされていると言うことができるのである。

【注】

（一）第三節「遊斜川」考は「陶淵明詩研究簡記録——「飲酒」其五・「遊斜川」」（『二松学舎大学大学院紀要』六、一九九二年三月に初出。

（二）袁行霈『陶淵明集箋注』（中華書局出版、二〇〇三年四月）。

「析義」の原文を以下に示す。

淵明多有田園詩、而山水詩僅此一首。首尾感歳月之易逝、中間描写山水景物。「弱湍馳文魴」以下四句、描写工細、上承玄言詩之山水描写、下開謝霊運山水詩之先河。淵明斜川之遊蓋仿王羲之蘭亭之遊也、「遊斜川序」与「蘭亭集序」、「遊斜川詩」与「蘭亭詩」相対照、悲悼歳月之既往、感歎人生之無常、寓意頗有相近之処。惟「遊斜川序」樸実簡練、僅略陳始末而已、不似「蘭亭集序」之鋪陳且多抒情意味也。

（三）その一例を紹介すると、日本においては、一海知義『陶淵明』中国詩人撰集（岩波書店、一九五八年五月）・『陶淵明　文心雕龍』（筑摩書房、一九六八年十二月）、星川清孝『陶淵明』中国名詩鑑賞（原本、集英社、一九六七年七月・小沢書店、一九九六年六月）、松枝茂夫・和田武司『陶淵明全集』（岩波書店、一九九〇年一月）などがあり、中国においては、王瑤『陶淵明集』（人民文学出版、一九五六年八月）、古直『陶靖節詩箋』（広文書局、一九七四年十二月）、丁仲祜『陶淵明詩箋注』（芸文印書館、一九七七年七月）龔斌『陶淵明集校箋』（上海古籍出版社、一九九六年十二月）などがある。

「辛丑」を「辛酉」にする説、「辛丑」は年ではなく日にちを表すとする説などがある。いずれも詩の「吾生行帰休せんとす」の内容が、三十七歳に詠むに相応しくないということから持ち上がった論争である。

（四）下定雅弘氏は「蘭亭序をどう読むか――その死生観をめぐって――」（『六朝学術学会報』五、二〇〇四年三月）において、「蘭亭序」を三段落に分けている。第一段落は始めから「信可楽也」まで。第二段落は「夫人之相与」から「不知老之将至」まで。第三段落は「及其所之既倦」から最後まで。

興膳宏氏は『乱世を生きる詩人たち』（研文出版、二〇〇一年十月）において、「蘭亭序」を大きく二段落に分けている。第一段落は始めから「信可楽也」まで。第二段落は「夫人之相与」から終わりまでである。

（五）石崇の「金谷詩序」は『世説新語』品藻篇の劉孝標注に見ることがでる。

第一段落、

余以元康六年、従太僕卿、出為使持節、監青徐諸軍事、征虜将軍。有別廬在河南県界金谷澗中。或高或下、有清泉茂林、衆果竹柏、薬草之属、莫不畢備。又有水碓、魚池、土窟、其為娯目歓心之物備矣

余は元康六年を以て、太僕卿従り、出でて使持節と為り、青 徐諸軍事、征虜将軍を監す。別廬河南県の界の金谷澗の中に在る有り。或は高く或は下く、清泉茂林有り、衆の果竹柏、薬草の属、畢く備わざるは莫し。又 水碓、魚池、土窟有りて、其れ目を娯しませ心を歓ばすの物を為し備われり。

第二段落

時征西大将軍祭酒王詡当還長安、余与衆賓共送往澗中、昼夜遊宴、屢遷其坐、或登高臨下、或列坐水浜。時琴瑟笙竹筑、合載車中、道路並作、及住、令与鼓吹遞奏。遂各賦詩、以叙中懐。或不能者、罰酒三斗。

時に征西大将軍祭酒の王詡長安に還るに当たり、余衆賓と共に澗中に送往し、昼夜遊宴し、屢 其の坐を遷し、或は高きに登り下きを臨み、或は水浜に列坐す。時に琴瑟笙竹筑、車中に合わせ載せ、道路並びに作す、住まるに及び、鼓吹と遞いに奏せしむ。遂に各 詩を賦し、以て中懐を叙ぶ。或は能わざるもの、罰酒三斗。

第三段落

感性命之不永、懼凋落之無期。故具列人官号、姓名、年紀、又写詩箸後。後之好事者、其覧之哉。凡三十人、呉王師、議郎、関中侯、始平武公蘇紹字世嗣、年五十、為首。

性命の永からざるを感じ、凋落の期なきを懼る。故に具に人の官号、姓名、年紀を列ね、又 詩を写し後に箸す。後の好事者、其れこれを覧んや。凡そ三十人、呉王師、議郎、関中侯、始平武公の蘇紹字は世嗣、年五十、首と為す。

（六）王羲之の五言詩はこの他に四首ある。その四首を以下に示す。

一、生命に関する感慨。

悠悠大象運　輪転無停際　　悠悠として大象は運り　輪転して停まる際無し
陶化非吾因　去来非吾制　　陶化は吾が因に非ず　去来も吾が制に非ず
宗統竟安在　即順理自泰　　宗統は竟に安くにか在る　即ち理に順いて自ら泰かなり
有心未能悟　適足纏利害　　心有るも未だ悟る能わず　適足するも利害纏う
未若任所遇　逍遙良辰会　　未だ遇する所に任せ　良辰の会に逍遙するに若かず

二、死にまつわる感慨。

猗与二三子　莫匪斉所託　　猗与(ああ)二三子　託する所を斉しくするに匪るは無し
造真探玄根　渉世若過客　　真に造り玄根を探らん　世を渉ること過客の若し
前識非所期　虚室是我宅　　前識は期す所に非ず　虚室は是れ我が宅
遠想千載外　何必謝曩昔　　遠く想う千載の外　何ぞ必すしも曩昔(のうせき)を謝さん
相与無相与　形骸自脱落　　相与にするも相与にする無し　形骸は自ら脱落す

三、一句から四句まで、生き方の難しさを詠む。五句から十二句まで宴会の様子を詠む。

鑑明去塵垢　止則鄙吝生　　鑑明らかなれば塵垢(じんこう)を去り　止まれば則ち鄙吝(ひりん)を生ず
体之固未易　三觴解天刑　　之を体すること固に未だ易からずして　三觴を天刑と解く
方寸無停主　矜伐将自平　　方寸(ほうすん)は主を停むること無く　矜伐(きょうばつ)は将に自ら平らかにせんとす

雖無糸与竹　玄泉有清声　　糸と竹は無しと雖も　玄泉に清声有り

雖無嘯与歌　詠言有余声　　嘯と歌は無しと雖も　詠言に余声有り

取楽在一朝　寄之斉千齢　　楽しみを取るは一朝に在り　之を寄せて千齢と斉しくせん

四、生命に関する感慨

合散固其常　脩短定無始　　合と散は固り其れ常なり　脩と短は定めて始無し

造新不暫停　一往不再起　　造新は暫く停まらず　一たび往けば再起せず

於今為神奇　信宿同塵滓　　今に於て神奇と為るも　信宿すれば塵滓に同じ

誰能無此慨　散之在推理　　誰れか能く此の慨無からん　之を散ずるは理を推すに在り

言立同不朽　河清非所俟　　言　立つるは不朽に同じきも　河清（かせい）は俟（ま）つ所に非ず

（七）　ここにあげた句の前に、「三春啓群品、寄暢在所因」が付けられているテキストもある。

（八）　「蘭亭序」が「臨河叙」だとしても、内容とパターンは同様であった。

付録二　陶淵明関係研究文献目録（稿）―日本編―一九七八―二〇〇四

【前言】

一九四五年から一九七七年に刊行された陶淵明に関する図書および論文については、すでに『中国文学研究文献要覧一九四五―一九七七（戦後篇）』（日外アソシエーツ・一九七九年）があるので、本文献目録は一九七八年から二〇〇四年までのものに限定した。また、文献リスト作成にあたっては主として『日本中国学会報』の「学界展望」および『東洋学文献類目』（京都大学人文科学研究所附属東洋学文献センター）、を用い、「陶淵明研究論文索引（日本）一九二八～一九九九」（六朝学術学会報、一九九九年）」を参照した。

一九七八年

論文

上里賢一　陶淵明における虚構のあり方（一）―「五柳先生伝」を中心にして―　琉球大学　法文学部紀要（国文学論集）二二

大上正美　「飲酒其五」試解（下）　高校通信東書国語一七一（東京書籍）

一九七九年

論文

上里賢一　陶淵明における虚構のあり方（二）―「自祭文」・「挽歌詩」を中心にして―　琉球大学 法文学部紀要（国文学論集）二三

大地武雄　陶淵明の処世観　二松学舎大学 人文論叢一五

竹内照夫　陶淵明について　阿部源蔵先生退官記念国語学国文学論文集（静岡女子短期大学国文学会）

茂木信之　陶淵明序論　東方学報五一（京都大学人文科学研究所）

山田英雄　陶淵明の作品における鳥、とくに帰鳥について　高知大国文一〇（高知大学国語国文学会）

一九八〇年

論文

今場正美　陶淵明の「形影神」三首について　立命館文学 一〇・一一・一二（四二四・四二五・四二六合併号）

上田武　陶淵明の詩文の読解指導覚え書き―漢文学習における読解と表現をめぐって―　中国文化―研究と教育―漢文学会会報三八

内田祐司　陶淵明論―老残について　高知大国文一一（高知大学国語国文学会）

大地武雄　漱石晩年の漢詩と陶淵明詩　二松学舎大学人文論叢 一七

後藤秋正　『慷慨』の軌跡」補稿―陶淵明における慷慨について―　語学文学一八（北海道教育大学語学文学会）

西紀昭　陶淵明の家系と階級意識　熊本短大論集三一―一　通巻六二（熊本短期大学）
茂木信之　陶淵明詩の構成的原型　東方学報五二［創立五十周年記念論集］
（京都大学人文科学研究所）

一九八一年

単行本

白川静　中国の古代文学（二）史記から陶淵明へ　中央公論社［中央文庫］
高橋徹　陶淵明ノート―帰去来の思想　国文社

論文

石川忠久　帰去来の辞　隠者のうた　中国の古典文学―作品選読―（東京大学出版会）
伊東香　陶淵明の輪郭―自然との結合をめぐっての雑考―　飯田利行博士古稀記念東洋学論叢
上里賢一　陶淵明における虚構のあり方（三）―「桃花源記幷詩」を中心にして―　琉球大学法文学部紀要（国文学論集）二五
上野日出刀　邵雍詩の中の陶淵明　竹内照夫博士古稀記念中国学論文集
（北海道大学文学部中国哲学研究室）
大地武雄　陶淵明と田園詩　二松学舎大学人文論叢一九
興膳宏　昔から愛唱された『帰去来の辞』の詩人　陶淵明　人物　中国の歴史六（長安の春秋）　集英社
土屋正晴　佐久間象山に現れた詩語について―陶淵明の関連からの一考察　大東文化大学東洋研究六〇
藤間生大　寒門詩人の精神構造―陶淵明と孫恩・盧循の反乱　熊本商科大学海外事情研究八―二

宮沢正順　陶淵明と劉柴桑　日本中国学会報三三（日本中国学会）
宮沢正順　陶淵明と仏教思想　高校通信東書国語二〇九（東京書籍）

一九八二年

論文

上里賢一　陶淵明の年齢及び作品成立時期各家対照　琉球大学法文学部紀要（国文学論集）二六
侯靖遠　陶淵明評論　京都産業大学論集一一―四　外国語と外国文学系列九
龍川清　陶淵明の文学における住居について　会津短期大学学報三九（福島県立会津短期大学）
松本肇　韋応物と陶淵明　高校通信東書国語二一六（東京書籍）
水谷誠　「帰去来辞」の段落分けと換韻に関する一、二の指摘　中国詩文論叢一（早稲田大学中国詩文研究会）
水谷誠　陶淵明における破音字・両収字の押韻について　中国文学研究八（早稲田大学中国文学会）
水谷誠　陶淵明詩押韻ノート―付「乞食」押韻覚書　（早稲田大学創立百周年記念沢田瑞穂博士古稀記念）古代研究（早大）一四
宮沢正順　陶淵明を顕彰した仏教者たち　大学時報三一―一六七（日本私立大学連盟）

一九八三年

単行本

一海知義・興膳宏
　陶淵明・文心雕龍（再版）　筑摩書房［世界古典文学全集］二五

松枝茂夫・和田武司　陶淵明（隠逸詩人）　集英社［中国の詩人］二

論文

今場正美　陶淵明の「閑情賦」について　学林二（立命館大学中国芸文研究会）

上田武　教育課程の改訂と漢文の授業―陶淵明の詩文の読解指導覚え書き・続　中国文化―研究と教育―漢文学会会報四一

大川忠三　白壁微瑕考―陶淵明の「閑情賦」について　大東文化大学漢学会誌二二

片岡政雄　陶淵明文学の人間愛について　大東文化大学紀要（人文科学）二一

繁山幸雄　陶潜の一考察　山陽女子短期大学研究紀要九

志村良治　陶淵明「死去何所道　託体同山阿」考　小尾博士古稀記念中国学論集

高橋稔　桃源伝説と桃花源記　学習院女子短期大学紀要二一

松浦友久　陶淵明「答龐参軍、併序」考―連章構成の解釈を中心に―　早稲田大学大学院文学研究科紀要二九

松本肇　陶淵明の帰鳥詩をめぐって　―その成立と展開　筑波中国文化論叢三（筑波大学中国文学研究室）

山田英雄　陶淵明と飲酒―その特色と意義　高知大国文一四（高知大学国語国文学会）

吉田和夫　蘇軾詩に於ける桃花源と仇池　文芸論叢二〇（大谷大学）

一九八四年

単行本

井出大　陶淵明詩の研究　嶋屋書店

一海知義・入矢義高　陶淵明・寒山　岩波書店［新修中国詩人選集］一
南史一　詩伝陶淵明—帰りなんいざ—　創元社
廖仲安（山田侑平訳）　陶淵明　日中出版

論文

今場正美　揚州における蘇軾の「和陶詩」　学林四
片岡政雄　「桃花源記幷詩」における詩情構成の追究—陶淵明文学の詩情ならびに思想形成の究極として—　大東文化大学創立六十周年記念中国学論集
門脇廣文　陶淵明研究ノート—「読山海経」第一首〈頗迴故人車〉の解釈について—　東洋研究七二
門脇廣文　陶淵明研究ノート—「読山海経」第一首の詩的世界について—　大東文化大学創立六十周年記念中国学論集
門脇廣文　陶淵明研究ノート—陶淵明の詩文に見える〈影〉について　大東文化大学紀要（人文科学）二二
繁山幸雄　陶淵明「閑情賦」について　山陽女子短期大学研究紀要一〇［開学二〇周年記念号］
田部井文雄　陶淵明の詩と自然　漢文教室一四九（大修館書店）
沼口勝　中国の自叙伝について　高校通信東書国語二三九（東京書籍）
長谷川滋成　陶潜「辛丑歳七月赴假還江陵夜行塗口」詩について　兵庫教育大学研究紀要四—三
松田稔　陶淵明「読山海経」考　国学院高等学校紀要一九［小林武治先生喜寿記念論叢］
峯吉正則　陶淵明と貧窮　漢文学会々報二九［石田博教授退休記念号］（国学院大学漢文学会）

一九八五年

論文

今場正美　恵州における蘇軾の「和陶詩」　学林五（立命館大学中国芸文研究会）
石川忠久　陶淵明「雑詩其十二」について　古田教授退官記念中国文学語学論集
上田武　陶淵明「始作鎮軍参軍、経曲阿作」詩について　中国文化―研究と教育―漢文学会会報四三
大地武雄　陶淵明の詩文に現れた戯謔的表現　二松学舎大学論集（昭和六〇年度）
片岡政雄　陶淵明文学における問答体について　大東文化大学紀要（人文科学）二三
芳賀徹　桃源郷の系譜―陶淵明から漱石へ　国文学研究資料館講演集六
長谷川潤治　「帰去来辞」への一視点　国語研究三一（新潟県高等学校教育研究会国語部会）
船津富彦　陶淵明の文学論―特に創作をかりたてた原動力―　古田教授退官記念中国文学語学論集
兵藤高夫　桃の東西―桃源郷とアルカディア　武蔵大学人文学会文学会雑誌一七―二
辺土名朝邦　中国の隠者　陶淵明「孤松」考　活水日文一二（活水学院日本文学会）
村上哲見　「適俗の韻」について　東洋芸林論叢［中田勇次郎先生頌寿記念論集］

一九八六年

単行本

芳賀徹　蕪村詩画における桃源郷　『与謝蕪村の小さな世界』中央公論社

論文

一海知義　陶淵明の自画像―五柳先生伝小考―　中国詩人論岡村繁教授退官記念論集（汲古書院）

今場正美　海南島における蘇軾の「和陶詩」　学林七（立命館大学中国芸文研究会）

繁山幸雄　陶淵明のこころ　山陽女子短期大学研究紀要一二

松浦友久　白居易における陶淵明（上）―詩的説理性の継承を中心に―　中国詩文論叢五（早稲田大学中国詩文研究会）

山田英雄　陶淵明の隠逸―主体の形成と表現―　中国詩人論岡村繁教授退官記念論集（汲古書院）

吉井和夫　両足院本『東坡集』校勘記（一）―東坡和陶詩（上）―　文芸論叢二七（大谷大学文芸学会）

一九八七年

単行本

廖仲安（上田武訳注）

陶淵明伝―中国におけるその人間像の形成過程　汲古書院

論文

青野繁治　没有桃源　中国文芸研究会会報六三

安藤信廣　陶淵明「形影神三首」の内包する問題―仏教と「贈答詩」―　日本中国学会報三九（日本中国学会）

小尾郊一　「帰去来の辞」の意図するもの　東方学会創立四十周年記念東方学論集

繁山幸雄　陶淵明―「養真」と「移居」について　山陽女子短期大学研究紀要一三

高橋稔　「鬼の董狐」と「五柳先生」　東京学芸大学紀要第二部門人文科学三八

能見恵美子　「桃花源」考―志怪の中に求めたものは―　筑紫国文一〇（筑紫女学園短期大学国文科）

松浦友久　白居易における陶淵明（下）―詩的説理性の継承を中心に―　中国詩文論叢六（早稲田大学中国詩文研究会）

茂木信之　陶淵明論第一章隠逸詩人の宗　颱風二〇（颱風の会）

一九八八年

単行本

小尾郊一　中国の隠遁思想―陶淵明の心の軌跡―　中央公論社［中公新書］九〇二

都留春雄・釜谷武志　陶淵明　角川書店［鑑賞 中国の古典］一三

芳賀徹　文学の東西「桃源郷の系譜」　放送大学教育振興会

論文

一海知義　陶詩固窮考　末名七［伊藤正文教授退官記念号］（中文研究会）

伊藤直哉　陶淵明詩の遊戯性 ―貧窮の嘆きと〈酒を乞う〉詩―　斯文九六（斯文会）

稲田浩治　一休と中国の詩人たち（陶淵明）　国語国文一三（金沢大学国語国文学会）

釜谷武志　六朝における陶淵明評価をめぐって　末名七［伊藤正文教授退官記念号］（中文研究会）

繁山幸雄　廬山と陶淵明　山陽女子短期大学研究紀要一四

富永一登　中国文学における老子―陶淵明の場合　老子の世界（新人物往来社）

松岡栄志　陶淵明研究の基本文献『陶淵明年譜』　東方八八

松岡栄志　「早稲」と「早稲」―陶淵明「庚戌歳九月中於西田穫早稲」について　高校通信東書国語二八一（東京書籍）

松崎治之　「桃花源」考―創作動機をめぐって―　筑紫女学園短期大学 紀要二三

松田稔　陶淵明の詩文における山岳観小考　国学院高等学校紀要二一［小林武治先生追悼論叢］

松本幸男　陶淵明の生涯と作品　学林一〇（立命館大学中国芸文研究会）

吉井和夫　両足院本「東坡集」校勘記（二）―東坡和陶詩（下）　文芸論叢三〇

一九八九年

単行本

石川忠久　漢詩を読む・陶淵明　日本放送出版協会

小守郁　白楽天と陶淵明　丸善名古屋出版サービスセンター

近藤春雄　詩経から陶淵明まで　武蔵野文庫一一武蔵野書院

吉川幸次郎　陶淵明伝　中央公論社［中央文庫］

論文

安東俊六　杜甫における陶淵明の理解の度合　岐阜大学国語国文学一九

伊藤直哉　五柳先生伝試論―高士の形象、そして揚雄の影―　斯文九八（斯文会）

井上一之　陶淵明四言詩考―陶詩の擬古性に即して―　中国詩文論叢八（早稲田大学中国詩文研究会）

仁枝忠　独歩の「山林に自由存す」と陶淵明　作陽音楽大学・作陽短期大学研究紀要二二―二

松田伸子　中隠の住まい―陶淵明の住環境をめぐる表現を中心に―　比較文学研究五五（東大比較文学会）

三島徹　陶淵明研究―「移居」詩に関連して―　東洋文化三二　東洋文化振興会々報

一九九〇年

単行本

竹内実・萩野修二　閑適のうた　中華愛謡詩選陶淵明から魯迅まで　中央公論社

松枝茂夫・和田武司　陶淵明全集（上）（下）　岩波書店［岩波文庫］（赤八一一・二）

論文

井上一之　陶詩のレトリック　斯文九八（斯文会）

井上一之　「悠然見南山」考　文学一―三（岩波書店）

伊藤正文　松枝茂夫・和田武司訳注『陶淵明全集』（上・下）を読む　中国詩文論叢九（早稲田大学中国詩文研究会）

伊藤直哉　五柳先生伝試論―高士の形象、そして揚雄の影―　早稲田大学大学院文学研究科紀要別冊一七（文学・芸術学編）

上田武　陶淵明の生活理念　日本中国学会報四二（日本中国学会）

上田武　李商隠と陶淵明　都留文科大学研究紀要三二

内山知也他『桃花源記』について（シンポジウム）　新しい漢文教育一〇（全国漢文教育学会）

黄書璋　田園風物詩雑考　京都外国語大学研究論叢三五

黄書璋　続・田園風物詩雑考　京都外国語大学研究論叢三六

坂口三樹　陶淵明詩における「園田」の位相　中国文化―研究と教育―漢文学会会報四八

松岡栄志　陽休之と祖鴻勲　―陶淵明への距離　中国文化―研究と教育―漢文学会会報四八

松田稔　陶淵明の詩文における死の叙述　学苑一月号（六〇二）（昭和女子大学近代文化研究所）

茂木信之　陶淵明論　第一章・隠逸詩人の宗（二続）　颷風二三（颷風の会）

盧文暉　陶淵明的主体精神及其超越時空的価値　中国古典文学中における人間観・世界観の展開とその特質（文部省科学研究費補助金「国際学術研究」研究成果報告書）

一九九一年

単行本

鈴木虎雄訳注・小川環樹解題 陶淵明詩解 平凡社［東洋文庫五二九］

論文

安東俊六 杜甫における陶淵明の理解の度合（続） 岐阜大学国語国文学二〇

伊藤直哉 淵明・酒・墓場 桜美林大学中国文学論叢一六［羅漾明教授退休記念号］

井上一之 陶淵明研究の現状と問題点―陶淵明故里（江西省九江）調査報告― 中国詩文論叢一〇（早稲田大学中国詩文研究会）

上田武 陶淵明における天・人の問題 中国文化―研究と教育―漢文学会会報四九

上田武 陶淵明と史記 鎌田正博士八十寿記念漢文学論集（大修館書店）

内山知也 「桃花源記」の構造と洞天思想 大東文化大学漢学会誌三〇［山井教授追悼号］

大上正美 「詩言志」の伝統―竹林の七賢と陶淵明 国語五〇（山口県高等学校教育研究会）

大地武雄 陶淵明の死生観について 日本中国学会報四三（日本中国学会）

黄書璋 飲酒詩選考 研究論叢三七（京都外国語大学）

黄書璋 続飲酒詩選考 研究論叢三八（京都外国語大学）

近藤泉 鮑照における陶淵明について 竹田晃先生退官記念東アジア文化論叢（汲古書院）

桜井信夫他 『陶淵明考』（其一）東と西、漢詩の英訳（三） 浜松医科大学紀要（一般教育）五

佐藤信一 陶潜の勅撰三集に及ぼした影響について 国語と国文学六八―八

谷口真由美 中国文学における菊のイメージ―『楚辞』から陶淵明まで― 桐生短期大学紀要六

西岡弘　子らを思う歌―淵明・憶良・杜甫・白居易　国学院女子短期大学紀要　九

松浦友久　陶淵明の「有会而作」について―「嗟来説話」と「固窮説話」の機能の異同を中心に―　中国詩文論叢一〇（早稲田大学中国詩文研究会）

松岡栄志　顔延之「陶徴士誄」について　竹田晃先生退官記念東アジア文化論叢（汲古書院）

一九九二年

単行本

吉原重久　陶淵明と文天祥　近代文芸社

論文

石川忠久　陶淵明詩研究劄記「飲酒」其五・「遊斜川」　二松六（二松学舎大学大学院文学研究科）

伊藤直哉　陶淵明の「馬鹿」息子たち　桜美林大学中国文学論叢一七［石川忠久教授挂冠記念号］

井上一之　六朝時代の尋陽について―陶淵明をめぐる時代と環境―　早稲田大学大学院文学研究科紀要別冊一九（文学・芸術学編）

上田武　陶淵明における貧窮の意味　中国文化―研究と教育―漢文学会会報五〇

加藤国安　陶淵明「飲酒」詩―其五―新釈　漢文教室一七三（大修館書店）

小出貫暎　「桃花源記」中の「外人」の解釈について　漢文教室一七三（大修館書店）

桜井信夫他『陶淵明考』（其二）「酒」東と西、漢詩の英訳（四）　浜松医科大学紀要（一般教育）六

沼口勝　陶淵明「擬古」九首其一の表現手法と寓意について　中国文化―研究と教育―漢文学会会報五〇

松岡栄志　『陶淵明集』版本小識―宋本三種　漢文教室一七一（大修館書店）
松岡栄志　続『陶淵明集』版本小識―宋・元版二種　漢文教室一七三（大修館書店）

一九九三年

論文

伊藤直哉　陶淵明「癸卯歳始春懐古田舎」詩に関する一試論　未名一一（中文研究会）
伊藤直哉　「連雨独飲」その他―陶淵明詩に関するノート　桜美林大学中国文学論叢一八
神楽岡昌俊　田園詩人と山水詩人―陶淵明と謝霊運―　大阪青山短大国文九
桜井信夫他『陶淵明考』（其三）「追想」東と西、漢詩の英訳（五）　浜松医科大学紀要（一般教育）七
朴美子　李仁老の「和帰去来辞」について　中国学志八（大阪市立大学中文学会）
西村富美子　白居易の詩における陶淵明の影響―「北窓三友」及び「竹窓」の詩　三重大学人文論叢一〇
沼口勝　陶淵明「乞食」の詩の寓意について　中国文化―研究と教育―漢文学会会報五一
葉原幸男　ワーズワースと陶淵明の空の深さ　鹿児島女子大学研究紀要一五―一
前川幸雄　効陶潜体詩第十一首と先行作品　国学院中国学会報三九（国学院大学中国学会）
松岡栄志　白居易と陶淵明　白居易研究講座二 白居易の文学と人生Ⅱ
三島徹　陶淵明に於ける隠逸について　東洋文化三六（名古屋大学）
村山敬三　「桃花源記」雑感―洞天思想・藍沢南城・授業実践―　漢文教室一七五（大修館書店）

一九九四年

単行本

石川忠久　陶淵明とその時代　研文出版

論文

安立典世　陶淵明「自祭文」「楽天委分　以至百年」考　中国文化—研究と教育—漢文学会会報五二

伊藤直哉　陶淵明「和郭主簿」の詩情について　桜美林大学中国文学論叢一九

井上一之　陶淵明「帰去来兮辞」の〈已矣乎〉をめぐって—六朝辞賦に見える「乱辞」の展開—
中国詩文論叢一三（早稲田大学中国詩文研究会）

岩城秀夫　「采菊」考　中国文学論叢［平野顕照教授退官記念］
（大谷大学文芸学会）

上田武　陶淵明の若き友人たち—その贈答詩の世界—　日本中国学会報四六（日本中国学会）

上田武　陶淵明と束皙　新しい漢文教育一九（全国漢文教育学会）

桜井信夫他『陶淵明考』（其の四）「疎外の民」東と西、漢詩の英訳（六）　浜松医科大学紀要（一般教育）八

藤原克己　一海先生と陶淵明に寄せる思い　生前弔辞一海知義を祭る停年退休記念文集（一海知義
停年退休記念文集刊行会）

福山泰男　陶淵明の自然観小考—共生する詩人—　山形大学紀要人文科学一三—一

松浦友久　「即事多所欣—事に即して欣ぶところ多し」—陶淵明「懐古田舎」の説理性について—
中国詩文論叢一三（早稲田大学中国詩文研究会）

松浦友久　陶淵明の辞賦—リズム論的視野を中心に　漢魏六朝を中心とした辞賦、駢文の研究

道坂昭廣　王勃・楊炯の陶淵明像について　文部省科学研究費成果報告
未名一二（中文研究会）
森博行　杜詩における「陶謝」――「真」字を手がかりに――
中国文学報四八
（京都大学文学部中国語学中国文学研究室）
矢淵孝良　陶淵明小論　金沢大学教養部論集人文科学篇三二―一

一九九五年

単行本

長谷川滋成　陶淵明の精神生活　汲古選書一八（汲古書院）

論文

井上一之　『陶淵明集』所収「問来使」詩に関する一考察―詩的言語における時代性
中国文学研究二一（早稲田大学中国文学会）
大上正美　竹林の七賢と陶淵明　研究紀要二九（山梨県高等学校教育研究会国語部会）
大地武雄　陶淵明の身後の名　二松学舎大学東洋学研究所集刊二六
坂口三樹　桃花源記「外人」贅説　漢文教室一八〇（大修館書店）
桜井信夫他『陶淵明考』（其五）「寂寥」東と西、漢詩の英訳（七）　浜松医科大学紀要（一般教育）九
清水凱夫　唐修『晋書』の性質について（上）―陶潜伝と陸機伝を中心として―
学林二三（立命館大学中国芸文研究会）
武井満幹　陶淵明「読山海経」詩について　中国中世文学研究二八（中国中世文学会）

前川幸雄　陶・白氏「廬」表現考　国学院雑誌九六―一二（通巻一〇六四）

増野弘幸　陶淵明の詩における鳥の表現について　大妻女子大学紀要〔文系〕二七

松浦友久　李善音注「趣、避聲也」―「帰去来兮辞」の修辞効果に関する一考察―　中国詩文論叢一四（早稲田大学中国詩文研究会）

松岡栄志　「書評」石川忠久著『陶淵明とその時代』　二松学舎大学人文論叢五四

三島徹　陶淵明研究―「帰鳥」にみる帰隠の背景　東洋文化（名古屋大学）三八

道坂昭広　盧照隣の陶淵明像について　人文論叢一二（三重大学人文学部文化学科研究紀要）

三石善吉　武陵桃源・アルカディアの系譜　筑波法政一八―二

森野繁夫　陶淵明の「真」について　漢文教育一八（漢文教育研究会）

渡部英喜　陶淵明の故里を訪ねて　新しい漢文教育二〇（全国漢文教育学会）

一九九六年

単行本

川合康三　中国の自伝文学　創文社〔創文社中国学芸叢書〕

星川清孝　陶淵明　小沢書店〔中国名詩鑑賞〕一

論文

伊藤直哉　陶淵明「読山海経」其四について　中村璋八博士古稀記念東洋学論集（汲古書院）

伊藤直哉　陶淵明「閑情賦」試論　桜美林大学中国文学論叢二一

伊藤直哉　略論陶淵明的夫妻関係及文学創作　九江師範大学四―三（哲社版）

今原和正　悠然として南山を望む　横浜商大論集三〇—二
上田武　中国古代の隠逸思潮と陶淵明（上）　茨城大学人文科学部紀要（人文学科論集）二九
桜田芳樹　「感士不遇賦」の材源と「固窮節」の定立　中国文化—研究と教育—漢文学会会報五四
武井満幹　陶淵明の隠遁生活—農耕と貧窮を軸にして見た二つの時期—　中国中世文学研究三〇（中国中世文学会）
三浦國雄　中国人のユートピア　わが桃源郷—若杉憲司写真集（平河出版社）
宮沢正順　陶淵明と道教について　漢文教室一八二

一九九七年

単行本

一海知義　陶淵明—虚構の詩人—　岩波書店［岩波新書］五〇五
中谷孝雄　中谷孝雄全集第三巻わが陶淵明　新学社

論文

石川忠久　謝霊運に見る陶淵明の影　古田敬一教授頌寿記念中国学論集
伊藤直哉　「帰去来兮辞」札記　桜美林大学中国文学論叢二二
佐藤正光　謝霊運と陶淵明の光彩・陰影表現について　古田敬一教授頌寿記念中国学論集
武井満幹　陶淵明帰隠後の交友—その創作活動との関係—　中国中世文学研究三一（中国中世文学会）
武井満幹　陶淵明と従弟敬遠　藤原尚教授広島大学定年記念祝賀記念中国学論集
武井満幹　六朝文人伝—陶潜—（『宋書』）　中国学論集一七（安田女子大学中国文学研究会）
松浦友久　陶淵明の辞賦—「帰去来兮辞」を中心に—　中国文学研究二三（早稲田大学中国文学会）

一九九八年

論文

石川忠久　「東籬」考―「隔籬」の詩想―　日本中国学会創立五十年記念論文集

伊藤直哉　「赤泉」与陶淵明的神話世界　桜美林大学 中国文学論叢 二三

上田武　中国古代の隠逸思潮と陶淵明（下）　茨城大学人文科学論集三二

内山精也　蘇軾檃括詞考―陶淵明「帰去来兮辞」の改編にめぐって―　中国文学研究二四（早稲田大学中国文学会）

金谷武志　外は枯るるも中は膏か―陶淵明　しにか一一月号（大修館書店）

三枝秀子　陶淵明詩における「悠然」について　大東文化大学中国学論集一五

佐竹保子　袁行霈著『陶淵明研究』　未名一六（中文研究会）

沼口勝　阮籍と陶淵明　文教大学国文二七

沼口勝　関於陶淵明「乞食」詩的寓意　文教大学文学部紀要一一―二

沼口勝　「飲酒」（二十首）「其十七」の詩の寓意について―陶淵明から見た劉裕と韓延之―
　日本中国学会報五〇（日本中国学会）

松浦友久　陶淵明の「読史述九章」について―その文体的系譜と實作意圖―　日本中国学会創立五十年記念論文集（汲古書院）

若松千枝　陶淵明研究［修士論文中間報告］　中国学論集二一（中国文学研究会）

渡部英喜　陶淵明故里について一考察―「飲酒其五」詩中の詩語を手懸かりにして―
　盛岡大学紀要一七

一九九九年

論文

伊藤直哉　陶淵明「自祭文」覚書　桜美林大学 中国文学論叢 二四
大地武雄　陶淵明の孤独感　六朝学術学会報一
門脇廣文　陶淵明「桃花源記」小考―従来の理解とその問題点について―　大東文化大学漢学会誌三八
三枝秀子　陶淵明関係研究文献目録（稿）―日本編―一九七八―一九九七　大東文化大学中国学論集一六
先坊幸子　六朝「異界説話」と「桃花源」　中国中世文学研究三五
武井満幹　日本における陶淵明研究（一）―日本文学との関わりについて―　中国学研究論集三（広島中国学学会）
武井満幹　陶淵明「守拙」考　岡村貞雄博士古稀記念中国学論集（白帝社）
武井満幹　日本における陶淵明研究（二）―名字・生卒年・故郷「尋陽」について―　中国学研究論集四（広島中国学学会）
武井満幹　陶淵明の隠逸―「真」を中心にして　六朝学術学会報一
中尾健一郎　陶淵明「読山海経」詩に見える『楚辞』の影響　東洋古典学研究七
沼口勝　「飲酒」（其五）の詩の一解釈―その帰鳥のイメージと『易』との関連を中心として―　中国文化―研究と教育―五七（筑波大学中国文化学会）
沼口勝　陶淵明の「飲酒」の詩題の典拠とその寓意について　六朝学術学会報一
辺土名朝邦　陶淵明「桃花源詩幷記」について―中国的ユートピア思想の系譜―　西南学院大学国際文化論集一四―一
松浦友久　陶淵明の「勧農」詩について―知識人社会における「憂道」と「憂貧」―　中国詩文論叢一八（中国詩文研究会）

二〇〇〇年

単行本

大上正美　阮籍・嵇康の文学　創文社
興膳宏（編）六朝詩人伝（釜谷武志―陶淵明）　大修館書店
高橋徹　帰去来の思想―陶淵明ノート増補版　国文社
長谷川滋成『文選』陶淵明詩詳解　渓水社
朴美子　韓国高麗時代における「陶淵明」観　白帝社
和田武司　陶淵明伝論―田園詩人の憂鬱　朝日選書六五三

論文

釜谷武志　「帰去来兮辞」の「辞」について　中国文学報六一（京都大学文学会）
川合康三　ブンガクとの格闘―大上正美『阮籍・嵇康の文学』を読んで　創文四二二（創文社）
三枝秀子　陶淵明関係研究文献目録（稿）―中国編―一九七八―一九九七　大東文化大学漢学会誌三九
三枝秀子　陶淵明の詩文に見える「快楽」表現について―「歓」と「娯」をめぐって　大東文化大学中国学論集一七
武井満幹　陶淵明の死を見つめる目―「帰去来兮辞」における「死」の認識を中心として―　山本昭教授退休記念中国学論集（白帝社）
武井満幹　日本における陶淵明研究（三）―官歴・交友―　中国学研究論集五（広島中国学学会）
武井満幹　日本における陶淵明研究（四）―受容・影響・評価について―　中国学研究論集六（広島中国学学会）
堂薗淑子　詩的言語としての知覚動詞―陶淵明と謝霊運の詩から―　中国文学報六〇（京都大学文学会）

成田静香　閑居のうた─嵇康・潘岳・陶潜─　中国文人の思考と表現（汲古書院）
沼口勝　陶淵明「擬古」九首「其三」の詩の寓意について　中国文化─研究と教育─五八（筑波大学中国文化学会）
朴美子　中国文学に見られる「菊」の様相─陶淵明を中心として─　文学部論叢六七（熊本大学文学会）
森野繁夫　陶淵明の隠棲　中国中世文学研究三七（広島大学中国中世文学会）

二〇〇一年

単行本

伊藤直哉　「笑い」としての陶淵明　五月書房
興膳宏　乱世を生きる士人たち─六朝詩人論　研文出版
興膳宏（編）六朝詩人群像　大修館書店
小南一郎（編）
週刊朝日百科世界の文学104曹植・王羲之・陶淵明　朝日新聞社
田部井文雄・上田武
陶淵明集全釈　明治書院
沼口勝　桃花源記の謎を解く─寓意の詩人・陶淵明　日本放送出版協会

論文

加藤国安　（書評）高麗時代の陶淵明受容から見えるもの─『韓国高麗時代における「陶淵明」観』
日韓文化交流（愛媛大学）
加藤国安　山尾三省の農業詩と陶淵明　愛媛大学教育学部紀要三三─二

稀代麻也子　『宋書』隠遁伝の陶淵明　中国文化―研究と教育―五九（筑波大学中国文化学会）

三枝秀子　陶詩の主題の独創性―袁行霈著『陶淵明研究』訳注（1）　大東文化大学中国学論集一八

沼口勝　陶淵明の「擬古」「其九」について―特にその『易』および南朝民歌との関連を中心として　漢意とは何か（東方書店）

松浦友久　陶淵明「曖曖遠人村」（帰園田居、其一）の解釈について―その所在と理念を中心に　中国詩文論叢二十（中国詩文研究会）

森博行　陶淵明と謝霊運―生と死をめぐって―　大谷女子大学紀要三五

二〇〇二年

単行本

松浦友久　漢詩―美の在りか―　岩波書店（岩波新書）

論文

石川忠久　陶淵明の新研究　二松学舎大学人文論叢六八

伊藤直哉　桃源郷とユートピア　桜美林大学中国文学論集二七

上田武　鮑照とその時代の陶淵明の受容　六朝学術学会報三

上田武　悠然として南山を見る「飲酒二十首其の五」と日本人　しにか一三（大修館書店）

門脇廣文　陶淵明「桃花源記」小考―従来の理解とその問題について・再説　大東文化大学漢学会誌四一

門脇廣文　陶淵明「桃花源記」小考―「世俗」と「超俗」のあいだに　中国読書人の政治と文学（創文社）

門脇廣文　陶淵明「桃花源記」小考―「洞窟探訪説話」との比較において　六朝学術学会報三

三枝秀子　陶淵明の詩文に見える「快楽」表現について―「楽天」をめぐって　大東文化大学漢学会誌四一
三枝秀子　陶淵明の詩文に見える「快楽」表現について―「称心」をめぐって　六朝学術学会報三
三枝秀子　陶淵明の「閑情賦」と辞賦に見られる愛情と閑情について―袁行霈著『陶淵明研究』六章訳注稿
大東文化大学中国学論集十九
大地武夫　陶淵明の自己の客観化
二松学舎大学百二十五周年記念論文集
土谷彰男　「理」の諸相―「是非」の価値対立における陶淵明、韋応物、白居易の異動
中国詩文論叢二一（中国詩文研究会）
沼口勝　寓意としての『易』の用法に見る陶淵明と謝霊運
中国読書人の政治と文学（創文社）
沼口勝　陶淵明の「雑詩」と南朝の民歌
新しい漢文教育三五（全国漢文教育学会）
増野弘幸　陶淵明における庭の表現について
新しい漢文教育三五（全国漢文教育学会）
松浦友久　音読古典学の効用―陶淵明「神釈」を例として
東方二六〇
松浦友久　「不羈」の詩人―もうひとつの陶淵明像
中国詩文論叢二一（中国詩文研究会）
松岡栄志　凝視する眼、移動する身体―陶淵明と謝霊運における「風」をめぐって―
新しい漢文教育三五（全国漢文教育学会）

二〇〇三年

単行本

今場正美　隠逸と文学　陶淵明と沈約を中心として　朋友書店
白川静　中国の古代文学２史記から陶淵明へ　中公文庫 BIBLIO　中公公論新社

論文

加藤国安　自然境界文学（ネイチュアライティングの隠者―陶淵明）　しにか一四（大修館書店）

門脇廣文　陶淵明「桃花源記」「外人」小考―「外人」の解釈史の概要　大東文化大学漢学会誌四二

門脇廣文　陶淵明「桃花源記」「外人」小考―内山論文「以前」の解釈とその問題点について　新しい漢文教育三六（全国漢文教育学会）

三枝秀子　陶淵明の詩文にみえるたのしみの表現について―「和」をめぐって　大東文化大学漢学会誌四二

三枝秀子　日本における陶淵明研究について　大東文化大学中国学論集二十

高西成介　「桃花源記」を読む　漢文教育二八（広島漢文教育学会）

田部井文雄　郷愁に誘う詩人―陶淵明が帰った世界　しにか一四（大修館書店）

孟二冬　中国における「ユートピア」理想　東京大学中国語中国文学研究室紀要六

堂薗淑子　文学言語としての「看」と六朝詩歌―意味と変遷と唐詩への流れ　中国文学報六六

中尾健一郎　孟郊の陶淵明受容について　中唐文学会報十

朴美子　「帰去来」類型とその独自性の確認　文学部論叢七九（熊本大学）

森野繁夫　謝霊運の「現」と陶淵明の「真」　中国学論集三五（安田女子大学）

渡辺登紀　田園と時間―陶淵明「帰去来兮辞」論―　中国文学報六六

二〇〇四年

単行本

一海知義　陶淵明　虚構の詩人（再販）　岩波書店

釜谷武志　陶淵明　角川書店
松浦友久　陶淵明・白居易論抒情と説理（松浦友久著作選Ⅱ）　研文出版

論文

秋山愛　漢文入門教材の一提案―「桃花源記」を使って―　学芸国語国文学三六（東京学芸大学国語国文学会）
安藤信廣　陶淵明「雑詩十二首」考―死生の相克の視点から―　六朝学術学会報五
上田武　陶淵明の「勧農」詩と農家思想　中国文化―研究と教育六二
大上正美　陶淵明を読むこと、研究すること　国学院中国学会報五十（国学院大學中国学会）
太田亨　日本中世禅林における陶淵明受容―初期の場合―　広島大学中国古典文学プロジェクト研究センター研究成果報告書Ⅱ中国古典文学研究第三
大地武雄　陶淵明の分身化　二松学舎大学東洋学研究所集刊第三四
門脇廣文　陶淵明「桃花源記」「外人」小考―内山論文「以後」の解釈とその問題点について―　六朝学術学会報五
魏正申（上田武訳）
　日本の二十世紀における陶淵明研究論評　六朝学術学会報第五
小林佳廸　「桃花源記」の具体化現象―桃源県における文化景観をめぐって　中国文化―研究と教育六二
鳥羽田重直　陶詩の声律―飲酒二十首―　和洋国文研究三九
長谷川滋成　斯波六郎『陶淵明詩訳注』の訓読小考　中国中世文学研究四五・四六
山田英雄　陶淵明研究論文目録稿（中国、2000-2002）　中京大学教養論叢第四五―二
山田英雄・鍾優民編

「陶淵明研究資料索引」補遺―論文部分（1980-1999）　中京大学教養論叢四四―四

年代不明
上田武　陶淵明における田園と虚構―「桃花源記」を読む　国語教育―研究と実践―三七（千葉県高等学校教育研究会国語部会）

付録三　陶淵明関係研究文献目録（稿）―中国編―一九七八―二〇〇三

【前言】

本文献目録は一九七八年から二〇〇三年までのものに限定した。また、文献リスト作成にあたっては、我が国の『東洋学文献類目』（京都大学人文科学研究所附属東洋学文献センター）と、中国より出版された以下の書物によった。

①『中国古典文学研究論文索引』一九四九年～一九八〇年』（中山大学中文系資料室編、一九八四年）

②『中国古典文学研究論文索引』一九六六年七月～一九七九年十二月、一九八〇年一月～一九八一年十二月　一九八四年一月～一九八五年十二月（中国社会科学院文学研究所図書資料室編）

③『中国文学研究年鑑』一九八〇年～一九八六年（中国社会科学出版社出版）

④『中国文学年鑑』一九九〇年～一九九三年（中国社会科学出版社出版）

⑤『全国報刊索引』一九九五年一月～一九九六年十二月

⑥『中国古代、近代文学研究』（中国人民大学書報資料中心）一九八〇年一月～二〇〇一年十二月

⑦『九江師専学報』「全国報刊陶淵明研究論文索引」一九九一年一九九二年一九九五年～二〇〇三年

文献の配列順序は、同一年にあるものはまず単行本をのせ、次に雑誌論文をのせた。また、掲載順序は著者・執筆者の氏名の拼音順にした。

一九七八年

論文

範羽翔　「桃花源記」的思想意義及其在陶淵明文学創作中地位　哈爾浜師院学報四
郝志達　浅談陶淵明的政治傾向　南開大学学報四・五
姜濤　略論陶淵明的出仕与帰隠　遼寧大学学報五
李翰　也談陶潜的「桃花源記」和田園詩　中山大学学報四
李樺　陶詩小議　開封師院学報四
林慧昭　批判地継承文学遺産的典範―学習魯迅論陶淵明扎記　天津文芸六
孫達人・劉九生　陶淵明和「桃花源詩」　陝西教育四
唐満先　陶淵明思想簡論　江西師院学報四
王寛行・張如法　也談陶淵明的政治傾向　開封師院学報四
文道義　「桃花源記」和桃花源　新湘評論八
呉功正　魯迅論陶淵明　破与立二
呉雲　魯迅論陶淵明　天津師院学報二
呉雲　從陶淵明的帰隠看他的政治態度　開封師院学報四
呉雲　陶淵明創作中反映出的社会諸矛盾　天津師院学報四
呉雲　陶淵明「飲酒」詩初探　山東師院学報六

鄭文　陶淵明的生活与思想　開封師院学報五

鍾優民　論陶淵明和他的詠懐詩　吉林大学学報五・六

中国古代文学教研室　陶潜的「桃花源記」和田園詩　中山大学学報一

一九七九年

論文

柴加林　浅談陶淵明詩的風格　遼寧大学学報一

黨玉敏　試論陶淵明奔官帰田的原因　広西師院学報四

馮鍾芸　陶淵明的世界観及其帰隠　北京大学学報三

高光復　略論「桃花源記」的批判意義　黒龍江大学学報四

黄日星　従一条注釈説開去―兼為陶令鳴不平　江日日報六

金欽俊　「不求甚解」解　随筆叢刊第二集七

劉孝厳　従「飲酒」詩看陶淵明的思想和陶詩的風格　吉林師大中国古典文学論集一二

彭適凡　偉大詩人陶淵明　江日日報九

蘇者聡　如何評価陶淵明　江漢論壇四

唐満先　浅論「桃花源詩幷記」　星火四

王寛行　古詩析義三則―析「曖曖遠人村」「心遠地自偏」和「園柳変鳴禽」　開封師院学報四

王向東　陶詩与民歌―試論民歌対陶潜詩歌創作的影響　語文教学（江西）五・六

王運熙　陶淵明田園詩的内容局限及其歴史原因　山西師院学報四

韋鳳娟　近年来関于陶淵明評価的不同意見　文学研究動態三
魏明安　従「帰園田居」看陶淵明的真　甘粛日報九月二三日
呉雲　陶淵明在文学史上的地位　天津師院学報二
呉雲　論「桃花源記」　破与立三
楊廷福　陶潜「形影神」詩為範鎮「神滅論」的先導説　学術月刊二

一九八〇年

論文

陳蘭村　「桃花源記」的芸術特色　語文学習六
陳凌雲　従「士」的解釈引起—備「桃花源記」一得　語文教学六
陳永中　「桃花源記」中的「外人」及其他—教育研究心得　寧夏大学学報四
陳正凱　「男女衣着、悉如外人」嗎？—「桃花源記」献疑一則　文科教学三
符定波　浅談「桃花源記」的社会意義　教学与研究（常徳師専）二
高照祥　「悉如外人」質疑　雲南教育一一
高振中　論陶淵明的「金剛怒目」式作品　延安大学学報一
葛暁音　陶詩的芸術成就—兼論有関詩画表現芸術的発展　文学遺産一
谷風　談陶淵明的「乞食」与「躬耕」　安陽師専学報一
貴淳　「桃花源詩并記」詮解瑣議　浙江師範学院学報二
何世華　陶淵明評価中的幾個問題　四川師院学報三

黄盛陸　陶淵明的読書法—「不求甚解」与「疑義相与析」　語文教学研究二
黄岳洲　「桃花源記」疑難詞句例解　教学与研究（南通師専）三
活頁文史叢刊
陶詩別解　活頁文史叢刊（淮陰）一〇
姜世俊　「因植孤生松、斂翮遥来帰」—論陶淵明的帰隠　牡丹江師院学報四
姜濤　正確理解「桃花源記」的思想意義　遼寧師院学報一
蔣潤　「桃花源記」中三「外人」的弁析　西南師範学院学報三
柯昌貴　「不為好爵縈」　長江日報六月二三日
鄺振華　桃花源見聞　語文教学（湖南）二
李文初　関于陶淵明的評価問題　中国古典文学叢書一
李文初　読『詩品・宋徴士陶潜』扎記　文芸理論研究二
劉宗徳　「桃花源記」評析　教学参考三
劉宗徳　「桃花源記」的主題、情節和語言　教学与研究中学語文版（浙江師院）三
馬秀娟　「此翁豈作詩、真写胸中天」—陶淵明田園詩芸術特徴管見　江西大学学報二
木鏇　陶淵明　芳草三
滕碧城　陶淵明的理想王国—浅析『桃花園記』　教学与進修（鎮江）一
斯墨　筆底桃花有亦無—「桃花源記」賞析　教研資料（金華）三
宋緒連　桃源問源　社会科学輯刊二
孫静　談陶淵明田園詩的浪漫主義　北京大学学報四

王驤　民間文学対陶淵明創作的影響　教学与進修二
韋鳳娟　近両年陶淵明研究状況総述　遼寧大学学報一
呉鷺山　読陶随筆　中華文史論叢二
呉牛　陶詩菊・鳥・酒　山西大学学報三
呉佩珠　陶淵明和他的「桃花源記」　雲南教育一〇
呉雲　陶淵明「詠貧士」試析　天津師院学報二
呉雲　陶淵明「閑情賦」散論　山東師院学報三
呉雲　論陶文的芸術性　昆明師院学報四
呉雲　陶淵明詩歌的人民性　古典文学論叢五
呉雲　論陶詩的芸術風格　斉魯学刊五
西寒山・呉心海
　関于「男女衣着、悉如外人」的討論―読者来信両側　文科教学四
項郁才　対「桃花源記」注析的幾点疑義　教学与研究（常徳師専）四・五
肖文苑　陶詩的芸術特色　語文教学通訊五
徐克強　陶潜与嵇康「自然」異同論　牡丹江師院学報一
楊光中　采菊東籬下　悠然見南山―読詩雑記　書評二
姚宝元　「不求甚解」解　河北教育八
曾憲森　万古潯陽松菊高―為陶淵明及其「桃花源記幷詩」作弁　玉林師院専学報二
張効清　自然与含蓄―読陶淵明詩小記　西湖五
張如法　試論「桃花源」理想的進歩性　河南師大学報六

鍾優民　陶淵明的世界観　学術月刊四

鍾優民　陶淵明的田園詩　中国古典文学研究論叢一

鍾尚鈞　談陶淵明的幾首田園詩　語言文学六

朱家馳　漫談陶詩的芸術表現　遼寧師院学報六

中文系古典文学教研組

「桃花源記」注析　南寧師院学報一

作者不明　避実就虚的「詠荊軻」　星星五

一九八一年

単行本

呉雲　陶淵明論稿（中国古代作家研究叢書）　西安、陝西人民出版社

鍾優民　陶淵明論集　長沙、湖南人民出版社

論文

白本松　陶淵明思想三題　河南師大学報一

曹融南　『陶淵明集』逯注志疑　上海師院学報四

曹融南　談陶淵明的田園詩　語文学習八

鄧安生　陶淵明「飲酒」詩作年考弁　天津師院学報六

段暁華　陶詩是怎様反映現実的　宜春師専学報一

範成庵　猛志固常在与悠然見南山―試談陶淵明適思想和作品的風格　通化師院学報一

郭在貽	陶集札迻	中華文史論叢二
棘園	「質而実綺、癯而実腴」—論蘇軾的和陶詩	南充師院学報四
李伯斉	陶淵明和他的詩	山東師院学報一
李文初	陶淵明田園詩的評価問題	暨南大学学報四
劉伯涵	陶淵明読書忘食	読書五
劉敬之	関于陶淵明的労動詩和風刺詩	教与学三
魯安娜	陶淵明真諦	芸譚一
路景雲	陶淵明与門第観念之我見	河北師範大学学報三
陸済・武克家	「桃花源記」的一個句読	教学与研究（南通師専）四
馬少僑	「桃花源記」社会背景試探	求索三
繆志明	杜甫「風刺」陶淵明弁	重慶師院学報三
倪墨炎	魯迅—陶淵明—魯迅	人物一
彭沢陶	論陶淵明「帰去来辞」中両個「帰去来兮」	広西師院学報一
侍向樵	也談「桃花源記」的「男女衣着、悉如外人」	文科教学四
宋徳胤	桃花源里可耕田—読「桃花源記」	牡丹江師院学三
孫適民	談談陶淵明的桃花源理想	劭陽師専学報教与学一・二
孫玄常	「桃花源記」的「男女衣着、悉如外人」	中学語文教学一一
孫自誠	陶淵明種秫釀酒	農業考古二
王立群	陶淵明与門第観念	河南師大学報三

韋鳳娟　一九八〇—一九八一年陶淵明研究状況総述　文学研究動態二三

呉奔星・心海
「桃花源記」的一個問題　中学語文教学四

呉代芳　従「金剛怒目」式談到陶詩的芸術風格—兼与高振中同志商榷　延安大学学報二・三

呉雲　陶淵明「擬古」詩論略　凌寧大学学報三

夏麟勛　「桃花源記」中「外人」一詞的弁析　四川師院学報二

項郁才　「桃花源詩」賞析　黄石師院学報一

薫清潔　読「桃花源記」扎記　鞍山師専学報二

葉晨暉　「帰去来兮」句試釈　広西師院学報三

于宝成　大江寒見底匡山青倚天—読逯欽立先生『関于陶淵明』一文有感　鄖陽師専学報一

曾憲森　「桃花源」是復古倒退嗎？　玉林師専学報二

張漢清・方韜
「桃花源記」教学随札二則　語言文学三

張世正　「桃花源記」三「外人」再弁　西南師範学院学報一

張世正　也談「桃花源記」中的「外人」　寧夏大学学報三

張翥　陶詩漫筆—魯迅評論陶潜学習扎記　錦州師範学院学報二

趙克堯・許道勛
「桃花源記与詩」与歴史実際　復旦学報四

鄭徳明　陶淵明的故郷和古跡　知識窓一

鄭芳蘭　一幅美麗的田園図—陶淵明「帰園田居」其一簡析　文科教学三

朱家馳　寓真于幻　画意詩情―読「桃花源記」　語言文学三
呉頤平　陶靖節与慧遠　輔仁学誌（文学院之部）六

一九八二年

論文

査洪徳　従陶詩看「桃花源記」　安陽師専学報四
鄧安生　陶淵明「与殷晋安別」及移居新探　天津師院学報三
鄧安生　陶淵明「飲酒」詩作年考弁　天津師院学報六
鄧鍾伯　陶淵明故里説　江西師院学報二
韓明昌　陶淵明「述酒」詩考補論証　喀什師院学報一
雷徳栄　談陶詩的芸術特色　貴陽師院学報四
李華　陶淵明「形影神」詩探微　北京師範学院学報三
劉宜芝　関于陶淵明詩的源流問題　衡陽師専学報一・二
呂亜東　読陶淵明詩　黄石師院学報二
魏本亜　陶侃、陶淵明果真是渓族人嗎？―与路景雲同志商榷　河北師範大学学報三
徐克強　陶淵明与門閥観念問題的再探討　牡丹江師院学報二
張徳鴻　論陶潜「形影神」三詩的社会意義　昆明師院学報二
張中　陶淵明在国外　南京師院学報三
趙夫青　陶淵明「桃花理想」初探　山東師大学報四

一九八三年

単行本

王瑤　陶淵明集　人民文学出版社（第八版）

論文

晁召行　陶淵明因何初仕而帰　許昌師専学報一

晁召行　従陶淵明的「任真」談他的思想及其発展　許昌師専学報二

陳仕持　陶淵明、中古文壇一顆閃爍的明星　湘潭師専学報二

陳瀅　陶潜・王維・李白的田園山水詩異同略探　広東教育学院学報一

春来　対陶淵明田園詩的幾点看法　河北大学学報一

鄧安生　陶淵明里居弁証　文史九

高双金・袁宏軒　陶淵明的真意何在（読「結廬在人境」）　四平師院学報三

何旭光　也談「帰去来兮」　語文教学与研究（錦州師院）三

賀崇明　関于「帰去来辞」写作的時地問題　上海師範学院学報三

李厚培　一首「金剛怒目」式的詩（「詠荊軻」賞析）　語文園地四

李文初　陶詩与魏晋玄風　暨南学報二

李正明　浅談陶淵明的飲酒詩　益陽師専学報一

廖仲安　阮籍・陶淵明「垮掉的一代」？　光明日報一月十一日

路景雲　陶謝及其詩的比較　河北師範大学学報三

彭沢陶　就両個「帰去来」的解釈問題再答葉晨暉同志　広西師範学院学報一

銭耀東・孫自誠　陶淵明旧居新考　九江師専学報三

石文英　翼翼帰鳥—読陶詩扎記　文学評論叢刊一八

石雲濤　談談陶淵明飲酒的原因　許昌師専学報二

宋振庭　我的読陶筆記　社会科学戦線三

蘇卓興　陶淵明和華茲華斯、他們詩歌人民性　広西民族学院学報一

孫静　真・淳・朴（陶淵明的美学観与其芸術風格）　光明日報三月二二日

湯志岳　関于「帰去来辞」的一些問題　華南師範大学学報四

唐満先　陶淵明尊崇上帝嗎　江西師院学報三

王孟白　関于陶集校勘問題（逯欽立『陶淵明集』校注質疑之一）　斉斉哈爾師範学院学報一

王紹齢　試論陶淵明的創作方法（兼談現実主義和浪漫主義的結合）　南陽師専学報三

王雨生　対「桃花源詩幷記」中「衣裳無新制」的理解　文学評論一

韋鳳娟　怎様評価陶淵明的田園詩　文史知識一二

魏昌英　浅談陶謝田園、山水詩的芸術特色、兼及生活道路対其作品的影響　寧徳師専学報二

夏業昌　桃花林中有芳草嗎？　重慶師院学報三

肖瑞峰　試論陶淵明的「飲酒二十首」　貴州文史叢刊一

許結　「閑情賦」的思想性及芸術特色　江漢論壇八

葉晨暉　「帰去来兮」句釈意之再商榷　広西師範学院学報一

殷紹基　陶淵明美学思想初探　湘潭大学社会科学学報三

曾遠聞　陶淵明田園詩問題討論総述　文史知識一二
張嘯虎　陶淵明詩文的傾向問題　江漢論壇四
周健　従「帰田賦」到「帰去来辞」　衡陽師専学報二
包根弟　陶・謝境遇之比較　輔仁学誌（文学院之部）一二
古直　陶淵明的年紀問題　嶺南文史一

一九八四年

単行本

宋丘龍　陶淵明詩説　文史哲出版社

論文

艾岩　説静―従泰戈爾的静来看陶淵明的静　比較文学論文集一九八四
陳守業　試論左、陶詠史詩的歴史地位　阜陽師範学院学報四
鄧安生　陶淵明里居弁証　文史二〇
顧聖皓　陶淵明「詩二首」主題小議　語文教学之友二
賀忠順　試評蕭統的『陶淵明集序』　常徳師専学報五
胡紹仁　陶淵明始家宜豊　九江師専学報三
酈振華　論詩人陶淵明　懐化師専学報二
李伯斉　陶淵明散文芸術浅論　山東師大学報二
李華　陶詩「枯槁」説弁疑　北京師院学報一

李泉新	陶淵明及其著作	贛図通訊三
李式檽・林挙運	陶淵明和他的田園詩	語文月刊六
李文初	陶令「忠憤」説質疑	曁南学報四
李文初	意与境会、妙合自然—陶淵明「飲酒」之五欣賞	文史知識一一
李憲昭	質而実綺 癯而実腴—読陶淵明的山水田園詩	上海広播電視文科月刊六
李沢民	陶詩二首教学談	中学語文教学参考二
李沢民	陶詩二首芸術手法比較	語言文学三
劉崇文	一篇優美的愛情散文—読陶淵明的「閑情賦」	雲南師範大学（函大中文学員論文選七九級）
劉翠霄	実迷途其未遠、覚今是而昨非—読陶淵明「帰去来兮辞」	自修大学一
劉道恩	説説陶淵明的両首詩—「帰園田居」之一和「飲酒」之五	中学語文一
劉世林	陶淵明「五柳先生伝」写作年代弁析	求是学刊五
劉禹昌	陶淵明名字考弁	九江師専学報一
劉自斉	「桃花源記」与湘西苗族	学術月刊七
婁元華・謝国平	是「三十」而不是十三—陶淵明「帰園田居」第一首析疑	語文園地五
洛民	質朴含精美、平淡蘊豊厚—談陶淵明「飲酒・之五」	文学報五月十七日
雒江生	略論「桃花源記」与系詩的関係	文学遺産四
孟醒仁	「結廬在人境」詩箇説	教学通訊二
慕陶	関于「定山陶氏宗譜」	九江師専学報一

穆紫　一個活生生的社会的詩人—陶淵明試論　文科通訊二
倪其心　隠士情懐、志士節操—析「五柳先生伝」　文史知識一〇
斉天挙　東晋大詩人陶淵明　文史知識二
銭耀東・孫白誠
　也談「桃花源記」的原型　九江師専学報一
銭振新　談「桃花源記」的創作基礎　湖南師院学報五
任嘉禾　陶潜与王維—詩史上儒道結合与儒仏結合之比較　内蒙古大学学報二
阮璞　陶詩「悠然見南山」的「南山」指的是什么山？　運城師専学報三
孫静　今日見余暉—関于陶淵明研究的点滴雑感　九江師専学報一
田達　従曹氏父子到陶淵明　東海九
田毅　試論陶淵明「桃花源」理想的社会根源　遼寧大学学報二
童懐　陶淵明故里究竟何在？　光明日報十月二一日
王達津　論陶淵明生平和詩　教学通訊一
王瑤　陶淵明研究随想　九江師専学報一
王元明　対「桃花源記幷詩」的幾点看法　河南大学学報五
韋鳳娟　陶淵明研究状況総述　遼寧大学学報六
肖毅　漫説「桃花源記」　中学語文一
徐克強　篤意真古、辞典惋惬—「帰園田居」五首試解　名作欣賞五
徐声揚　陶詩蠡則（二則）　九江師専学報一
徐声揚　「桃花源記幷詩」中若干箋釈　九江師専学報三

許国烈　読「桃花源記」両篇英訳文的体会　翻訳通訊一
許延坦・楊魯渓　描写愛情心理的傑作―「閑情賦」　文史哲二
楊開達　浅談陶淵明詩的風格　雲南師範大学学報三
姚誠　陶淵明「飲酒」（第五首）賞析　沱江文芸一
易健賢　「不為五斗米折腰」非陶潜帰隠真因論　四川大学学報三
張人鑫　「陶淵明始家宜豊」甄弁　九江師専学報三
張紹卿・王元明　陶詩風格新論　鄭州工学院学報三
趙大声　「死生亦大矣、豈不痛哉」―浅談陶淵明的人生観　語文教学与研究三
振甫　発乎情、止乎礼義―談陶淵明「閑情賦」　名作欣賞二
振甫　読陶淵明「帰園田居」　中学語文教学二
鍾優民　開創陶淵明研究新局面的浅見　九江師専学報一
鍾優民　陶淵明家世資料的新発現　社会科学戦線三
周振甫　読陶淵明「飲酒二十首」　中学語文教学一一
朱家馳　陶詩的写意伝神与玄学的言意之弁　遼寧師大学報四
祝注先　陶淵明「游斜川」序的紀年　重慶師院学報二
祝注光　「誤落風塵中、一去三十年」　重慶師院学報三

一九八五年

単行本

唐満先　陶淵明集浅注　南昌、江西人民出版社

論文

A・R・戴維斯（包涵訳）　陶淵明論　九江師専学報三

A・R・戴維斯（包涵訳）　我的陶淵明研究　九江師専学報三

艾岩　桃源六弁　名作欣賞五

包涵　英語世界里的一束「東籬」「菊花」――読『陶淵明詩文選訳』　九江師専学報一・二

常康　陶淵明散文自然真朴的美学追求　北京師院学報三

陳長栄　陶淵明詩歌意境的美学風貌　蘇州大学学報一

陳耀・賈銘　「夾岸数百歩」的断句一説　南充師院学報三

陳瀅　試談曹植　陶淵明　庾信在我国詩歌発展中的歴史作用　広東教育学院学報二

陳珍　陶淵明的琴趣談　台州師専学報一

鄧安生　陶淵明年歳商討　中華文史論叢四

鄧魁英　「五柳先生伝」与魏晋時代的社会　北方論叢一

宮源曾　陶潜弁非「渾身静穆」　洛陽師専学報三

関四平　論陶淵明的四言詩　綏化師専学報二

韓鍾文　朱熹論陶淵明　上饒師専学報三
何玉麟　陶淵明在英国　学術文摘五
戸亭風　陶潜故里今何在？　九江師専学報一・二
李華　陶淵明出仕与帰隠的矛盾心理　江西社会科学六
李華　聊托物以幻化 寓至情于奇想──「閑情賦」浅析　文史知識四
李華　陶淵明酬和劉柴桑詩系年　九江師専学報四
李建　追求者的苦悶──談「閑情賦」的思想内容　山西大学学報三
李文初　論陶淵明之「隠」　芸文志三
李文初　以平常之景語 写無窮之妙趣──陶淵明「帰園田居」之一賞析　名作欣賞二
芦荻　『陶淵明論略』序　語文園地一二
牧野　陶淵明飲酒詩散論　臨沂師専学報三
聶言之　従陶淵明的訓子詩文看其仕宦思想的変遷　江西師大学報三
彭秀枢　「桃花源記」是武陵蛮生活的縮影　吉首大学学報一
銭華堂　従「帰去来辞」看陶淵明出仕彭沢令和辞官帰隠的原因　零陵師専学報二
銭耀東・孫自誠
「桃花源」原型在廬山康王谷　晋陽学刊三
蘇者聡　談陶淵明詩歌的芸術特色　九江師専学報四
唐徳　怎様看待陶淵明的帰田──兼談「帰園田居」二首　自学報（重慶）四月十日
唐満先　陶淵明的「飲酒二十首」作于何時　九江師専学報一・二
田毅　借古非今、併非復古倒退──読「桃花源詩」　語文学習与研究八

王宝貴　陶淵明筆下的松和菊　錦州師範学院学報三

王訶・頼功欧　全国首次陶淵明学術討論会観点総述　九江師専学報四

戚簾・阿克（包涵訳）　陶潜詩歌論　九江師専学報三

呉雲　試評三十年来出版的三本『陶淵明集』　九江師専学報四

肖章洪　浅論陶淵明的「怒目」与「静穆」　九江師専学報一・二

徐声揚　「但訳琴中曲、何労弦上声」—従陶淵明蓄無弦琴看陶淵明的美学観　九江師専学報一・二

徐新傑　陶淵明故里弁　九江師専学報一・二

徐新傑　『陶淵明詩文選注』商権　江西師大学学報四

晏政　把陶学研究推向一個新階段—在紀年陶淵明誕辰一六二〇周年学術討論会上的講話　九江師専学報四

楊明　談談陶淵明和他的詩歌芸術　中文自修一

袁行霈　陶謝詩歌芸術的比較　九江師専学報一・二

張漢清・方韜　陶詩「一去三十年」索解　大連師専学報二

張立偉　読陶三論　青海社会科学

張銓錫　陶淵明的悲劇及其詩的思想和風格　九江師専学報四

張若晞　「落英」小議　寧夏教育学院学報一

張文生　談陶淵明「五柳先生伝」　語文園地三

章文　也談陶詩語言風格的形成原因　湘潭大学学報二
趙治中　也談陶淵明詩文的傾向性　麗水師専学報一
趙治中　也談陶淵明詩文的傾向性―与張嘯虎同志商権　江漢論壇七
程潔銀　「境在寰中　神游象外」―陶淵明「飲酒」詩（其五）賞析　寧夏日報一月四日
程潔銀　理想的光輝　批判的火花―「桃花源記幷詩」賞析　寧夏日報三月二二日
鍾呂　愛情的自由　理想的結晶―「閑情賦」賞析　中国古典文学賞析一
周康陵　「落英繽紛」考弁　西北師院学報四
朱家馳　陶詩的言約旨遠与玄学的不尽意　内蒙古大学学報三
朱康雄　平淡之中見奇境―試談陶淵明的田園詩　江西文芸界一
朱千波　青松卓然操　黄花霜中鮮―試論陶淵明的帰隠　寧夏教育学院学刊二
包根弟　論陶淵明的儒家思想　輔仁国文学報一
作者無　「桃花源記」幷非凭空虚擬　文薈一

一九八六年

単行本

李文初　陶淵明論略（古典文学研究叢書）　広州、広東人民出版社
許逸民　校輯陶淵明年譜　北京、中華書局（年譜叢刊）

論文

包涵　中外三種陶詩英訳本的比較　九江師専学報二

包涵　両個民族、両個時代的理想世界「桃花源」与「烏托邦」之比較　九江師専学報三

沈廸中　夏目漱石与陶淵明　現代日本経済六

陳培基　陶潜帰隠真相新解—従陶潜与桓玄的関係説起　福建論壇一

初旭　淡墨写幽意、千古誦華章—「桃花源記」芸術探微　語文学習与研究一〇

邸艶姝　任情率真、意境高深—読陶詩扎記　朝陽師専学報三

高黎明　試論陶淵明「桃花源」理想的社会根源　昭通師専学報一

高宇平　陶淵明是隠逸詩人嗎？　許昌師専学報四

龔斌　蘇軾論陶淵明　九江師専学報四

龔斌　試論陶淵明「飲酒」二十首　華東師範大学学報四

何錫光　陶淵明「不願為五斗米折腰」新解　江海学刊五

胡太昌　陶淵明経済思想蠡測　九江師専学報二

胡治洪　陶淵明美学思想芻論　江西社会科学二

黄謂銘　嗜酒貽害後代—従陶淵明「責子」詩談起　深圳特区報一月二四日

紀永祥　関于陶淵明「飲酒」詩的両個問題　九江師専学報二

李華　陶詩与蘇軾「和陶詩」思想傾向比較　江西社会科学六

李開鳳　陶淵明「飲酒・結廬在人境」賞析　昭通師専学報二

李文初　陶淵明「閑情賦」的評価問題　曁南学報二

劉継才・閔振貴　略論陶淵明芸術風格多様性　北方論叢六

劉文剛　「不求甚解」—兼談其美学内涵　遼寧師範大学学報六

牛瑀　与統治階級決裂的宣言書―陶淵明「帰去来辞」浅析　文学知識二

虫双元　「折腰」新解　九江師専学報三

蘇文擢　陶淵明歴史地位及其詩中之文化要義　明報二一―一一

王拾遺　陶淵明簡論　寧夏大学学報四

王維理　也談「桃花源記」与系詩的関係　重慶師院学報三

王憲章　陶淵明研究座談会略述　九江師専学報三

王雁氷　陶淵明詩歌的語言特色　学習与探索（哈爾浜）六

王振泰　「閑情賦」論考　九江師専学報三

呉雲　試評三十年来出版的三本『陶淵明集』　北方論叢一

夏暁虹　懐此貞秀姿、卓為霜下傑―析陶淵明「和郭主簿」其二　文史知識三

徐声楊　也論桃花源記与系詩的関係　九江師専学報三

徐新傑　陶淵明「帰隠説」新弁　九江師専学報二

羊玉祥　読「帰去来兮辞」扎記　大慶師専学報三

姚漢栄　陶淵明与魏晋玄学　貴州社会科学二

葉晨暉　督郵主県和陶淵明辞官　山西大学学報四

張漢清・方韜
陶詩「一去三十年」考釈　曲靖師専学報一

張銓錫　論陶淵明的両次飛躍　九江師専学報四

張永明　陶淵明詩文淵源考（一）　社会科学（蘭州）一

周喬健　「閑情賦」二論　九江師専学報三

一九八七年

単行本

袁行霈　中国詩歌芸術研究　北京大学出版社

論文

Ａ・Ｒ・戴維斯（包涵訳）
　陶淵明賦辞評注　九江師専学報一・二
曹礎基　一部有見解的論著―読『陶淵明論略』―　学術研究四
曹輝東　「物化」与「移情」―試論陶淵明与華茲華斯　南京大学学報一
沈端民　閉関自守的「桃源」模式　江漢論壇二
沈金浩　陶詩疑案試解　九江師専学報一・二
陳城　陶淵明詩歌社会影響的歴史分析　争鳴六
陳鈞　李白与陶淵明　人文雑誌（西安）六
陳毛美　略論陶淵明的飲酒詩　斉魯学刊（曲阜師院学報）三
戴欽祥　「為五斗米折腰」弁　南開学報三
丁潔然　「閑情賦」新探　江海学刊六
丁潔然　論陶淵明的個性特徴　揚州師院学報三
丁永忠　陶淵明与慧遠―陶淵明不入「蓮社」之我見　学術月刊一〇
範炯　人生思弁的形象写真―陶潜「閑情賦」新探　中州学刊二
方介　陶淵明五柳先生伝疏証　漢学研究五―二

高光復　論「閑情賦」的意旨兼及陶賦特色　北方論叢四
郭平　陶淵明「閑情賦」浅析　古典文学知識（南京）四
胡治洪　陶淵明美学思想的形態、成因及其地位　九江師専学報一・二
蔣宗許　読逸注『陶淵明集』扎記　中国語文三
金化倫　陶淵明詩文的独創及其歴史地位　河池師専学報四
雷徳栄　読陶淵明「飲酒」詩扎記　貴州師範大学学二
李華　近年来陶淵明研究概況　江西社会科学三
李華　蘇軾的「和陶詩」研究　広東社会科学四
梁暁昌　「帰去来」小議　九江師専学報三
呂興昌　陶淵明享年六十三歳旧説新証　漢学研究五―二
閔定慶　陶淵明研究近況概述　九江師専学報三
唐満先　疑義相与析　江西師範大学学報二
万松　対陶詩評論的反思　常徳師専学報一
王公民　「桃花源記」断句弁誤―与李圃先生商榷　淮北煤学院学報二
王輝　論陶詩　錦州師専学報一
王元明　関于陶淵明「命子」、「責子」二詩写作年份　洛陽師専学報一
王元明　陶淵明与桃花源　韶関大学学報二
王振泰　「閑情賦」主旨新探（紀年陶淵明逝世一五六〇周年）　鞍山師専学報二
王振泰　「閑情賦」系年新探　九江師専学報三
温安仁　「飲酒」（五）瑣議　蒲峪学刊三

温正賢　陶淵明辞賦簡論　遼寧広播電視大学学報二

肖偉　陶詩研究新動向及其思考　語文導報一一

熊永謙　「帰去来辞」結構談　貴州大学学報一

徐声楊　「形影神」主旨探究　九江師専学報三

徐志嘯　自然詩人―陶淵明与華滋華斯　南京師大学報二

張莉莉　関于陶淵明的再評価―陶淵明的「帰去来兮辞」説起　四川師範大学学報社会版六

張永明　陶淵明美学思想簡論　社会科学（蘭州）三

趙洽中　陶淵明帰田浅議　北方論叢六

朱家馳　試論陶淵明哲理詩的表現芸術　河北大学学報四

朱家馳　陶淵明詩歌的芸術風格与道家的崇尚自然　南開学報一

一九八八年

論文

Ａ・Ｒ・戴維斯（包涵訳）
陶淵明記伝賛述評注　九江師専学報一

丁永忠　陶淵明有論思想考弁　九江師専学報三

馮其庸　陶淵明年譜序　北方論叢五

馮慶禄　論陶詩中的孤独感　山東志願大学研究生論輯六

馮慶禄　論陶詩中的孤独感　九江師専学報一

皐于厚　「謝従陶出」芻議　蘇州大学学報二
何沛雄　陶淵明「形影神」詩的主題商榷　中華文史論叢一
黄海鵬・梅大聖
　試論陶淵明「飲酒」詩的思想層次　九江師専学報三
李華　簡説陶淵明和他的作品―『陶淵明詩文賞析集』前言　九江師専学報一
李金坤　陶淵明四言詩探源　遼寧大学学報三
麗辰　陶淵明帰隠之我見　鄭州大学学報五
劉向栄　陶淵明思想発展的軌跡及其深層結構　文学遺産二
盧洪昭　論陶淵明「桃花源記」的創作基礎　撫州師専学報二
欧家斤　茅盾論陶評析　九江師専学報三
欧陽小桃　従陶淵明的帰隠看魏晋士人的価値観　九江師専学報一
桑建中　也談陶淵明「帰園田居」「一去三十年」句　山西師大学報一
上田武（武晋煊訳）
　『陶淵明伝』後記　北京師院学報三
孫敏強　陶謝山水田園詩差異論　杭州大学学報三
王雁氷　陶淵明的帰隠思想探略　北方論叢一
王振泰　「好読書、不求甚解」新注　九江師専学報二
魏正申　試論陶淵明的自覚的文学創作意識　九江師専学報二
呉小如　明徹達観、新奇真実―読陶淵明「挽歌詩」三首　文史知識七
笑梅　陶潜「簡語写深思」　蘇州大学学報三

熊芋耕　「桃花源」考弁　常徳専学報三

徐声楊　話説淵明三賦　九江師専学報三

徐声楊　試論陶詩的風力　九江師専学報一

羊玉祥　陶詩美学思想初探　大慶師専学報二

葉幼明　人的自覚和淳真美的追求―論陶淵明的帰隠及其田園詩　求索一

雨辰　陶淵明帰隠之我見　鄭州大学学報五

張文生　「桃花源記」和「五柳先生伝」作時初探　九江師専学報二

趙振龍　陶淵明「帰園田居」詩的自然美　語文教学通訊（山西師院）一一

葉程義　老荘思想対陶淵明作品之影響　中華学苑三七（盧声伯教授逝世十周年紀年専号）

補白文摘　「桃花源記」探趣　九江師専学報一

補白文摘　「五斗米」弁非指俸禄　九江師専学報三

一九八九年

論文

艾岩　五柳先生的琢意　名作欣賞五

曹均海・童雲龍
平淡自然、情真意濃―「帰去来兮辞」浅析　読写月報一

陳遇春　「不如帰去」―陶淵明「帰園田居」（一）　北京師範大学学報四

鄧瓊　陶淵明阮籍詩的異同　天津師大学学報二

鄧瓊　陶淵明与阮籍美学思想比較研究　徐州師範学院報三

董志広　「形影神」―陶淵明人生三境界的縮影　九江師専学報一

丁永忠　陶淵明反仏説弁異―兼評逯欽立先生論陶文之疏漏　江西社会科学一

丁永忠　昭明太子『陶淵明集序』「風教」説平議　四川師範大学学報四

杜道明　劉勰不提陶淵明的原因試探　思想戦線三

馮宇　関于陶淵明出仕問題的反思　北方論叢六

龔斌　陶淵明哲学思想及与魏晋玄学之関係　遼寧大学学報五

郭象　取熔「騒」意、自鑄偉辞―陶淵明「閑情賦」主旨試探　天津師大学報一

江世平　世外桃源―農耕時代理想社会的特殊模式　九江師専学報二

江風賢・徐正英
論陶淵明生死観中的超脱与優患　殷都学刊三

蔣海生　論「桃花源詩」与記的関係及詩的深層結構　錦州師院学報一

柯元　従中国文化的視角看陶淵明　九江師専学報一

李静　一語天然万古新、豪華落尽見真淳―読陶淵明的「帰園田居」　古典文学知識六

魯永良　陶淵明思想新探　広西師範大学学報二

施逢雨　陶淵明隠居生活中的困逆与感慨　大陸雑誌七九―二

蘇芸　従陶淵明田園詩談起　西部学壇二（新疆吉師専・昌吉教育学院）

孫復　陶淵明詩歌風格異議　思想戦線二

汪梅　這個「五斗米」不是道教　九江師専学報一

王能憲　論陶淵明農事詩扎記　北京大学研究生学刊一

王巍　浅談「桃花源記幷詩」的芸術美　錦州師院学報三
王錫九　学陶謝之形跡得楚騒之神髄―試論柳宗元永州時期的詩歌　文学評論叢刊三一
王暁秦　華茲華斯和陶淵明的比較研究　遼寧大学学報二
魏正申　陶淵明「詠貧士七首」詩主旨新探　黄淮学刊（商丘師専）一
魏正申　陶淵明的社会発展階段観　九江師専学報二・三
徐声揚　論陶潜「以仁為美、以真為用」的美学風格　九江師専学報一
張文江　読「桃花源記」一得　学術月刊一一
章滄授　従「安知栄辱」到「楽知天命」―比較「帰田賦」与「帰去来辞」　古典文学知識五
趙艶屏　試論陶淵明田園詩的分類及其芸術特色　瀋陽師範学院学報二
程世和　蒼涼―陶淵明詩的真実底蘊　宝鶏師院学報三
鍾優民　陶淵明与世界文学　社会科学戦線一
周若金・孫福吉
　陶淵明詩歌簡論　聊城師範学院学報三
陳怡良　陶淵明「不為五斗米折腰」新証　東方雑誌二二―八（報禁開放週年専号）
王国瓔　陶淵明的儒家情結　学叢一（新加坡国立大学中文系学報）
楊鍾基　陶詩「心遠」義探微―兼論陶潜之隠逸思想　中国文化研究所学報二〇（香港中文大学）
補白文摘　「五斗米」不是道是「日俸」　九江師専学報一

一九九〇年

単行本

魏正申　陶淵明探稿　文津出版社

論文

常麟瑞　談「記念劉和珍君」中的陶潜詩「挽歌」的引用　北京師範大学学報五

鄧安生　陶淵明帰隠新論　遼寧電大学報四

鄧喬彬　陶謝与宗王—晋宋山水詩画的芸術精神　江海学刊三

杜景華　陶淵明詩歌作品中的「酒道」　学習与探索五

傅炳熙　真—陶詩美学思想的神髄　殷都学刊三

傅加令　従中外烏托邦比較看「桃花源」的特徴及意義　九江師専学報一

宮沢正順（丁永忠訳）　陶淵明「乞食」詩「冥振」思想弁証—兼論『陶集』中反報応情緒的指向　万県師専学報一

顧竺　関于陶淵明的「閑情賦」　西北師範大学学報六

黄蝶紅　平淡中見深情、質朴中含至味—陶淵明「移居」二首賞析　玉林師専学報一

蔣明宏　徐霞客和陶淵明処世方式之比較　社会科学八

柯倫　「悠哉悠哉」与「優哉游哉」弁　新華文摘六月一五日（四）

李華　説「南府」—読陶扎記之一　北京師範学院学報二

李華　説「左将軍」—読陶扎記之三　九江師専学報三

李華　陶淵明人格論　江西社会科学六
李知文　「落英繽紛」新解　北京晩報十一月九日
劉継才　論祖詠及其与王維、陶淵明之関係　沈陽師院学報四
劉継才・閔振貴　論元結—兼与陶淵明相比較　遼寧教育学院学報二
劉継才・閔振貴　儲光義与陶淵明、王維等比較論　丹東教育学院学報一
羅憲民　陶淵明与弗羅斯特田園詩　衡陽師専学報二
馬自力　論陶淵明的詠史及其特徴　江西社会科学三
梅大聖　論陶淵明「擬古」組詩神韻美　九江師専学報二
聶鴻飛　陶詩中的歴史人物　文史知識六
銭志熙　矛盾与和諧—陶淵明詩歌中的一重関係　求索一
丘述堯　略論陶淵明的挽歌　文史三二
邱谷　試論陶淵明「儒道互補」的文化哲学思想　福州大学学報二
任建平　試論陶淵明田園詩的意境美　寧夏教育学院・銀川師専学報一
戎椿年　「帰去来兮辞」三題　北京師範大学学報三
孫伯涵　論陶淵明詩歌的象徴　煙台師範学院学報三
鉄明　「桃花源記」試析　鞍山師専学報四
涂宗濤　「帰去来辞」「登東皋」当為「發東皋」　重慶師院学報三
王敦洲　陶潜与李白詩歌審美創作模式之比較　江蘇教育学院学報四

王菁　中国文化中的知者―陶淵明　九江師専学報一

王明居　（陶淵明）平談　文史知識一

王振泰　新議陶淵明『和劉柴桑』　陰山学刊（包頭師専）一

王振泰　新弁梁啓超之陶淵明名字説　鞍山師専学報一

衛軍生　陶詩重性情論　浙江学刊二

衛紹生　陶淵明与六朝文人隠遁之風　中州学刊三

魏正申　陶淵明入仕目的新探　鉄嶺師専学報一・二

魏正申　陶淵明的幽黙風格　衡陽師専学報三

魏正申　「乞食」試論略　六盤水師専学報四

呉大順　『陶淵明論集』浅議　懐化師専学報六

呉雲　『陶淵明探稿』序　九江師専学報二

肖文祥　陶淵明田園詩的独特成就　撫順教育学院学報四

謝永新　尋得桃源好避秦―阿里斯托芬与陶淵明的理想社会之比較　南寧師専学報一

辛在鑄　「陶県令、是吾師」―従稼軒詞看陶潜対辛棄疾的思想影響　天津教育学院学報一

徐声揚　釈陶詩中的「道」　九江師専学報一

徐声楊　淵明之思想「実外儒而内道」説質疑　九江師専学報三

楊合林　陶詩三首系年　吉首大学学報三

楊作龍　『詩経』「楽土」和「桃花源」的時代現実性―兼談陶淵明対儒家思想的超越　孔子研究三

袁伝璋　「桃花源記」「悉如外人」疑義解結　安慶師院学報二

袁行霈　陶淵明与晋宋之際的政治風雲　中国社会科学二
袁行霈　対周鳳章同志文章的答復　中国社会科学六
曾広開　試論陶淵明田園詩的美学価値―兼説王維田園詩対陶詩的継承和発展　開封大学学報一
詹姆斯・阿・海陶瑋著（美）（張宏生訳）
　陶潜詩歌中的典故　九江師専学報二
張学松　興象天然、淡雅雋永―従陶詩「飲酒」（其五）談起　駐馬店師専学報三
趙呈元　談陶淵明「閑情賦」的思想与芸術価値　済寧師専学報二
趙治中　陶淵明与自然―読陶扎記之五　麗水師専学報四
趙治中　陶淵明「立物徹底転変」説平議―与王春同志商榷　河北大学学報四
趙治中　還陶淵明以本来面目　陝西師大学報四
鄭祥・徐克強
　威而能達、婉而益真―説陶淵明「擬挽歌辞三首」　牡丹江師院学報四
程傑　従陶杜的典範意義看宋詩的審美意識　文学評論二
鍾優民　陶学史話綱略（一）　九江師専学報二
鍾優民　陶学史話綱略（二）　九江師専学報三
周鳳章　対「陶淵明与晋宋之際的政治風雲」的勘誤和商榷　中国社会科学六

一九九一年

論文

艾岩　説陶淵明的寄酒為跡　名作欣賞五
卞文　陶淵明詩歌的真実美　南都学壇一
陳長栄　論陶淵明的詩格与品格　蘇州大学学報四
陳長栄　論陶淵明詩歌的審美特徴　西南民族学院学報四
陳梓忠　論陶淵明嗜酒之因由―兼談酒与他詩歌創作的関係　湖北教育学院報二
遅氷　「采菊東籬下、悠然見南山」―陶淵明「飲酒」　人民日報（海外版）四月十八日
鄧安生　陶集三家集釈商権　古籍整理与研究五
丁永忠　論蕭統『陶淵明集』与『文選』的不同文学価値取向　九江師専学報三
丁永忠　人生似変幻、終当帰空無―初論陶淵明「新自然説」与魏晋仏教之関係　万県師専学報一
竇樹発　陶淵明的道家思想　人文雑誌五
顧農　陶淵明的人生哲学　東北師大学報四
胡明清　霊魂的詩化外観―読陶淵明的「形影神」　重慶師専学報三
黄崇浩　酔石与康王谷―従宋斉文献看陶潜旧居和桃花源原型　九江師専学報二
黄珅　陶杜異同論　文学遺産三
黄鎮華　陶淵明先生的姓・名・字・号　楽山教育学院学報一
賈剣秋　試論陶淵明的隠逸　西南民族学院学報一

景蜀慧　想見停雲発浩歌—読陶淵明的政治詩　貴州師範大学学報一
蘭一斐　陶淵明仕隠心理軌跡探析　延安大学学報一
李華　陶淵明「飲酒二十首」系年補証—読陶扎記之二　北京師範学院学報二
李華　「帰園田居」批評　江西社会科学六
劉士林　試思陶淵明的自然本体　開封師専学報一
律可人　「桃花源記」和「太陽城」之比較　職大学刊増刊
羅宗強　陶淵明—玄学人生観的一個句号　南開学報二
宋崇鳳　陶淵明的道徳理想簡析　九江師専学報一
鉄明　陶淵明田園詩中基石—談「勧農」　鞍山師専学報二
王青　陶淵明詩歌創作中的両種模式　九江師専学報二
王利華　莫信詩人竟平淡、二分「梁文」一分「騒」—談陶淵明帰隠後的思想　語文学刊四
王振泰　「五柳先生伝」陶淵明「自況」「実録」説質疑　鞍山師専学報一
魏正申　陶淵明的「擬古九首」詩主旨新探　鉄岭師専学報一
魏正申　陶淵明的「帰鳥」詩主旨新探　鉄岭師専学報二・三
魏正申　陶淵明与顔延之交往新議　懐化師専学報一
温安仁　陶淵明「飲酒」詩（五）瑣議　黒龍江教育学院学報二
呉常鑫　対陶淵明出仕縁由的反思　貴州師大学報三
謝伯良　也談「桃花源記」中的「外人」　北京師範大学学報一
謝出民　一個在痛苦中掙扎的霊魂—陶淵明審美心理浅析　黄淮学刊三
謝文学　論鍾嶸『詩品』対陶潜詩歌的評価　中州学刊五

辛保平　陶淵明詩歌中的理趣　語文学刊四
徐復　『陶淵明集』挙正　南京師大学報一
徐声揚　陶詩対後代詩論影響　九江師専学報二
徐新傑　陶詩「南山」安在哉　江西文物二
于翠玲　論陶淵明的人格特徴（三題）　九江師専学報一
玉弩　陶淵明与王績的帰隠比較研究　東疆学刊四
張覚　陶淵明「性本愛丘山」新解　九江師専学報一
張晶　陶詩与魏晋玄学　文学評論二
張世英　海徳格爾的形而上学　文史哲二
趙治中　「乞食」詩弁析―読陶扎記之六　麗水師専学報四
鍾名立　陶詩用韻考　九江師専学報二
鍾濤　従陶詩顕晦看中国古代詩歌審美観念之走向　青海民族学院学報一
鍾優民　歴代陶学研究概述（三）　九江師専学報三
周宇創　論「桃花源記幷詩」的思想意義　南昌教育学院学報二
朱超平　陶詩芸術風格形成原因浅論　淮陰教育学院学報一
朱家馳　陶潜与仏学　南開学報一
朱家馳　陶淵明的帰隠与玄学的人格本体論　河北大学学報四
海陶瑋（周発祥訳）
　陶潜詩歌裏的典故　中国比較文学二
江宝叙　陶淵明「桃花源」的締造歴程与象徴意義　国立中正大学学報（人文分冊）二―一

一九九二年

単行本

郭維森・包景城　陶淵明集全訳（中国歴代名著全訳叢書）　貴州人民出版社

李華　陶淵明新論　北京師範大学出版社

論文

艾可知　真、諧之境―陶淵明与泰戈爾的芸術人生　益陽師専学報四

曹道衡　陶淵明詩浅談　古典文学知識二

沈栄森　陶潜詩文選字研究　九江師専学報二

陳文華　「桃花源情結」和「浮士徳精神」　文芸理論家四

陳興偉　「金剛怒目」還是放曠情懐　文学遺産四

陳元勝　論「百一」体与鍾嶸『詩品』評陶詩　文芸理論研究五

陳中偉　陶淵明与郭象的玄学思想　淮陰師専学報三

陳忠　日本発表出版陶淵明研究摘情況　九江師専学報一

方毓強　「桃花源」又一新説　人民日報海外版三月十日

管華　也談陶淵明詩的芸術風格　海南大学学報二

郭全芝　陶淵明四言詩探　淮北煤師院学報二

韓進廉　陶淵明的美学思想及其淵源　河北師範大学学報一
蘭一斐　陶淵明的人格美　延安大学学報三
李華　一部有特色的研陶新作―喜読『陶淵明探稿』　九江師専学報一
李守仁　世外桃源何処尋？　海南師院学報一
劉継才・閔振貴
論儲光羲（兼与陶淵明等相比較）　遼寧教育学院学報一
劉美崧　陶淵明族属弁溯　南方文物二
劉学忠　論陶淵明的田園詩及其在後代的発展　阜陽師院学報二
羅学敏　陶淵明的本体和「真」　遼寧大学学報一
繆鉞　従平易中見深沈―陶淵明「与殷晋安別」詩賞析　文史知識七
欽雲・鍾声（輯）
一九九一年全国報刊陶淵明研究論文索引　九江師専学報一
汪国権　陶淵明「東籬菊」考源　九江師専学報二・三
王志剛　陶淵明与謝霊運詩比較談　松遼学刊二
衛軍英　陶淵明在南北朝時的被誤解与被理解　浙江学刊一
衛軍英　顔延之与陶淵明関係考弁　杭州大学学報一
呉開俊　寄酒為跡―読陶淵明的詩　淮陰師専学報二
葉培昌　全国陶淵明学術討論会簡述　求索四
余翎　醒与酔的沈思―読陶淵明的「飲酒」詩両首　名作欣賞一
虞徳懋　曹植与陶潜詩歌淵涵比較　揚州師院学報四

袁行霈　陶淵明的「閑情賦」与辞賦中愛情閑情主題　北京大学学報五
曾学遠　陶淵明的誤区—兼及中国伝統自然観　争鳴六
湛東飈　論陶詩摘結構与平淡自然風格之関係　長沙水電師院学報一
張翥　再論陶淵明思想与「桃花源記幷詩」　錦州師院学報一
鍾優民　歴代陶学研究概述（四）　九江師専学報一
鍾優民　歴代陶学研究概述（五）　九江師専学報三
王国瓔　陶淵明対声名的重視　中国文哲研究通訊二—二

一九九三年

論文

艾岩　陶淵明愛好閑静的理想与現実　名作欣賞四
陳洪　陶淵明仏教観新探　徐州師院学報四
陳世忠　超脱与永恒（陶淵明「諸人共游周家墓柏下」与黒塞「郷村墓園」対読）　名作欣賞三
戴建業　静穆—陶淵明詩歌的主導風格　華中師範大学学報三
戴建業　回帰自然与澄明存在—論陶淵明詩歌語言　九江師専学報一
丁永忠　「帰去来分辞」与「帰去来」仏曲　文学遺産五
房聚棉　詠古人而己之性情倶見—論左思、陶淵明的詠史詩　沈陽師院学報三
高国藩　陶淵明「帰去来兮辞」与張衡「帰田賦」之比較　九江師専学報四

帰音悠然　論陶淵明的理想社会—桃花源　論苑一
韓式朋　論陶潜的哲理詩　求是学刊二
洪林鍾　鳥・菊・酒（略論陶淵明詩歌意象建構及其人格凸現）　湖北大学学報四
江立中　両曲帰去来、異採各天成—屈原和陶淵明「帰去来辞」　中州学刊五
井上一之（葉沢林訳）　陶淵明故郷的研陶現状与居里争弁関係于江西九江的調査報告　九江師専学報三
藍家勇　也説『詩経』中的「楽土」和桃花源—兼対「陶淵明対儒家思想的超越」的質疑　孔子研究一
梁仏根　孤独人生寂寞詩—陶淵明詩孤独寂寞的情緒基調之成因和性質　河池師専学報二
林麗珠　論陶淵明的美学観　江海学刊三
馬宝記　山気日夕佳 飛鳥相与還—論陶淵明詩歌中的飛鳥意象　遼寧大学学報五
喬健　論陶淵明超世不絶俗的積極人生選択　蘭州大学学報四
師年　情在平淡、朴実、自然中—談談陶淵明詩歌的特色　牡丹江社会科学六
石侵　陶淵明韻文韻譜　糸路学刊四
蘇涵　汨羅忠魂与栗里遺風—論屈、陶人格行為及文化効応　晋陽学刊四
孫明君　論陶淵明的仕隠心態　唐都学刊二
孫梓洲　陶淵明年譜新説—読鄧安生之「陶淵明年譜」　古籍整理研究学刊一
湯志岳　陶淵明与嘯　湛江師院学報二
童穎氷　陶淵明真淳人生研究　九江師専学報四
王敦洲　論陶潜隠逸的極致境界　黄海学壇四

王桂波　暖融融的田園之風、冷寂寂的山林之気—試論陶淵明与王維隠逸詩創作之心態差異　松遼学刊二

王国瓔　陶詩中的歎貧　文学遺産四

王輝斌　陶淵明的年寿問題—兼対逯欽立『陶淵明事跡詩文系年』質議　西南民族学院学報四

魏正申　『陶淵明集訳注』前言　九江師専学報一

魏正申　論陶淵明桃花源思想之三重表述　鞍山社会科学二

魏正申　論陶淵明以詩文伝世的思想　江西社会科学八

呉恵娟　浅論宋代的「崇陶」現象　貴州社会科学一

呉雲　豪華落尽見真淳—読李華『陶淵明新論』扎記　九江師専学報三

呉兆路　陶淵明的文学地位是如何逐歩確立的　渭南師専学報二

武淑蓮　論陶淵明詩歌意境特色　固原師専学報二

徐国栄　陶詩的両大意象　上海師範大学学報三

徐旭・元弓　実践理論与自然情懐的交接—従陶潜・王維看中国隠逸詩人群的審美風範及文化心理　湖北大学学報六

葉伯泉　陶淵明的価値転換及審美意義　北方論叢二

葉培昌　論陶詩的個性表現　求索五

一牛　誰是陶淵明的「親戚」？　河南大学学報二

易朝志　論蘇軾和陶詩的創作心態及旨趣〔陶淵明〕　華東師大学報五

袁行霈　陶淵明的哲学思考　国学研究一

岳鳳麟　傑出的田園詩人—陶淵明与葉賽寧—中俄詩歌比較研究　国外文学一

張蕾　陶淵明仕隠心体試釈　天津師大学報四
張廷銀　嵇康、陶淵明創作及人生審美情緒之比較　青海社会科学五
張志岳　試論陶淵明的「飲酒」詩　北方論叢三
張子剛　儒道社会理想与「桃花源」世界的産生　延安大学学報三
趙振泰　『桃花源』又一新説」質疑与考弁　中国文学研究四
趙治中　陶淵明自然思想初探　綏化師専学報一
程自信・王友勝　陶淵明的人生思考与精神超脱　安徽大学学報二
鍾優民　『陶淵明彙訳注』序　江西社会科学二
周唯一　陶淵明李白飲酒詩之比較　衡陽師専学報四

一九九四年

単行本

陳俊山　陶淵明　百花洲文芸出版社
魏正申　陶淵明集訳注　文津出版社

論文

艾岩　陶詩境界浅説　名作欣賞三
白暁郎　誰解其中味—論陶淵明帰隠後的心情　北京第二外国語学院学報五
蔡阿聡　人生的理想化—再論陶淵明　漳州師院学報一

蔡錦軍	東晋仏学思想対陶淵明苦難観和生死観的影響	広西師大学報三
柴剣虹	「脱籠鳥」与「籠中鳥」—陶淵明与蘇軾的一種比較	伝統文化与現代文化四
沈検江	陶詩—走向成熟的中国詩格	学習与探索一
沈寧生	再論陶淵明的帰隠及其対中国伝統人格的影響	蘇州大学学報二
陳洪・王炎	菊花与美酒—略談陶淵明的道教観	文史知識五
陳忠	台湾五十年発表出版陶淵明研究的動向	九江師専学報三・四
戴建業	個体存在的本体論—論陶淵明的飲酒	華中師範大学学報四
徳卜松山Ｐｏｈｉ，ｋ．Ｈ	詩与真—漫談陶淵明与酒	文史知識八
鄧安生	「陶淵明之人品与詩品」印象	九江師専学報二
鄧安生	読「陶淵明之人品与詩品」	東方文化冬巻
鄧福舜	陶淵明田園境界弁析	大慶高等専科学校学報三
鄧瓊	陶詩芸術魅力探源	渤海学刊四
傅嵐	略論陶潜及其「帰園田居」	集美師専学報一
郭令原	枯而実腴　浅而実深—淡陶淵明田園詩的内涵	甘粛社会科学五
侯柯芳	陶淵明思想与詩風新論	九江師専学報一
胡大雷	陶淵明詩歌的体式及其特殊的隠士風度与心度	社会科学家二
黄大宏	淵明何愛菊？	漢中師院学報二
黄傑	陶謝幷称浅説	信陽師院学報一
賈莉	景為情設—陶淵明詩歌浅析	蘭州商学院学報二

蒋瑞秋　「不求甚解」析義　徐州師院学報一
景蜀慧　陶淵明「擬古」九首新解　文学遺産六
李殿偉　「跌蕩昭章、独起衆類」—論陶淵明的散文　求是学刊二
李華　論陶淵明的浪漫情懐　江西社会科学七
李健　「何以称我情、独酒且自陶」—陶潜「已酉歳九月九日」賞析　文史知識一一
李金坤　陶詩「鳥」之意象芸術審美　九江師専学報二
劉孟陽　陶学史上的新探索—魏正申先生研陶論著総評　江西社会科学五
劉明華　桃源望断無尋処—論「桃花源」及其変体　殷都学刊一
陸暁光　現代日本鏡子中的陶淵明像、『世俗与超俗』訳後　華東師範大学学報一
羅方龍　論陶淵明「飲酒」詩対「名」的態度　柳州師専学報三
農作豊　陶淵明四言詩的特色及晋宋四言詩的衰微　広西師大学報三
斉百祥　飲酒、賦詩、寄情—陶淵明引酒入詩説　南都学刊五
松岡栄志（範建明訳）
　『陶淵明集』版本小識、宋本三種　蘇州大学学報一
万永翔　陶淵明対労働美的芸術表現　九江師専学報一
万永翔　試論陶淵明詩歌的労働美　宜昌師専学報一
万永翔　試論陶淵明詩文的労働美　湖北大学学報五
王春来　論「閑情賦」在陶詩中的地位　河北大学学報四
王輝斌　対陶淵明「供職荊州」的質疑　九江師専学報二
王守国　芸術精神与酒文化精神的密切契合—兼論陶詩与酒　中州学刊五

王賢森　晋宋習俗与陶潜詩文　九江師専学報一
王振泰　情測「読山海経・精衛銜微木」　九江師専学報二
王振泰　試還陶淵明「読山海経・精衛銜微木」以本来面目—駁南宋曾紘「刑天舞干戚」之訛説　鞍山師範学院学報一
韋風娟　論陶淵明的境界及其所代表的文化模式　文学遺産二
魏正申　「好読書、不求甚解」之我見—兼論陶淵明読書与詩文創作的関係　鉄岭師専学報一
魏正申　詩議的喩比　創作歴程的象徴—陶淵明詠鳥新議　鞍山社会科学一
魏正申　陶淵明詩文系年依据浅議　遼寧電大学報二
魏正申　再論陶淵明以詩文伝世的思想　遼寧電大学報三
魏正申　論陶淵明「文学的自覚」—従立徳立功到立徳立言的転変　九江師専学報三・四
魏正申　陶淵明以詩文伝世思想的表述　鞍山社会科学五
呉功正　論陶淵明詩的美学成就　江西社会科学三
伍方南　「道」与陶淵明　浙江社会科学六
徐宝輝　陶淵明与酒解弄—兼論陶詩与酒　湖北民族学院学報四
徐国栄　「閑情賦」、陶淵明的游戯之筆　九江師専学報三・四
徐声楊　陶淵明審美気質的核心是「為仁由己」—兼与王鍾陵先生商榷　九江師専学報三・四
徐志嘯　陶淵明「回帰自然」的思考—兼及中西「回帰自然」論　雲夢学刊二
許承強　陶淵明「帰去来兮辞」中的「来」字応怎様解釈　韓山師専学報二
葉亦竹　酒与陶詩的中和之美　恵州大学学報三
尹栄方　陶淵明与日本人　新民晩報三月七日

袁伝璋　「桃花源記幷詩」疑義管窺　安慶師院学報一
張斌栄　陶詩理趣説　煙台師院学報二
張広傑　論陶淵明詩歌的現実性　宝鳩文理学院学報一
張淑芳・張笑蓉
陶淵明与華滋華斯之比較　洛陽師専学報一
張呂　坦万慮以存誠　憩遙情于八遐—陶淵明「閑情賦」主題新論　糸路学刊四
張偉　時代、自然与人—自然詩人陶淵明、華茲華斯及仏羅斯特比較談　太行学刊三
張玉声　由陶淵明之読書論及読陶淵明之書　新疆師範大学学報四
張志良　論張問陶的詩歌主張及其創作実践　鉄道師院学報四
鄭栄基　陶淵明不徳志与其出身的関係新探　広東民族学院学報三
周昭宜　田園寓深情、平淡顕奇美—華茲華斯和陶淵明詩歌比較談片　河北師範大学学報二
左健　陶淵明「好読書、不求甚解」論　雲南社会科学五
簡有儀　陶淵明詩中之化遷観　輔仁学誌（文学院之部）二三
王叔岷　陶淵明「与子儼等疏」箋証—据宋紹興壬子曾集校本為底本　台大中文学報六
盧明瑜　陶淵明「読山海経十三首」神話運用及文学内蘊之探討　中国文学研究八

一九九五年

論文

曹山柯　莫爾和陶淵明在握手—「烏托邦」与「桃花源記」比較研究筆記　長沙水電師院学報三

鄧安生　陶淵明「還旧居」詩及其事跡新探　渤海学刊四
都平　陶淵明的田園情結与「桃花源詩」的生成　武陵学刊五
房日晰　簡論李白対陶詩的学習与継続　南昌大学学報二
傅傑・李文河　美在言外―対陶詩「種豆南山下」的再思考　文科教学一
龔斌　陶淵明「忠憤」説平義　華東師範大学学報一
龔斌　陶淵明「忠憤」説平義　華東師範大学学報二
龔斌　陶氏宗譜中之問題　復旦学報一
顧農　陶淵明研究扎記三題　斉魯学刊六
郭満禄　「飲酒」詩主旨新探　煙台師範学院学報三
賀崇明　論陶淵明的孤独意識　学術論壇五
賀騰周一（鄭青訳）　陶淵明与一休　世界文学五
洪淑芳　陶詩「一去三十年」注釈商権　浙江師大学報一
胡勇　回帰自然―浅談陶淵明的芸術人生　南昌教育学院学報一
黄武強　「落英」的真義是什么　広西師院学報三
姜倫　「桃花源」中何以有「桑」「竹」「酒」？　雲南師大学報五
李昌明　南陽高士劉子驥　九江師専学報一
李華　精心探索　自是一家―魏正申治陶論　江西社会科学三
李華　陶淵明的仕隠与陶詩的芸術風格　首都師大学報四

李華　中国的仕隠与陶詩的芸術風格　首都師範大学学報五
李健　玄学与阮籍、陶淵明的人生思想　九江師専学報一
李陽春　陶淵明「帰園田居」五首評析　川東学刊一
李増　一個自然　両種文化―陶淵明与華滋華斯自然観比較　東北師大学報六
力之　「閑情賦」之評価種類　欽州師専学報四
梁頌成　陶淵明「不求甚解」的精神実質　武陵学刊二
劉晨鳴　酒与詩之精神通綴―読陶淵明　川東学刊一
劉鋒平　非自然含義的園田実為胸中的桃花源―陶淵明与園田関係探新　九江師専学報四
劉継才　陶淵明評伝・序　遼寧教育学院学報三
劉金鳳　出汚泥而不染―陶淵明詩歌与晋代文化　遼寧広播電視大学学報四
劉孟陽　貴在創新―魏正申『陶淵明集訳注』述評　遼寧電大学刊一
劉楊　論陶淵明詩文的審美心理　民族芸術研究五
龍文玲　陶淵明「読山海経」的幽憤与娯情　広西師院学報三
沙靈娜　辛陶契合説駁論　国際関係学院学報二
石中穎・魏正申
　浅析陶淵明詩文系年的「語調相類説」　三峡学刊三
唐満先・崔雄赫
　陶淵明以前田園詩之審美方式―兼論田園詩之定義　江西社会科学二
唐満先・崔雄赫
　陶淵明田園詩之審美方式　江西師大学報三

鉄明　苦心耕耘　妙筆生花—説魏正申『陶淵明集訳注』的訳解　遼寧電大学刊四
王定璋　陶淵明的愛好和撫無弦琴　文史雑誌六
王国瓔　陶詩中的宦游之嘆　文学遺産六
王輝斌　陶淵明与唐代文学的関係—以「桃花源詩幷記」為研究重点　九江師専学報四
王啓凡　在対自然的沈思中尋找心理平衡—也談王維、陶潜等人的山水的内蘊　遼寧大学学報一
王染白　「桃花源記」邏輯分析　洛陽師専学報一
王志清　心物冥一中的荘、禅精神—陶潜王維比較論　東北師大学報六
韋燕寧　略論陶淵明的仕官心態　広西民族学院学報三
魏正申　浅論陶淵明詩文系年依拠—「詠二疏」詩三種観点例説　遼寧電大学刊一
魏正申　公允精当陶淵明思想淵源説之釈結出新—徐声揚先生治陶貢献論　九江師専学報三
魏正申　対陶学両大症結—「隠逸」与「忠晋」的創釈—鍾優民先生治陶貢献論　九江師専学報四
魏正申　陶淵明「九日閑居」詩探旨　鞍山社会科学五
魏正申　試論陶淵明従忠君、有君到無君　天府新論五
呉雲　厚積薄発　頗具創見佳作—評魏正申的『陶淵明集訳注』　江西社会科学一
呉中勝　陳与義与陶淵明（淵明）、杜（甫）心態比較論　贛南師院学報二
謝暉・張伯文　浅談「桃花源記」的芸術魅力与語言特色　龍岩師専学報二
雄赫　陶淵明田園詩之審美方式　江西大学学報三
徐安輝　陶淵明田園詩意境成因再議　固原師専学報一

徐声揚　陶淵明「思想主導論」探微　九江師専学報三
徐志嘯　「桃花源」＝「烏托邦」？　中国文学研究一
楊暁崗　現実与想象—談陶淵明的想象方式　南通教学学院学報四
翟玉珂　論陶詩「朴」的両層含義　朝陽師専学報一
張馳　陶淵明之「隠」新説論譜　江西社会科学五
張福勛　美在言外—対陶詩「種豆南山下」的思考　文科教学一
張栄進等　論陶淵明詩歌之真　山東教育学院学報三
張玉声　由「奇文共欣賞、疑義相与析」説起—「由陶淵明之読書論及読陶淵明之書」続一　新疆師大学報四
張振軍　陶詩抒情芸術浅探　雲夢学刊四
張柱　蘇軾何以独好淵明之詩　山西大学学報三
章海生　重論陶淵明及其田園世界　宜昌師専大報四
趙以武　陶淵明六首和詩新解　甘粛社会科学二
趙治中　「使人間為人間的偉大詩人」—也談陶淵明的境界　麗水師専学報四
趙治中　陶淵明生死観剖視　江西社会科学六
周唯一　陶淵明詩歌之「真」　衡陽師専学報一
朱明秋　論陶淵明的自然観　桂林市教学学院学報三
王国瓔　陶詩中的隠居之楽　台大中文学報七

一九九六年

単行本

龔斌	陶淵明集校箋	上海古籍出版社
孟二冬	陶淵明集訳注	吉林文史出版社
呉沢順	陶淵明集	岳麓書社

論文

白広明	『捜神後記』的作用是陶潜嗎？	晋陽学刊二
蔡阿聡	「欣慨交心」―陶淵明詩歌情感的多重性	漳州師院学報一
曹麗環	論陶淵明思想性格的矛盾性	黒龍江教育学院学報四
曹慶鴻	略談陶淵明及其詩歌	牡丹江師範学院学報二
陳到遠	新探「桃花源記」原型	求索四
陳慧芳	試論陶淵明的「曠」与「真」	上海師範大学学報二
陳立旭	葛洪思想対「桃花源記」的傾向	斉魯学刊六
陳婉婉	「桃花源記」的題材与写作手法	台州師専学報一
陳文忠	従闡釈史看「飲酒・其五」的詩学意義―兼談詩学研究的一種途経	東方叢刊二
陳忠	韓国四十年（一九五四―一九九五）陶淵明研究概説	九江師専学報二
丁叡	略論蘇軾的和陶詩	貴州社会科学三
丁永忠	浪漫陶詩与魏晋仏教及當代魔幻現実主義（上篇）	三峡学刊一
丁永忠	浪漫陶詩与魏晋仏教及當代魔幻現実主義（下篇）	三峡学刊二

東麓　東坡論陶述評　塩城師専学報一
高国藩　論陶淵明詩文中「真」的境界　九江師専学報一
高衛国　執着手、超脱乎？―従「帰去来兮辞」看陶淵明矛盾的内心世界　南通教育学院学報一
顧農　前期陶淵明的双重人格　社会科学輯刊三
韓文奇　論陶淵明「飲酒」的美学風貌　甘粛社会科学二
胡晰　簡論陶淵明的「義利」観　江西社会科学三
黄漢平　此中有真意―読譚時霖『陶淵明詩文英訳』　暨南学報三
黄漢平　読譚時霖『陶淵明詩文英訳』全集　暨南学報三
姫忠勛　在苦痛中尋找超越―談陶淵明的思想矛盾及解脱方式　首都師範大学学報三
吉文　魏晋南北朝文学国際学術討論会関于陶淵明的争鳴　九江師専学報一
李華　高屋建瓴　推瀾陶学―関于呉雲的陶学評論　九江師専学報一
李華　鍾優民『陶学史話』述評　江西社会科学八
李金坤　「落英」別解　九江師専学報二
李文河・傅傑　論陶淵明自然率真的態度　張家口師専学報三・四
李寅生　論陶淵明「桃花源」理想的生命力　河池師専学報一
李志人　陶淵明田園詩簡単析　電大学刊六
林岫　桃花詩設色法挙隅　中華詩詞四
劉鴻達　試論陶淵明詩歌的平民精神　哈爾浜師専学報四
劉啓雲　此中有真意　欲弁已忘言―論陶淵明田園詩対中国詩境的開拓　江漢論壇六

劉躍進	走近陶淵明	九江師専学報二
呂家林	一語天然万古新　豪華落尽見真淳―読『陶淵明集』	貴陽師専学報四
梅俊道	黄詩与陶詩	山東大学学報二
裴登峰	建構人生的自然―従個性因素看陶淵明之帰隠二題	青海師大学報二
任小玲	「淡柔情于俗内　負雅志于高雲」―「閑情賦」探謎	寧夏学刊四
石先進	隠遁和隠逸―陶淵明帰隠的両個階段	上饒師専学報五
宋効永	謝霊運之「逍遙」与文学創作及其与陶淵明之比較	居巣学刊二
孫緑江	陶淵明「飲酒」二十首結構探微	貴州師範大学学報三
唐登高	論陶潜隠逸詩的極致境界―兼釈王国維的「無我之境」	上海大学学報六
唐登高	論陶潜隠逸詩的極到境界	銀川師専・寧夏教育学院学報五
童強	論陶淵明田園詩的写実傾向	文学遺産一
王成傑	人品与詩風―読陶淵明詩扎記之一	貴州民族学院学報二
王定璋	陶淵明的読書観―「好読書、不求甚解」新解	文史雑誌二
王廷箴	試論陶淵明詩中之「理」	徐州教育学院学報四
王原賛	論陶淵明田園詩的社会意義	江蘇教育学院学報一
王振泰	「閑情賦」情測	九江師専学報四
魏娟莉	従性格気質看陶淵明的帰田	許昌師専学報一
魏正申	精心的陶集編次　勤力的詩文系年―王瑤先生治陶貢献論	九江師専学報二
魏正申	論二十世紀陶淵明研究第一次大開拓	九江師専学報三
魏正申	論二十世紀陶淵明研究第二次大開拓	九江師専学報四

伍方南　陶謝詩歌差異論　杭州大学学報一
蕭慶偉　北宋党争与杜詩陶詩之顕晦　河北大学学報三
徐声揚　陶淵明四言詩特色及義疏挙隅―兼説多種『陶淵明集』的注釈　九江師専学報一
徐声揚　試説「田家語」入陶詩　九江師専学報三
楊傑　浅析陶淵明謝靈運的詩歌芸術　済寧教育学院学報一
楊乃喬　玄学語境下的江州経学与陶淵明詩学的悲劇美学思想　四川師範大学学報四
伊藤直哉　略論陶淵明的夫婦関係及文学創作　九江師専学報三
兪潤生　論陶白雑文的芸術成就　揚州師院学報二
袁達　陶淵明「述酒」新解　河南教育学院学報一
袁達　談談陶潜詩文中的「太陽―英雄」原型　鄭州工学院学報一
袁達　論陶淵明的回帰情結　南都学刊五
袁行霈　陶淵明享年考弁　文学遺産一
張翠萍　陶淵明帰隠的負面性　平原大学学報一
張廷銀　嵇康陶淵明詩歌飛鳥意象比較　固原師専学報一
張廷銀　陶淵明適正得意的審美基礎　九江師専学報三
張応斌　陶淵明的農業文学　湛江師範学院学報四
張振亭　死生都寂寞　悲観皆如夢―試論陶淵明的孤独　東疆学刊三
章海生　略論陶淵明的思想矛盾　鎮江師専学報二
章海生　陶淵明和他的田園建構―兼論陶淵明的終極関懐及其現代属性　蘇州大学学報三
章海生　論陶淵明進入田園詩境界的心理与芸術調整―兼説陶淵明的豪放詩作　九江師専学報四

趙治中　論陶淵明的人生境界　江西社会科学五
趙治中　最人生的芸術―読陶淵明詩文扎記　麗水師専学報四
趙治中　論陶淵明的人為思想―読陶扎記　天府新論四
趙治中　論陶淵明的人為思想―読陶扎記　天府新論九
鄭明璋　陶潜賦論　臨沂師専学報一
程愛民　同是世外桃花源里的耕耘―論陶淵明与弗羅斯特的自然詩　解放軍外語学院二
周建忠　躬耕生活的真実記録―読陶淵明「乞食」　古典文学知識四
周暁琳　崇陶現象与古代文人的自由観　四川師範学院学報一
朱新法　群山連綿、後有奇峰―陶淵明、謝霊運山水田園之作的前奏　古典文学知識一
祝注先　陶淵明渓族論説　中南民族学院学報二

一九九七年

単行本

袁行霈　陶淵明研究　北京大学出版社
袁行霈・楊賀松　陶淵明集　遼寧教育出版社

論文

薛敬梅　永遠的憧憬―『老実人』中的「黄金国」与「桃花源記」中的「桃花源」　思茅師専学報二

曹慶鴻　説不尽的陶淵明—試談陶淵明及其詩文之魅力　牡丹江師院学報二

曹慶鴻・尹琳　春来偏是桃花水—試論「桃花源記」的幻滅意識　牡丹江師範学院学報四

常進山　陶淵明的「任真」思想対其詩作的影響　天中学刊一九九七増刊

陳向春　詩与酒—唐詩里的陶淵明　東方叢刊一

陳言　陶淵明研究情況介紹—三十年来陶淵明討論和研究的回顧　東方叢刊二

春華　陶淵明研究新成果　文滙報八月二六日

戴鴻斌　「桃花源記幷詩」与『瑞普・凡・温克爾』　九江師専学報四

戴建業　知性与尽分—論陶淵明対自我的体認　華中師範大学学報一

戴建業　論陶淵明回帰自然的生命力　平頂山師専学報三

鄧瓊　陶淵明対自然美学觀的歴史貢献　徐州教育学院学報三

丁三省　陶淵明詩中的労働美　信陽師範学院学報一

丁淑侠　陶淵明的帰隠生涯与他的作品　淮煤師院学報三

丁永忠　陶潜「挽歌詩」与魏晋仏教「三世之辞」　九江師専学報四

丁永忠　儒玄兼宗 以礼閑情—三論陶淵明「新自然説」与東晋士風及仏教　三峡学刊四

顧農　陶淵明対仏教的態度　山東師範大学学報一

郝清菊　試論陶淵明詩歌的感傷特徴審美価値　河南師範大学学報五

胡暁明　従儒家思想論屈陶杜蘇的相通境界　安徽師範大学学報一

黄宇鴻　真中求美 淡中見淳—対陶淵明詩的美学欣賞　斉斉哈爾師院学報四

蔣紅梅　陶淵明「歳暮和張常侍」賞析　古典文学知識二

柯素莉	回帰自然 独標高格―陶淵明回帰田園的価値思想	武漢教育学院学報五
李措吉	放浪形骸之外 謹守規矩之中―陶淵明人生状態之現代審視	青海民族学院学報三
李華	近二十年陶淵明研究総述	九江師専学報三
李剣鋒	論蕭統対陶淵明的接受	山東大学学報四
李剣鋒	陶淵明接受史新局面的開創者梅堯臣	山東師範大学学報五
李建中	詩論陶詩的人格精神	華南師大学報六
李小成	陶淵明序文初探	新疆教育学院学報三
李陽春	陶淵明「読山海経」詩浅論	川東学刊一
梁文勤	試論陶淵明王維田園山水詩美之不同風貌	南通教育学院学報三
劉合林	窘迫之際、愈見其真―読陶淵明「乞食」	古典文学知識五
劉継才	論陶淵明「閑情賦」	遼寧教育学院学報三
劉孟陽	論二十世紀陶淵明詩文系年探討三次展拓	江西社会科学四
劉琦	「詠二疏」与陶淵明	長春師範学院学報二
呂家林	陶潜未「隠」論	貴州教育学院学報四
呂相康	論陶淵明詩文的文心真淳美	黄石教育学院学報一
呂相康	論陶淵明詩文的文法自然美	黄石教育学院学報二
洛保生・王春来	論陶淵明的生死観	河北学刊一
梅大聖	論陶淵明「固窮節」対蘇軾晩年「処窮」生活影響	楽山師専学報四
慕陶	説不尽的陶淵明―記中日学者首届陶淵明学術研討会	九江師専学報四

牛敬徳　読陶淵明「飲酒」詩偶記　阜陽師範学院学報三
裴登峰・龔真国　陶淵明的創作動機与芸術情境　青海師範大学学報一
石紅英　辛棄疾与陶淵明　山東師範大学学報一
石中頴　対陶淵明研究両個枉説的糾誤—独魏正申「二十世紀陶淵明研究」的第一・二次「大開拓」　鞍山社会科学三
宋瑋　「但得琴中趣 何労弦上声」—音楽文化中的陶淵明　東方芸術四
唐登高　論陶潜隠逸詩的極到境界—兼釈王国維的「無我之境」　呼藍師専学報四
鉄明　談陶淵明的五種人生抉択　九江師専学報一
王伝徳　陶淵明韻考—兼与王力先生所分魏晋南北朝韻部比較　山東大学学報二
王耕原　陶淵明五官三休的痛自懺　陝西師範大学学報四
王廷箴　再論陶淵明詩中之「理」　徐州教育学院学報一
王廷箴　試論陶淵明的擬古詩　徐州教育学院学報三
王新華　陶淵明的「仕」与「隠」管見　江蘇教育学院学報三
王振泰　駁「刑天舞干戚」訛説　陰山学刊二
韋燕寧　論陶淵明詩中的寄托　広西民族学院三
衛紹生　陶淵明与東晋仏教　中州学刊五
衛紹生・王守国　撫琴弄弦不解音—陶淵明与音楽　武陵学刊五
魏正申　論二十世紀陶淵明研究第三次大開拓　九江師専学報一

魏正申	陶淵明享年六三歳説弁正	江西社会科学一
魏正申・李華	論二十世紀陶淵明研究第四次大開拓	九江師専学報三
魏正申	陶淵明無君論思想浅析	鞍山社会科学二
呉懐連	「桃花源記幷詩」与中国農業社会理想主義	百科知識九
呉雲	二十世紀編注『陶淵明集』的三次創獲	九江師専学報三
熊永謙	「帰去来辞」結構談	貴州大学学報一
徐声揚	陶淵明若干問題新考	九江師専学報一
徐声揚	陶淵明「始家何処？」	九江師専学報三
許淵沖	再談陶詩英訳	外語与外語教学一
楊海健	任真自保、中和任放―陶淵明主導性格略論	首都師範大学学報五
楊法文	浅論陶淵明的「飲酒」詩	蒲谷学刊三
楊志学	閲読陶淵明―兼及詩人的排名問題	名作欣賞三
姚蓉	老荘思想与陶淵明的生死観	長沙電力学院四
儀平策	玄、仏語境与陶、謝詩旨	山東大学学報二
袁達	「桃花源記」的結構伸縮及其風格基調	南都学刊二
袁行霈	陶詩主題的創新	中国文化研究一
袁伝璋	「桃花源記幷詩」疑義斠論	安徽師大学報五
張瑞君	荘子思想与陶淵明的人生境界	西南師範大学学報三
張国安	陶淵明、一次千年不弁的文化冒險	江蘇文史研究四

張弢　「為淵明、止于酒」―陶淵明「止酒詩」新解　文史知識二
張可礼　陶淵明的文芸思想　文学遺産五
張慶栄　如何看陶淵明的帰隠　曲靖師専学報一
張廷銀　「閑情」自当属真情―論陶淵明「閑情賦」的人生意義　学術交流一
張玉美　恬淡聖潔心霊的折光―「帰田園居」浅析　荷沢師専学報一
張玉声　貫雲石何慕陶淵明　新疆師範大学学報四
鄭広智　「小国寡民」到「世外桃源」―浅論老荘思想対陶淵明的影響　徐州師範大学学報三
鄭雲萍　『九江師専学報』「陶淵明研究」学術成果述評　九江師専学報三
趙治中　詩論陶淵明的孤独意識及其消釈九　天府新論六
鍾尚鈞　田園、詩、酒与陶淵明　阿壩師専学報二
鍾優民　世紀回眸―陶学的由来和走向　九江師専学報三
周達斌　「発乎情、止乎礼」与弗洛伊徳和「泛性論」―読陶淵明「閑情賦」所想到的　語文輔導四
周建忠　屈原与陶潜漫議　荊州師専学報四
周明　欣慰、苦悶、解脱―重読陶淵明「帰去来兮辞」　江蘇教育学区因学報一
祝菊賢　陶淵明「雑詩」詩歌意象結構管窺　陝西師範大学学報四
祝菊賢　生命自我興現実自我的糾葛与幻化―陶淵明「飲酒」詩七首意ぞう結構探索　西北大学学報二
鄒文生　陶淵明「不為五斗米折腰」弁　中州学刊三

一九九八年

論文

蔡正発　陶淵明対白居易的影響　雲南学術探究二
曹大良　率真与醇的統一―陶淵明詩文創作述評　中国人民警察大学学報一
曹慶鴻　論陶淵明性情及対詩文的影響　斉斉哈爾師範学院学報一
曹慶鴻　試論陶淵明悲情与解説　河北大学学報一
曹慶鴻　陶淵明仕宦理想的詩意表達　北方論叢二
陳氷白　陶詩的理趣　沈陽師院学報三
陳長栄　適性抒憶与縁意写景―陶淵明咏懐詩意境論　鉄道師範学院学報三
陳勁　桃花源適悲劇特色　涪陵師専学報三
陳向春　論陶淵明批評的歴史軌跡及文化効用　中州学刊五
陳忠　精心・精美・精致・精品―「陶淵明研究」専欄扎記　江西社会科学二
池沢滋子　蘇東坡与陶淵明的無弦琴　中国典籍与文化一
大地武雄　陶淵明的身後名　九江師専学報増刊
大上正美　再考「飲酒其五」　九江師専学報増刊
戴建業　恬淡澄清―『陶淵明研究・導論』　湖北教育学院報一
戴建業　洒落与憂勤―論陶淵明的生命境界及文化底蘊　中国韻文学刊一
戴建業　養真与守拙―論陶淵明帰隠　九江師専学報四
鄧安生　陶淵明享年無七十六歳弁―与袁行霈先生商権　文学遺産二

鄧紅梅　辛棄疾与陶淵明　蘇州大学学報二
鄧民興　「田園」異趣「帰隠」別情―陶淵明与王維比較　唐都学刊四
丁永忠　儒玄兼宗 以礼閑情―陶淵明「新自然説」与東晋士風及仏教的関係　九江師専学報二
董芳　千古両陶子 真淳鑄詩魂―陶淵明田園詩与陶行知新体詩比較　佳木斯教育学院学報二
方良　従韋応物的江淮詩看「陶・韋」異同　九江師専学報四
高建新　陶淵明生死観剖探　内蒙古社会科学三
郭豊功・郭楽義　玄学与陶淵明的詩歌創作　南都学刊四
郭学勤　浅析「桃花源記」的芸術特色　内蒙古民族師院一
韓春萌　「桃花源」与小説源流　九江師専学報一
韓亜成　陶淵明的儒学観及其時代価値　延安大学学報四
横山伊勢雄　関於蘇軾的「和陶詩」　陰山学刊二
洪迪　陶淵明与超現実主義　詩歌報月刊一一
姜暁霞　陶淵明的儒道思想　西南民族学院学報増刊
井上一之　『陶淵明集』所収「問来使」詩真偽考　九江師専学報二
康剣民　略論陶淵明的田園詩　理論月刊一〇
李国文　小狂与大狂―陶淵明与謝霊運的命運　人物五
李華　陶淵明「和郭主簿二首」　文史知識一
李華　陶淵明的思想分期研究評説　九江師専学報三
李華　二十世紀陶淵明享年争弁得失評議　江西社会科学七

李華	陶淵明対「名」的看法	九江師専学報増刊
李華	近二十年陶淵明研究総述	九江師専学報増刊
李珺平	松、菊崇拝与魏晋士人心態―従陶淵明談開去	湛江師範学院学報一
李珺平	如何看待陶淵明与朝廷的関係？―兼談魯迅論陶之精蘊	湛江師範学院学報四
李文初	関於陶淵明的享年問題	文学遺産二
李文初	地区性陶淵明研究述評	九江師専学報増刊
李文潔	一種自然　両種風景―陶謝詩境的差異	文史知識八
李旭儔	論陶淵明田園詩的芸術特色	甘粛高師学報一
力之	「閑情賦」之評価種種―兼説蕭統在『陶集序』与『文選』中之不同価値取向	湖北民族学院学報四
廖仲安	説陶二題	九江師専学報増刊
劉継才	柳宗元与陶淵明比較論	遼寧教育学院学報二
劉孟陽	貴在創新、魏正申『陶淵明集訳注』述評	鞍山社会科学九
劉振峰	「乞食」的芸術魅力―人情美	名作欣賞二
柳国忠	梅山文化与「桃花源記」	劭陽師範高専学報四
柳紹瑾	論陶淵明的古遠情結	江蘇社会科学五
柳音	試論陶淵明対時間的体梧与言説	漳州師院学報一
呂相康	論陶淵明詩文的文辞淡泊美	黄石教育学院学報一
羅宗強	陶淵明、玄学人生観的一個句号	九江師専学報四
馬現誠	陶淵明的「安道苦節」及其人生境界	広西民族学院学報三

馬現誠　陶淵明「安道苦節」及其人生境界　教学与管理六
梅大聖　論陶淵明「固窮節」対蘇軾晩年「処窮」生活的影響　九江師専学報一
莫純玉　花開有異　竟自芬芳—陶淵明孟浩然詩美之比較　右江民族師専学報一
農学冠　陶淵明瑤族源流考　広西民族学院学報四
曲平　「胡思乱想」的自白、「清新真切」的情詩　寧夏大学学報一
上田武　魏晋隠逸思潮和陶淵明—嵇康到陶淵明　九江師専学報増刊
石川忠久　関於陶淵明的研究法　九江師専学報増刊
蘇芸　陶淵明、生命価値的充分実現者　新疆師範大学学報四
湯江浩　従遮蔽走向澄明—読戴建業著『澄明之境—陶淵明新論』　華中師範大学学報六
湯志岳　陶淵明—哀悼文的改造者　九江師専学報二
唐満先　陶淵明処世面面観　九江師専学報増刊
王彩琴　陶潜「贈長沙公幷序」—詩作年考　許昌師専学報三
王延箴　略論陶淵明的「雑詩」　徐州教育学院学報一
王屯　陶詩「恨枯槁」弁　徐州教育学院学報三
王力堅(新)　陶淵明「飲酒」(其五)之「真意」　名作欣賞三
王玲華　浅述陶淵明的無神論思想　無錫教育学院学報三
王振泰　「弱女」乃陶淵明之女児　九江師専学報三
汪榕培　両種文化、両種田園詩　外語与外語教学一
汪榕培　承前啓後、推陳出新—陶淵明的『停雲』詩賞析　外語与外語教学二
汪榕培　一道生動的寓言詩—陶淵明的「形影神」比読　外語与外語教学三

汪榕培　陶詩英詩百花開―陶淵明「飲酒」英訳比較　外語与外語教学四
汪榕培　各領風騒訳陶詩―「帰園田居」（其一）英訳比較　外語与外語教学五
汪榕培　詩中画・画中情・情中意―「帰園田居」（其三）英訳鑑賞　外語与外語教学六
汪榕培　一語天然万古新（上・下）―陶淵明其人其詩　外語与外語教学一〇・一一
韋玲娜　陶淵明的両難心態　粤海五一六
衛紹生・王守国
　委運大化唯求真―陶淵明的人生態度　鄭州大学学報五
魏正申　従李華『陶淵明新論』的失誤談治学道徳　四川三峡学院学報二
魏正申　陶淵明青年時期思想特徴論　遼寧広播電視大学学報二
魏正申　論陶淵明的真情人生　鞍山社会科学七
魏正申　陶淵明寿年六三歳説弁正　九江師専学報増刊
呉雲　逯欽立的陶学貢献　九江師専学報三
呉雲　陶学一百年　九江師専学報増刊
武井満幹　関於陶淵明的隠遁生活　九江師専学報増刊
謝名揚（台）陶詩的理趣　大陸雑誌
徐声揚　評陶淵明享年五説　九江師専学報二
徐声揚　也談陶淵明的夫婦関係―与伊藤直哉先生商酌　九江師専学報四
徐声揚　陶淵明初仕後并未閑居　九江師専学報増刊
許思友　陶淵明思想性格整合　池州師専学報二
伊藤直哉　「帰去来兮辞」扎記　九江師専学報増刊

張万民　陶淵明的人生観和玄学人生観　九江師専学報四
沼口勝　関於陶淵明的「乞食」詩的寓意　九江師専学報増刊
趙治中　真正芸術的人生―読陶淵明詩文扎記　麗水師専学報一
鄭徳開　従陶淵明帰隠的社会背景与詩文内容看政治的投機性　楚雄師専学報一
鄭徳開　陶淵明入仕与帰隠的実質　楚雄師専学報四
鄭凱　幽黙大師陶淵明　華南師範大学学報三
鍾優民　世紀回眸、陶学的由来和走向　九江師専学報増刊

一九九九年

単行本

廖仲安・唐満先
　陶淵明及其作品選（歴代名家与名作叢書）　上海古籍出版社
渭卿　陶淵明詩選　山東大学出版社

論文

白霊階　浅談陶淵明的仕隠矛盾　邵陽師専学報四
常昭　氷炭満懐抱　欣慨交心胸―陶淵明詩歌総体新論　広西師範学院学報一
陳方力・焦樹民
　陶淵明与魏晋風度　江西社会科学一二
陳鴻　相似的自然不同的所見―陶淵明与華滋華斯　江西教育学院学報五

陳金花　論道家玄学対陶淵明其人及詩的影響　恵州大学学報二

陳凱　陶淵明詩文的思想内涵和芸術風格　前進論壇一二

丁福林　陶淵明詩新証　沈江師専学報二

丁永忠　魏晋仏教玄風与東晋詩人陶淵明―「陶詩仏音弁」献芹　九江師専学報三

杜景潔　揺憾詩魂―従「読山海経」看神話英雄対陶淵明的感召　遼寧師専学報三

高揚　論陶淵明「閑情賦」的基本意及其人生向度　新東方二

龔斌　陶淵明受仏教思想説質疑―読丁永忠「陶詩仏音弁」　九江師専学報四

顧農　陶詩剖析二題　九江師専学報二

郭傑　「平淡」―陶詩風格之闡釈　社会科学戦線二

郭文麗　陶淵明帰隠中的性格因素　九江師専学報四

江氷　帰隠田園的陶淵明　中国典籍与文化二

景蜀慧　「読「山海経」十三首」与陶淵明思想中的墨派傾向　中国史研究一

景蜀慧　陶淵明思想中墨派傾向探源　文史哲二

黄禄濤・蒲岸華　魏正申研陶的評論述略―為中国廬山文化交流中心挙行「魏正申先生治陶学術検討会」作　鞍山社会科学七

黄亜卓　試論陶淵明詩歌「真」的美学蘊味　広西師範学院学報一

李華　対陶淵明研究的幾点希望　九江師専学報一

李華　二十世紀十大陶学家論総述　江西社会科学四

李珺平　従陶淵明所崇敬的五位女性透視其夫婦関係―兼談其人格行為和生活理想

汕頭大学学報五
李剣鋒　清韻人格菊花香—蒲松齢与陶淵明　煙台師院学報一
李剣鋒　晩唐五代詩人与陶淵明　九江師専学報二
李剣鋒　世称陶謝詩　陶豈謝可比—宋代文学史上的抑謝論　古典文学知識二
李剣鋒　論江淹在陶淵明接受史上的貢献　山東師範大学学報三
李剣鋒　論唐代人接受陶淵明的原因和条件　文史哲三
李艶秋　永不凋謝的芸術之花—浅談陶淵明田園詩芸術特色　牡丹江師院学報四
李昭君　陶淵明「不為五斗米折腰」新解　人文雑誌三
梁球　略論陶淵明詩文的人情美　広西教育学院学報六
劉愛東　一個封建文人的家園之夢—陶淵明和他的外桃源　咸陽師専学報増刊
劉琤琤　関於陶淵明生年等問題的年譜滙考　宜春師専学報六
劉克勤　論陶淵明的詩歌的独特風貌　麗水師専学報一
劉明華　理想性、神秘性、歴史真実—対「桃花源詩併記」　文学遺産一
劉蔚　従桃源到酔郷—試論王績対陶詩文化内涵的継承与衍変　徐州師範大学学報三
劉雪梅　論陶詩中「松」「菊」「桃源」意象的道教神話原理　理論与創作三
陸濤　著名陶学専家魏正申教授　鞍山社会科学二
羅清泉・申雅輝
論陶淵明田園詩中人格悲劇美　広西教育学院学報六
羅艶婷　悲風中徘徊的「孤鴻」与「幽人」—阮籍、陶潜悲劇性人生異同　中国文学研究三
馬自力　論陶詩対後代山水詩的影響　北京科技大学学報二

寧薇	別辟蹊径　独起衆類—評建業著『澄明之境—陶淵明新論』	九江師専学報二
潘宇広	「桃花源」的取名与「桃花源思想」的根源	九江師専学報三
守雪	陶淵明「新自然説」再探討	殷都学刊二
孫傑軍	陶淵明詩歌風格之我見	宿州師専学報四
孫静	陶淵明和他的田園詩	神州学人一二
孫明君	陶淵明—幻滅的田園夢	陝西師範大学学報三
田建恩	帰隠—陶淵明積極的人生選択	石家荘師専学報一
王能勝	胡思乱想的自白—陶淵明「閑情賦」主旨之我見	九江師専学報四
王治英	談陶淵明田園詩和美学追求	雁北師範学院学報四
韋燕寧	略論陶淵明的悲憤	広西師範学院学報一
魏明	馬志遠隠逸曲与陶淵明田園詩芸術手法比較談	咸寧師専学報五
呉紅梅	跨越二百年的神交—王績与陶淵明	古典文学知識五
呉小美・馮欣	是白璧之華而非白璧微瑕—陶淵明「閑情賦」賞析	名作欣賞四
呉雲	論朱光潜評陶詩「静穆説」—兼答鍾優民先生	九江師専学報三
徐声揚	也談陶淵明的哲学思考—兼与袁行霈先生商権	九江師専学報二
徐声揚	尋陽、柴桑、旧居和南村的地理位置考	九江師専学報四
姚蓉	「一語天然万古新　豪華落尽真淳」—陶淵明的作品風格与老荘思想	湖南大学学報二
姚蓉	陶淵明的人格理想与老荘思想	中国文学研究四
原璞	「猛志溢四海」与「守拙帰園田」喜読李錦全著『陶潜評伝』	学術研究九

張徳琴・韓紹傑　豪華落尽見真淳—試析『陶詩二首』的意境和語言美　語文天地一五
張宏軍　略論陶淵明隠逸思想的発展軌跡　新疆師範大学学報三
張虎升　陶淵明的「山海経」情結　武漢教育学院学報二
張虎升　陶淵明彭沢帰隠原因之再検討　武漢教育学院学報四
張嘉林　帰去来兮—陶淵明入仕帰隠的人生体験　遵義師専学報四
張節末　従陶潜的「化」到王維的「空」—晋至唐詩自然観変遷的個案分析　浙江学刊二
趙治中　真正的人生芸術—読陶淵明詩文扎記　江西社会科学四
趙治中　「琴瑟不調」還是「与其同志」？　麗水師専学報六
鄭雲萍　欣喜介紹介一組日本学人的研陶新作　九江師専学報一
鍾優民　陶淵明美学思想及其在中国美学史上的地位—兼答呉雲　九江師専学報一
朱恵東　以心託物与以情注物—陶杜両大詩人表現風格比較　解放軍外国語学院増刊
朱堯華　還談「桃花源記」之「外人」　中国民族学院学報四
宗遠崖　逯欽立校注『陶淵明集』偶訂　九江師専学報一

二〇〇〇年

単行本

鍾優民　陶淵明研究資料新編　吉林教育出版社
鍾優民　陶学発展史　吉林教育出版社

論文

安立典世　陶淵明「自祭文」「楽天委分、以至百年」考　九江師専学報四
蔡阿聡　論陶淵明的二重人格　河北学刊四
常江・鄭雲萍　日本二十世紀研陶著論概覧　九江師専学報三
陳道貴　若即若離、神韻独具—陶淵明与晋宋詩壇主潮関係略論　西北大学学報二
陳金枝　陶淵明愛菊新解　学術論叢二
陳秋楓・陳俊楓　論陶淵明的真淳人格　集寧師専学報二
鄧新躍　陶澍的陶淵明研究述評　益陽師専学報四
丁永忠　陶淵明真的未受仏教影響嗎？—答龔斌先生質疑　九江師専学報二
範衛東・夏欣才　「走」与「化」人生理想的幻滅和掙扎、魯迅「故郷」和陶淵明「帰去来兮辞幷序」的対比閲読　南京大学学報六
馮乾　陶淵明「責子」詩解読　古典文学知識二
馮紅兵　論陶淵明桃花源思想的根源　池州師専学報二
傅興林　試論謝霊運与陶淵明帰隠的差異性　漢中師範学院学報一
傅以瓊　試論陶淵明憂患感的消解　南昌職業技術師院学報一
傅正義　論陶淵明対中国詩境的七大開拓　西南師範大学四
高国藩　論陶淵明詠風　塩城師院学報一

顧農　「五斗米」是陶淵明的日工資嗎？　九江師専学報四
郭洛伊・張新碩
　試論阮籍和陶淵明詩歌的玄学精神　南都学刊二
韓国強　従「和陶詩」看蘇軾晩年心態　瓊州大学学報四
何満子　「小説前史」時期両篇堪称小説的作品　古典文学知識三
胡遂　従陶・謝・王・孟看審美情志対山水詩意境的影響　湘潭師院学報二
黄雲　徐声揚治陶成就簡述　九江師専学報三
姜宝林　陶淵明矛盾心理略析　語文学刊二
金周淳　陶淵明詩文中的儒仏道思想　贛南師院学報二
金周淳　陶淵明詩文之思想根源　阜陽師院学報五
井玉貴　陶淵明享年七六歳説不能成立的両点補正　九江師専学報三
李桂奎・張学成
　論陶淵明散文的詩意美　江西社会科学三
李華　「陶淵明以詩文伝世思想」説及其研究綜述　江西社会科学三
李華　開拓創新、別具一格、簡論趙治中『陶淵明論叢』　江西社会科学一一
李剣峰　加強陶淵明接受史研究　九江師専学報三
李健　陶淵明的文学思想　阜陽師院学報三
李麗潁　論陶淵明的心霊回帰　藍州学刊五
李文初　陶淵明享年研究、歴史的回顧与審視　九江師専学報一
李昱　陶淵明的激蕩情緒在作品中的表現　南昌職業技術師範学院学報四

劉大純・劉新農　康王谷史弁析　九江師専学報四
劉剛　陶淵明「桃花源」社会理想新論　鞍山師院学報一
劉継才　評「二十世紀陶学論著」与「陶淵明及其研究論」　遼寧教育学院学報一
劉雪梅　論陶淵明詩歌意象中的道教神話原型　宗教一
劉正平　談陶淵明筆下的飛鳥形象　六安師専学報三
龍興武　「桃花源記」与武陵苗族　学術月刊六
陸建祖　鳥・菊・酒―陶淵明田園詩審美意象探析　電大教学三
陸振勛　試析陶淵明的作品風格及其思想淵明　広西大学学報増刊
羅靖　論陶淵明生命価値本体中的人文意蘊　湖南商学院学報五
馬暁坤　従現実的田園到詩国的想象―陶淵明対於理想境界的追求与回帰　九江師専学報三
馬雲萍　陶淵明入仕及帰隠心態探析　大連教育学院学報二
毛徳富　説不尽的陶淵明―「文化視野中的陶淵明」評介　佳木斯大学学報二
梅大聖　一部建構陶学学術工程的重要専著、読魏正申「二〇世紀陶学論著」随感　欽州師専学報四
梅大聖　再論蘇軾学陶「固窮節」的文化内涵、兼談陶淵明与蘇軾理想人格模式　鄂州大学学報四
苗勇剛・賈宇萍　馬洛・華茲華斯、陶淵明田園詩比析　中国砿業大学学報一
孟麗娟　陶淵明人生悲劇原因尋探　雁北師院学報一

孟正政　「猛志固常在」与「悠然見南山」、論陶淵明性格的二重組合　宝鶏文理学院学報増刊
倪雅男　陶淵明的帰隠之路　黔西南民族師専学報二
寧稼雨　『世説新語』何以不収陶淵明　天中学刊三
欧就生　陶淵明、王維詩歌意境的比較　湛江師院学報一
朴三洙(韓)　陶淵明四言詩探論　人文雑志一
石川忠久　中日学者的「陶淵明情結」『六朝学術学会報』創刊辞　九江師専学報一
石観海　終老未銷的霊魂苦闘―解読「形影神」　武漢大学学報三
宋緒連　試評「二〇世紀陶学論著」　遼寧大学学報二
孫東臨　万物各有託、孤雲独無依―陶淵明内心世界管窺　江漢論壇二
孫暁梅　回帰自然―陶淵明対生命的大権方式　江西社会科学二
唐啓翠　伝統文化的精神家園、「桃花源記」源流考　社会縦横四
陶新民　陶淵明、玄学人生観的終結玄詩的超越　安徽大学学報一
鉄明　優劣真仿　値得一弁―対陶淵明詩「詠三良」之質疑　鞍山師院学報二
王建平　従阮籍・陶淵明看儒家帰隠思想的特徴　河南社会科学四
王晋華　二十世紀「陶淵明研究」書評的情況与特点　九江師専学報一
王麗芬　従潘岳・陶淵明的詩文看他們隠逸思想　福建師範大学学報二
王玫　常恐霜霰至、零落同草芥―解読陶淵明　文史知識五
王栄桂・張暁鵑・張元凱
論「桃花源記」的思想性　南都学壇二
王許林　表傾城之艶色、期有徳於伝聞、読陶淵明「閑情賦」　古典文学知識五

王艶峰　従陶淵明詩中的鳥意象看六朝時期意象蘊的変遷　中文自学指導一
王振泰　新論陶淵明尊重女性　九江師専学報一
汪培　従「形影神三首」看陶淵明的生命境界　宝鶏文理学院学報増刊
汪榕培　自序二篇　九江師専学報二
汪玉川　「隠」之観念的冲突・対立与錯位―也談劉勰未評陶詩的思想根源　河北学刊三
魏江華　平淡出於自然―浅談陶淵明的田園生活芸術　思茅師専学報四
魏正申　堅実・全面・創新―趙治中先生陶淵明研究述評　麗水師専学報一
呉定球　蘇軾「和陶游斜川」詩系年考弁　恵州大学学報三
呉国富　九十年代陶淵明研究的新拓展　九江師専学報二
呉国富　中日学者第二届陶淵明学術検討会円満結束　九江師専学報四
呉栓虎　論陶淵明的孤独意識　集寧師専学報二
呉雲　「陶学」百年　文学遺産三
徐強　「陶謝」思想変化与創作風貌比較　徐州教育学院学報四
徐声揚　論「桃花源」的構建基礎　九江師専学報二
徐声揚　陶淵明践行孔孟美学的潜体系　九江師専学報三
徐小平　「桃花源」与「黄金国」　江淮論壇六
徐新平　「帰去来兮辞」題旨弁析　中国文学研究二
徐治堂　生命意識的悲歌、陶淵明詩歌浅論　延安大学学報四
許暁晴　論陶淵明的人生悲劇　晋陽学刊二
巫称喜　陶淵明与道家思想　江西教育学院学報一

揚傑　陶淵明・謝霊運的詩歌芸術浅探　済寧師専学報四
楊鳳琴　陶淵明的自然質性与陶詩的自然風格　集寧師専学報三
楊剣鋒　論陶淵明的生命意識　藍州大学学報三
袁伯誠　陶淵明読書「不求其解」与魏晋学風之変化　固原師専学報五
張又　陶淵明和華茲華斯的「静」中之「動」　四川師範大学学報五
張覚　陶詩語言風格一瞥―従「帰園田居（其一）」看陶淵明的語言芸術追究　九江師専学報四
張学成・李桂奎
「帰去来兮辞」創作地考弁　九江師専学報二
趙叡才　李白与陶潜詩風比較研究　文史哲三
趙治中　『陶淵明論叢』後記　九江師専学報二
鄭長天　心性自然与神性自然、陶淵明与華茲華斯之比較　中国韻文学刊二
鄭徳開　一曲無可奈的悲歌―陶淵明的帰隠与詩歌創作新論　楚雄師専学報二
周玲　人生支撑的失落―論陶淵明的人生悲劇　湘潭大学学報四
周期政　陶淵明真淳的人格追求　郴州師専学報五
朱球麒　小説前史時期的叙事因素―以「桃花源記」為中心　江蘇社会科学四

二〇〇一年

単行本

曹道衡　魏晋文学　安徽教育出版社

龔斌　陶淵明伝論　華東師範大学出版社

論文

岸華　鍾優民新著『陶学発展史』対魏正申研陶論著的評価摘編　鞍山社会科学二
白振奎　従「外野孤鴻」到「翼翼帰鳥」嵇、阮与陶淵明的心路歴程一瞥　中国韻文学刊一
白振奎　陶淵明義利観之超越及其哲学視角観照　貴州社会科学二
白振奎　魯迅之陶淵明研究方法論特色及成因探析　復旦大学学報二
鮑鵬山　南山種豆、陶淵明、中古風流之五　尋根五
貝京・王攸欣
　陳寅格的陶淵明研究述論　中国文学研究二
曹虹　陶淵明「帰去来辞」与韓国漢文学　南京大学学報（社科版）六
査暁波　使途、田園、桃源、陶淵明田園思想述論　江淮論壇六
陳翠平　論陶淵明的孤独及超越　九江師専学報一
陳建華　陶潛、李白詩歌的一個文化情結　青海社会科学六
陳平　陶淵明詞賦新論　江蘇理工大学（社科版）四
陳同方　「田園」「山水」意趣別情、浅論陶淵明、謝霊運的帰隠和詩作　淮北煤師院学報六
陳怡良（台）憶我少壮時、無楽自欣豫、試論陶淵明的少年形象　九江師専学報二
陳義烈　陶淵明対蘇軾創作的影響　九江師専学報四
陳在東　王維・陶淵明田園山水詩之差異　臨沂師院学報一
程千帆　『陶淵明伝論』序　九江師専学報三
崔向栄　論陶淵明的居貧心態和人生境界　学術研究一〇

戴建業　「委心」与「委運」、論陶淵明的存在方式　九江師専学報増刊
鄧安生　従隠逸文化解読陶淵明　天津師範大学学報一
鄧安生　陶淵明的「任真」与陶詩的自然本色　九江師専学報増刊
鄧福舜　陶詩遠境説　北方論叢三
鄧小軍　陶淵明与廬山仏教之関係　中国文化一七―一八
丁永忠　陶詩仏音箋釈（一）　重慶教育学院学報一
丁永忠　陶詩仏音箋六例　九江師専学報増刊
範偉軍　試論陶淵明人生理想境界的形成及芸術表現方式　伊犂師院学報四
方勇　南宋遺民対陶淵明形象的重新闡釈　文史知識一二
高建新　陶淵明人格価値再認識　内蒙古社会科学二
高建新　陶淵明「閑情賦」難帰「閑正」　集寧師専学報三
高建新　陶淵明隠居及其思想再評価　内蒙古社会科学五
高原　論陶淵明的「自我実現」与強者風範　天水師院学報一
龔斌　『陶淵明伝論』自序　九江師専学報三
龔斌　新世紀瞻望、再創陶淵明研究的輝煌　九江師専学報増刊
貢小妹　性本愛丘山　守拙帰田園、試論田園詩中的隠逸思想和人生追求　滁州師専学報一
谷雲義　『陶学発展史』序　九江師専学報一
何小顔　「悠然見南山」別解　社会科学報一一
何悦玲　共生与和諧、人類家園的古典理想境界、「桃花源詩幷記」的生態美学解読　陝西師範大学学報二

賀瑩	王国瓔的学術風格、読「古今隠逸詩人之宗、陶淵明論析」	遼寧大学学報一
黄越	陶淵明「金剛怒目」式詩歌浅談	徐州教育学院学報三
霍建波	人品与花品、陶淵明与菊花之関係小論	集寧師専学報一
今場正美	論陶淵明的「閑情賦」	九江師専学報増刊
李春青	心中之景与眼中之景、陶詩与謝詩的文本差異及其文化原因	社会科学輯刊二
李瑞明	陶淵明清潔精神	華夏文化一
李華	陶令、陶詩与「幻化」	中国芸術報二月十六日
李華	二十世紀陶詩風格研究重要成果概説	江西社会科学一〇
李剣峰	隋唐五代陶淵明接受史概論	山東師大学報三
李剣峰	加強陶淵明接受史研究	九江師専学報増刊
李剣峰	青山遮不住、華竟東流去、陶淵明詩在南北朝的伝播	文史知識一二
李金坤	「帰去来兮辞・創作地考弁」補正	九江師専学報二
李文初	読「擬挽歌辞三首」扎記	九江師専学報増刊
李寅生	独到的農村生活画面展現、陶淵明与小林一茶的田園農事詩比較	九江師専学報増刊
李迎新	帰鳥意象与陶淵明的自然哲学観	理論観察一
力之	『文心雕龍』不提陶淵明乃因淵明入宋弁	社会科学戦線三
梁燕麗	無我之境与有我之境、陶淵明与華茲華斯自然詩的比較	黎明職業大学学報二
劉済遠	陶淵明田園詩的審美理想、論陶淵明田園詩個性特色	湖南教育学院学報二
劉静	二十世紀的日本陶淵明研究	九江師専学報増刊
劉来春	平淡中見豪放　豪放中蘊平淡、従陶詩中的菊花意象再議陶詩風格	安徽工業大学学報（社科版）四

劉隆有　陶淵明「性不解音」弁　貴州文史叢刊三
劉石　責子与誉児、也談陶淵明「責子」詩及其他　古典文学知識一
羅薇　不自覚与自覚、従陶淵明与王維的思想体系看其詩風之不同　黔南民族師専学報一
馬暁坤　陶淵明田園詩作的芸術境界　九江師専学報四
馬暁坤　陶淵明・謝霊運与晋宋時期詩運之転関　江西社会科学六
梅大聖　「詠貧士」、陶淵明帰田心態及其理想人格模式構想的描述　遼寧大学学報二
梅俊道　陶詩的理趣　九江師専学報増刊
平井徹　中国陶淵明研究動態　鞍山社会科学一
蒲日村　談陶淵明的「酔」　榕州師専学報四
上田武　従贈答詩的世界是看陶淵明与青年友人的関係　九江師専学報三
上田武　淵明和束晳　九江師専学報増刊
石川忠久　陶淵明研究上的各種問題　九江師専学報増刊
矢嶋美都子　関於中国古詩中「柳樹」形象的演変和陶淵明号為「五柳先生」的来由　九江師専学報増刊
蘇燕平　孤夜難眠、我心誰知、阮籍「詠懐」(其一) 和陶潜「雑詩」(其二) 的比較　名作欣賞三
孫紅・張中民　陶淵明対儒家思想的継承和突破　九江師専学報三
孫明君　掙扎在仕与隠之間痛苦霊魂、読陶淵明「雑詩 (其二)」　古典文学知識二
王海平　陶淵明隠逸心理結構及詩歌意境　社会科学家二

王啓濤　陶淵明与仏教関係新証　西南民族学院（社科版）一〇

王汝瞻　論陶淵明的処世行為　皖西学院学報四

王卓　精湛的文学史著、深刻的学術啓示　社会科学戦線四

汪榕培　譲陶淵明走向世界　九江師専学報増刊

韋春喜　陶淵明詠史詩試論　楽山師院学報五

魏正申　陶淵明果真没有「立言」思想嗎？　九江師専学報四

魏正申　日本二十世紀陶淵明研究評述　九江師専学報増刊

魏正申　陶淵明開創田園詩、力耕与筆耕的結合　鞍山社会科学四

魏正申　「陶淵明論叢・序」　鞍山社会科学五

文愛軍　陶淵明与華茲華斯詩歌芸術的差異　株州師専学報六

呉国富　「五柳先生」及「無弦琴」的守窮守黙、従揚雄看陶淵明的「憤宋」　九江師専学報二

呉国富　九十年代陶淵明研究的新拓展　九江師専学報増刊

呉雲　功夫在陶外与功夫在陶内、二十世紀陶学研究略論　九江師専学報増刊

夏元明　略論陶淵明之「志」、兼与魏正申教授商権　九江師専学報二

向彪　陶淵明的晩年心態与晋宗易革　懐化師専学報四

徐声揚　関於陶淵明従庚子到乙巳年間的行踪考　九江師専学報一

徐声揚　「形影神三首」書後　九江師専学報三

徐声揚　対「曾集題識」一文点校提出意見　九江師専学報四

徐声揚　釈「桃花源詩幷記」的芸術構想　九江師専学報増刊

徐志堂　「桃花源」理想的深層意蘊　渭南師院学報三

鄒化志　「帰去来兮辞」弁　文芸研究三
顔建華　陶詩的審美取向　安順師専学報三
楊彬　奇文共欣賞 異人秘精魂、陶淵明・謝霊運詩比較　廊坊師院学報三
楊合林　陶氏家族伝統的建構与継承、従陶淵明「命子」詩談起　江西社会科学一〇
楊麗珍　「桃花源記」的率真美　寧徳師専学報一
葉愛欣・王山林　元初劉因「和陶詩」的内蘊　平頂山師専学報一
葉帮義　試論陶淵明詩賦中的浪漫情境　五邑大学一
葉康　陶詩的抒情与朴素和自然的芸術風格　都江学刊三
依淑清　陶淵明詩中的老荘思想的再認識、「帰園田居」「飲酒」両首詩的注釈引起的思考　遼寧師専学報五
喩継軍・胡志紅・喩吟　陶・謝詩歌境界之比較　中国地質大学学報一
袁伯誠　試論陶淵明「不求其解」的読書方式　東方論壇一
袁行霈　陶詩析疑　北京大学学報三
張虎升　人性、自由意志的追求、陶淵明三篇奇文的再討論　武漢教育学院学報五
張虎外　陶淵明的文照情結　江漢大学学報二
張可札　陶淵明詩文三要義　文学遺産三
張偉　浅論陶淵明詩歌的主要意象　遼寧広播電視大学学報四
張詠鈴　論「閑情賦」的独特性　武漢科技大学（社科版）三

張子剛　蘇軾対陶淵明「閑情賦」評価之正解　延安心大学学報三
沼口勝　関於「擬古」（其三）詩的寓意、探討与呉歌西曲及「易」的関聯性　九江師専学報増刊
趙治中　対陶淵明研究誤区的思考　江西社会科学五
趙治中　二十世紀弁析陶淵明「忠憤」説述評　九江師専学報増刊
鍾優民　『陶淵明研究資料新編』後記　九江師専学報一
鍾優民　世紀回眸　陶壇百年　社会科学戦線二
鄒暁霞　陶淵明的固窮之志論　遼寧師範大学学報（社科版）六
周嘉恵　陶淵明的孤独与超脱　青島教育学院三
周雍雍　詩論陶淵明詩歌与西方「湖畔詩人」詩歌的異同　浙江師大学報三
朱邦国　「閑情賦」之我見　淮陽師院学報四
祝紉　論陶淵明詩的「四趣」　遼寧師専学報五

二〇〇二年

単行本

李剣鋒　元前陶淵明接受史　斉魯書社

論文

安暁紅　狂与逸、華滋華斯、陶淵明田園詩比較　滄州師専学報二
白振奎　陶謝詩中之「理」比較、兼論詩与理的関係　北方論叢一
白振奎　陶詩与鳥、兼論陶淵明玄学人生観的詩意転換　南昌大学学報（社科版）三

薛琴　華茲華斯和陶淵明詩歌比較分析　巣湖学院学報二
蔡彦峰　『捜神後記』作者考　九江師専学報三
蔡振雄　陶詩「平淡」芸術境界的再審視　牡丹江大学学報六
陳継燦　浅談陶淵明的詠懐詩　湖北広播電視大学学報三
陳暁芬　天生万物、余得為人、論陶淵明的生命意識　華東師範大学学報（社科版）四
程鴻　陶淵明田園詩的自然風格　語文学刊三
池大紅　静謐的田園与躁動的詩魂、陶淵明、華茲華斯対自然和田園生活体認的比較　荊州師範学院学報四
崔鳳珍　浅談陶淵明詩的理趣　内蒙古電大学刊二
戴建業　「委心」与「委運」、論陶淵明的存在方式　北京工業大学学報（社科版）一
鄧小軍　陶淵明「述酒」詩補、兼論陶淵明在晋宋之際的政治態度及其隠居前後両期的不同意義　首都師範大学学報（社科版）一
傅正義　中国詩歌「無我之境」奠基者、陶淵明　西南民族学院学報一〇
高華平　陶淵明儒、釈、道弁証統一的芸術人格　華中師範大学学報三
高建新　関于陶詩「自然」「平淡」的美学評価　内蒙古大学学報（社科版）一
高建新　陶淵明与後代詩人之関係略論　零陵師専学報一
高建新　「聊且凭化往、終返班生廬」、陶淵明前期生活事跡評述　集寧師専学報二
高建新　「以文為詩」始于陶淵明　内蒙古師範大学学報（社科版）四
高建新　陶淵明在唐代的地位及其与王維、孟浩然之関係　大連民族学院学報四
高林広　唐人的陶淵明批評　内蒙古師範大学学報（社科版）四

高文　陶淵明人格解読　株州師専学報一
高文　曠世知音、陸游和陶淵明　肇慶学院学報一
高文　盛年不重来、一日難再晨、論陶淵明詩歌中「晨」意象　井岡師院学報二
韓振義　呉雲「魯迅批評朱光潜〈静穆〉説」的提法欠妥　鞍山社会科学二
郝鳳彩　陶淵明詩歌中的時間描写　語文学刊六
何艶梅　試論陶詩的芸術独特性　承徳民族師専学報三
賀忠順　百年文苑知己、一序空谷足音、評蕭統的「陶淵明集序」　常徳師範学院学報六
胡建次　宋代詩学批評視野中的陶淵明論　九江師専学報二
胡迎建　試論杜甫対陶淵明的伝承与創新、兼論両人之異同　江西社会科学一〇
黄中習　従陶詩英訳看文化特色詞的翻訳方法　遼寧工学院学報（社科版）三
黄中習　陶淵明詩文英訳的力作、読譚時霖『陶淵明詩文英訳』　暨南大学学報（社科版）四
江合友　論陶淵明詩的哲学境界　景徳鎮高専学報三
景蜀慧　陶淵明的「新自然観」芻論　中山大学学報（社科版）四
闞麗紅　異曲同工之妙、鍾優民与魏正申的20世紀陶学発展史論述評　鞍山社会科学六
李海燕　陶淵明与隠士文化　山東教育学院学報二
李紅霞　論唐代桃花意象的新変　西南民族学院学報一
李紅霞　論唐人対陶淵明的受容　蘭州大学学報三
李歓喜　論蘇軾「和陶詩」之閑適与飲酒主題　草原芸壇二
李剣峰　宋末愛国士人与陶淵明的深刻共鳴　九江師専学報一
李剣峰　蘇軾「和陶詩」深層意蘊探論　九江師専学報三

李剣峰　近現代陶淵明研究的開拓者梁啓超　山東師範大学学報（社科版）三
李可風　陶淵明的詩化人格　太原師範学院学報二
李耀南　玄学視野中的陶淵明人生観和審美人生境界　華中科技大学学報（社科版）六
李寅生　日本和陶詩簡論　鞍山社会科学四
李永紅　「菊能制頽齢」論陶淵明采菊服菊的摂生意図　古籍整理研究学刊六
李裕斌　論畳詞和聯綿詞与陶淵明審美之聯系　玉渓師範学院学報五
力之　関于『文心雕龍』論文不及陶淵明之問題　広西師範大学学報（社科版）二
梁頌成　理想憧憬、桃花源与遷謫文学　四川師範学院学報五
劉大純・劉新農
　陶詩中的西荊南荊考　麗水師専学報一
劉洪生　哲学与詩的嫁接、重析陶淵明詩「飲酒」其五　語文知識七
劉寛文　魏晋玄学対陶淵明的影響　西蔵民族学院学報四
劉孟陽　呉雲否定魯迅先生陶詩風格論　鞍山社会科学一
劉明華　澄明之境、『陶淵明新論』　文芸研究六
劉済運　陶淵明田園詩的審美特性　船山学刊一
劉娟・楊克飛
　主体継承与価値選択、陶淵明思想発展浅論　石家荘師専学報二
劉士林　論陶詩的生命詩境　文芸理論研究五
劉蔚　陶淵明詩文中「楽」的内涵　徐州師範大学学報（社科版）三
劉暁祥　柴桑考弁　九江師専学報三

劉中文　劉宋時期的陶淵明　哈爾浜工業大学学報（社科版）三

劉中文・鄭紅翠
鍾嶸対陶学的貢献　学術交流六

魯克兵・譚雲華
論陶淵明的飲酒　九江師専学報四

魯克兵　論「閑情賦」的経典化　玉渓師範学院学報六

馬暁坤　陶淵明蓄「無弦琴」之意弁析　九江師専学報二

欧陽伍　也談陶淵明「読史述九章」主旨　鞍山社会科学一

蒲日村　「久游恋所生」別解、兼論陶淵明的游宦心境　悟州師専学報一

銭素芳　「此中有真意 欲弁已忘言」、浅論陶淵明背離政治的人生取向　運城高専学報一

秦崇海　陶淵明、「不為五斗米折腰」考弁　河南広播電視大学学報二

松浦友久　従処所与理想的観点釈陶淵明的「暖暖遠人村」　鞍山社会科学五

舒韶雄　陶淵明「和劉柴桑」詩的系年和「弱女」句的解釈　黄石教育学院学報一

孫暁梅　陶淵明詩文生命主題的表現形式　江西社会科学三

陶江　陶淵明身世弁析　江西社会科学三

田部井文雄『陶淵明集全釈』序　九江師専学報一

万傑　従陶淵明到顔之推的路、浅析周作人後期的思想変遷　江西教育学院学報五

王定璋　潯陽襄陽二詩豪、陶淵明、孟浩然的人生追求与文学成就及其後世的影響
社会科学研究六

王佺　浅談鍾嶸対陶淵明的定位　古典文学知識四

王士君　浅論「和陶飲酒」在蘇軾詩中的独特地位　荷沢師専学報三
王廷箴　陶詩「早稲」考　鞍山社会科学六
王偉康　詩文与醇酒的完美結合、陶淵明詠酒之賞論　南京広播電視大学学報三
王文岭　従精神的漫遊致詩意的生存、試論陶淵明対中国文人士大夫精神家園的最後建構
南京暁荘学院学報一
王先霈　陶淵明的人文生態観　文芸研究五
王秀娟　論王維和陶淵明山水園田詩的異同　運城高専学報二
王雪梅　従儒士到隠者、浅析陶淵明思想之転変　勝利油田師専学報三
魏彤光　従陶謝詩歌看魏晋南北朝詩芸術発展　包頭職工大学一
魏正申　彭沢帰田後的陶令真的没有「事功」思想嗎、答梅大聖教授　遼寧大学学報一
呉国富　陶淵明「以詩立言」弁析　九江師専学報一
呉広義　人生旨趣与文学芸術的和諧統一、試論陶淵明田園模式的構建　陰山学刊四
呉紹釚　陶淵明与韓国詩人金時習之比較　東疆学刊三
呉沢順　非澹泊無以明志、読『陶淵明三論』　吉首大学学報（社科版）二
夏漢寧　陶淵明故里之争之評述　江西社会科学一二
徐慧珍・彭公亮
「沈酔」与「心遠」、陶淵明「飲酒」詩的哲学解読　理論月刊九
徐声揚　陶詩談片　九江師専学報二
徐声揚　析陶詩干支紀年的連貫性　九江師専学報四
許程明　試論陶淵明詩文中的樹木意象　韓山師範学院学報四

楊合林	陶淵明詩在東晋南北朝的被読解	文芸理論研究二
楊合林	陶淵明与江東地域文化之関係	吉首大学学報（社科版）二
楊合林	陶淵明不為劉勰重視的原因	湖南大学学報（社科版）三
楊継新	浅論陶淵明詩歌的植物意象	徐州教育学院学報二
楊雋	陶淵明的詩化隠逸之旅	哈爾浜学院学報四
楊敏	陶淵明田園詩的内容局限及其原因探析	天水行政学院学報五
楊素萍	従『詩経』到陶詩看田園詩的発展与成熟	淮南師範学院学報一
楊勇	奇文共欣賞 疑義相与析、試論陶淵明詩的複雑一面	文山師専学報一
葉丹菲	孔子、隠逸、陶淵明	哈爾浜学院学報一一
伊藤直哉	「快楽的陶淵明」前言	九江師専学報一
応達偉	浅談「桃花源記幷詩」的創作情結	新美術（中国美術学院学報）四
虞雲国	面対死亡的曠達詠譜、陶淵明与他的「擬挽歌辞」	文史知識二
張建偉	『陶淵明集』逯注献疑	九江師専学報四
張鈞・亓心	「桃花源記幷詩」在中国小説史上的地位	九江師専学報一
張鈞・付振華	浅析陶淵明生命哲学的両個層次	内蒙古民族大学学報（社科版）一
張泉	論陶淵明的隠逸及隠逸生活	理論学刊三
張映夢	陶淵明在宋代的地位及其与蘇軾、朱熹之関係	内蒙古社会科学二
張自華	陶淵明与王維山水田園詩意境的比較	華南理工大学学報（社科版）二
沼口勝	従帰鳥意象与『易経』之関係解陶淵明「飲酒」（其五）詩	九江師専学報二

趙慧先　真淳淡遠的田園意趣、浅談陶淵明詩歌的芸術風格　邯鄲職業技術学院学報二
趙厚均　飛動的精霊、不安的霊魂、陶淵明与鳥的再探析　青海社会科学三
趙寅　論陶淵明対理想人格的探求及独特的美学傾向　貴州師範大学学報（社科版）四
趙治中　20世紀弁析陶淵明「忠憤」説述評　天府新論二
趙治中　孟浩然与陶淵明異同論　鞍山社会科学三
周進軍　簡論陶淵明的孤独思想及原因　武警指揮学院学報六
周期政　玄学和陶淵明的人生境界　殷都学刊三
周期政　玄仏合流和陶淵明的空幻感　郴州師専学報四
周期政・曾曹媛　「帰園田居」（其三）解読　郴州師専学報六
朱琳　「五柳先生伝」写作時間之我見　河西学院学報六
鄒艶　唐詩中的陶淵明形象　中文自学指導二

二〇〇三年

単行本

北京大学北京師範大学中文系
北京大学中文系文学史教研室編　陶淵明史料彙編（古典文学研究資料彙編）　中華書局
李蒙　陶淵明　解放軍出版社
袁行霈　陶淵明集箋注　中華書局

論文

蔡覚敏　浅析陶、謝詩不同的深層原因　中国地質大学学報（社科版）一
蔡覚敏　和諧後的不和諧、論陶淵明帰隠後的生活　西南民族学院学報三
曹福剛・陳学文　論陶淵明田園詩的芸術特色　渭南師範学報六
常江　我国二十世紀陶淵明研究著論概況　鞍山社会科学一
常士俊　華滋華斯和陶淵明田園詩的比較研究　培訓与研究（湖北教育学院学報）四
陳愛梅　陶淵明与華茲華斯的処世理念与作品風格比較談　河南大学学報五
陳忠　二十世紀中日韓陶淵明研究信息概説　九江師専学報四
鄧瓊　我看陶淵明的四言詩　鞍山社会科学二
丁暁　北宋党争与蘇軾的陶淵明情節　浙江大学学報二
杜浣渓　陶淵明与読書　鞍山社会科学六
範学新　陶淵明田園詩与『詩経』農事詩之承伝、『詩経』与陶淵明之根源関係探討（二）　伊犂師範学院学報二
範学新　陶淵明四言詩与『詩経』的伝承関係　新疆師範大学学報二
高淮生　従『紅楼夢』看阮籍、嵇康、陶淵明対曹雪芹的影響　紅楼夢学刊二
高建新　「草露寄窮巷、甘以辞華軒」陶淵明後期生活、事跡評説　集寧師専学報一
高建新　従陶詩看陶淵明与酒之関係　内蒙古社会科学二
高建新　陶淵明在元明清及近代的地位及影響　零陵学院学報三
高建新　陶詩風格及景物描写　広播電視大学学報三

高林広　試論元好問的陶淵明批評　広播電視大学学報四
関愛萍　略論陶淵明詩歌意象及其人格凸現　康定民族師専学報四
顧海梅　為了心霊的自由投身自然的懐抱、陶淵明詩「帰園田居」品読　語文学刊一
郭維森　陶淵明的牧歌与悲歌　南京師大文学院学報二
何長文　陶淵明的詩、酒与人生　大連民族学院学報四
赫希娜　論陶淵明之「超脱」　語文学刊四
胡安蓬　「采菊東籬下、悠然見南山」的文化意蘊剖析　信陽師範学院学報四
胡暁明　客観的了解如何可能？以岡村繁『陶淵明新論』為中心的討論　東南大学学報四
胡暁明　岡村繁『陶淵明新論』筆談（一）什麼是詩文考証正路？与岡村繁教授商榷　社会科学五
解黎晴　陶淵明与「桃花源記」　華東旅遊報九月十二日
蘭寿春　真情的呼喚与回帰、陶淵明的友情与親情（一）　龍岩師専学報五
黎暁玲　陶淵明帰田詩的「静」　成都大学学報三
李剣鋒　従接受史角度蠡測陶淵明与恵運之関係湯用彤先生「十八高賢伝」偽作説補正　九江師専学報四
李可風　陶淵明的詩化人格　太原師範学院学報二
李顕根　蘇軾的陶淵明情結及其詩文創作　湖南広播電視大学学報二
李顕根　詩論蘇軾的「師陶情懐」与精神創作　江漢論壇八
李彦華　従陶淵明的詩文中看魏晋時代的人生態度　遼寧師専学報五
李寅生　日本和陶詩簡論　江西社会科学一

李中和　簡論陶詩古祥慶和的内因及其表現　陝西師範大学継続教育学報一
栗海　古「桃花源」一説　婁底師専学報一
劉春燕　陶淵明「田園詩」与謝霊運「山水詩」芸術風格之成因浅析　広西社会科学八
劉大純・劉新農　陶詩中的「鎮軍」考　九江師専学報三
劉中文　沈約、江淹与陶淵明　北方論壇一
劉中文　論蕭統対陶淵明的接受　求是学刊二
楼淑君　魏晋玄学対陶詩創作方式的影響　唐山学院学報二
盧佑誠　銭鍾書的陶淵明接受史研究　皖西学院学報一
魯克兵　論陶淵明飲酒的有待及無待性　玉渓師範学院学報二
陸暁光　岡村繁『陶淵明新論』筆談（三）「陌生者」叩問的回響『陶淵明新論』在上海出版感言　社会科学五
羅靖　陶淵明貧道関係略論　湖南商学院学報三
馬栄江・劉香蘭　従「栄木」詩看陶淵明的内心世界　青海師専学報三
梅大聖　論蘇軾梅嶺時期学陶情結　韓山師範学院学報二
梅小華　浅議『陶集』旧編「雑詩」第十二首的探討　鞍山社会科学三
寧松夫　孟浩然、陶淵明仕進思想之比較　西南民族大学学報八
潘勛　「飲酒」陶淵明的審美美化人生哲学　大理学院学報四
斉敏　論陶淵明的幽黙　伊犂師範学院学報二

銭鋼・呂晨　岡村繁『陶淵明新論』筆談（二）被還原的月亮　社会科学五

邱冬玎　陶淵明詩文中的懐古情結　周口師範学院学報六

申東城　陶潜田園詩和王維田園詩比較　巣湖学院学報六

施剣南　陶淵明的田園詩初探　斉斉哈爾大学学報三

石紅英　文学史研究的新方法、接受史研究、評李剣峰先生新著『元前陶淵明接受史』　山東科技術大学学報（社科版）二

石悦　浅論陶淵明詩的芸術風格　遼寧師専学報二

松浦友久　従知識分子「憂道」与「憂貧」的角度釈陶淵明的「勧農」詩　九江師専学報二

宋群　略論陶淵明的人格魅力与精神向度　銅陵学院学報一

唐朝暉・洪偉　融合与分裂、陶淵明田園詩与謝霊運山水詩境界特徴比較　湖南農業大学学報二

王定璋　浅談陶淵明的生年与故居　鞍山社会科学五

王景艶　陶淵明詩歌中飛鳥意象的人格凸現　浜州師専学報三

王明輝　清人極度儒化陶淵明現象及成因　九江師専学報三

王涘海　陶淵明併非真正意義上的隠士　零陵学院学報四

王叔新　論道家思想対陶淵明詩文美学思想的影響　台州学院学報一

王澍　再論鍾嶸『詩品』中的陶詩「源出于応璩」説、兼与袁行霈先生商榷　社会科学家三

王水根　陶淵明与「南蛮」族　南方文物二

王習波・張春暁　頌陶蔵心曲、謙抑避雄猜、論蕭統「陶淵明序」的別一面　中州学刊一

王艶　「何以慰吾懐、頼古多此賢」陶淵明「詠貧士」七首論析　克山師専学報二
王振泰　再説「弱女」乃陶淵明之女児　九江師専学報四
衛暁輝　重新理解陶淵明的可能性　蘭州大学学報四
魏正申　日本二十世紀的陶淵明研究　鞍山社会科学四
魏正申　浅談陶淵明創作的幽黙風格　鞍山社会科学八
呉邦江　朴淳、率真背後的理性、陶淵明人生解読　巣湖学院学報五
呉国富　適意従心与陶詩芸術　九江師専学報一
徐柏青　縦浪大化中、不喜亦不倶、従「形影神」詩看陶淵明的生命価値観　湖北師範学院学報四
徐声揚　陶淵明的名字号及「桃花源記」内涵専釈　九江師専学報一
徐声揚　釈陶淵明入仕的時間及其享年　九江師専学報三
徐永静　陶淵明的性情及其政治悲劇　阜陽師範学院学報二
楊徳山　論陶淵明的審美理想及田園詩的審美価値　蘇州教育学院学報二
姚暁菲　陶淵明「雑詩」十二首論略　龍岩師専学報五
袁玲玲　一次対死亡的精神漫遊、評陶淵明「挽歌詩三首」　九江師専学報二
張迪　陶淵明人文思想個性訣微　社会科学輯刊三
張雨生　不妨学学五柳先生、老年人読書之心態与方法　中国老年報十月十七日
張振国　陶淵明田園詩的老荘情趣　世界宗教文化一
張志傑　豪華落尽見真淳、読陶淵明的「帰園田居」其一　哈爾浜学院学報六
沼口勝　関于陶淵明「擬古九首」其一的表現手法和寓意　鞍山社会科学七
趙韡　自然的歌者、陶潜風度的深度闡釈　徐州教育学院学報二

趙暁嵐	二分梁甫一分騒、辛棄疾認同陶淵明的弁析	学海四
趙治中	「浩然可匹淵明、只是近陶而已」	九江師専学報一
趙治中	悟透人生　勘破生死、陶淵明的生命観簡論	鞍山社会科学七
周期政	陶詩中上古社会理想的玄学内涵探析	河北大学学報三
周群華	辛棄疾詞中的陶淵明現象	河北理工学院学報（社科版）二
周薇	陶淵明仕隠岐説芻議、岡村繁与龔斌的陶淵明研究比較	江漢論壇一
周薇	岡村繁対仕隠評価客観性之質疑	焦作工学院学報二
周暁琳	平淡出于自然、陶淵明「自然」心態解析	西華師範大学学報五
周遠斌	陶淵明在宋代被空前接受原因之探究	文史哲四
朱和君	李剣峰「元前陶淵明接受史」簡評	九江師専学報一

※小著を編集中、山田英雄氏が「陶淵明研究論文目録稿（中国、二〇〇〇—二〇〇二）」（中京大学教養論叢第四五—二、二〇〇四年）を発表していることがわかった。また、「陶淵明研究論文索引(中國）一九九四年」（六朝学術学会、一九九九年）も合わせて紹介する。

初出誌一覧

第一章　日本における陶淵明研究について

原題　日本における陶淵明研究について

『大東文化大学中国学論集』第二十号二〇〇三年三月二十五日

第二章　「たのしみ」の表現［1］陶淵明の詩文に見える「たのしみ」の表現の基本的な特徴

「和」について

原題　陶淵明の詩文に見える「快楽」表現について――「和」をめぐって――

『大東文化大学漢学会誌』第四十二号二〇〇三年三月十日

第三章　「たのしみ」の表現［2］従来の表現から発展し陶淵明の独自性が見られる言葉

第一節「歓」と「娯」について

原題　陶淵明の詩文に見える「快楽」表現について――「歓」と「娯」をめぐって――

『大東文化大学中国学論集』第十七号二〇〇〇年三月二十五日

第二節「称心」について
原題　陶淵明の詩文に見える「快楽」表現について――「称心」をめぐって――
『六朝学術学会報』第三号二〇〇二年三月

第四章「たのしみ」の表現［3］従来の表現を逸脱する言葉

第一節「楽天」について
原題　陶淵明の詩文に見える「快楽」表現について――「楽天」をめぐって――
『大東文化大学漢学会誌』第四十一号二〇〇二年三月十日

第二節「悠然」について
原題　陶淵明詩における「悠然」について『大東文化大学中国学論集』第十五号一九九八年三月二十五日

付録

「遊斜川幷序」考
原題　陶淵明「遊斜川幷序」考
『大東文化大学漢学会誌』第四十四号二〇〇五年三月十日

陶淵明関係研究文献目録（稿）――日本編――一九七八―二〇〇四
原題　陶淵明関係研究文献目録（稿）日本編　一九七八～一九九七
『大東文化大学中国学論集』第十六号一九九九年三月三十一日

原題　陶淵明関係研究文献目録（稿）日本編　一九九八年

『大東文化大学漢学会誌』第三十九号二〇〇〇年三月十日

原題　陶淵明関係研究文献目録（稿）日本編　一九九九～二〇〇〇

『大東文化大学中国学論集』第十九号二〇〇二年三月三十一日

陶淵明関係研究文献目録（稿）——中国編——一九七八—二〇〇三

原題　陶淵明関係研究文献目録（稿）中国編　一九七八～一九九七

『大東文化大学漢学会誌』第三十九号二〇〇〇年三月十日

以上である。本著をまとめるにあたり、いくらか訂正を加えた。

あとがき

本書は、大東文化大学大学院文学研究科博士号請求論文「陶淵明文学研究――「たのしみ」の表現を中心にして――」をもとにし、それに論考一編をつけ加え、全体をまとめ直したものです。初出誌に列記しましたが、博士号請求論文は一九九八年から二〇〇三年に発表した論文により成っています。

その数編の拙論の中で、一番始めに書いたのは「陶淵明詩における「悠然」について」でした。これは、二年間の中国留学（北京大学中文系高級進修生）を終えた後に、修士論文「陶淵明研究」をまとめ直したものです。初めて書く学術論文でしたので、とても苦労し、やっとの思いで書き上げました。書き終わると、たくさんの苦しみのなかにわずかなよろこびのかけらがあることを見つけました。そのよろこびが励みとなり、今まで続けることができたように思います。

二つめに書いたのは、「陶淵明の詩文に見える「快楽」表現について――「歓」と「娯」をめぐって――」です。これは、一九九九年五月三十日に東北中国学会（於山形大学）にて初めて学会発表をし、それをさらに修正して、同年十月三十一日に六朝学術学会大会（於湯島聖堂）にて発表した原稿にもとづいたものです。東北中国学会では司会をしてくださった弘前大学の山口為廣先生をはじめ、寛政高等学校の小林恒彦先生、東北学院大學の塚本信也先生、東洋大学の阿部兼也先生、六朝学術学会においては、司会をしてくださった筑波大学の向嶋成美先生をはじめ、立命館大学の清水凱夫先生、桜美林大学の伊藤直哉先生、二松学舎大学の石川忠久先生・大地武雄先生、福岡大学の松浦崇先生より種々のご教示をいただきました。ここにあらためて御礼申し上げます。この小論は、初めての学会発表を経て、それをまとめたものでしたので、思い出深いものとなっています。

その他一つ一つの拙論を読み返すと様々なことを思い出します。苦しかったこと、たのしかったこと、思い出は尽きません。思い返すと、一人で悩み苦しんだのではなく、いつも相談にのってくれ、アドバイスをしてくれる仲間がいました。ゼミの仲間、大学院の仲間、すばらしい仲間に心から感謝しています。

修士の二年間と中国留学前の博士二年の夏まで、内山知也先生にご指導いただきました。帰国後の一九九八年の四月から二〇〇一年の三月まで、小川陽一先生にご指導いただき、博士論文の副査もしていただきました。小川先生は、学会発表の機会を与えてくださり、また博士論文を出すようにと助言をいただき、博士論文の副査もしていただきました。博士論文の副査は、大川忠三先生も担当していただき、数々のご教示を賜りました。学部生の時より今に至るまでもご指導いただき、中国文学のおもしろさを教えてくださった門脇廣文先生。門脇先生は博士課程の最後の年に指導教授と、博士論文の主査を担当していただきました。その上、お忙しいなか、本書のために序文を書いてくださりました。本当にありがとうございました。先生方にあらためて心より御礼申し上げます。

本書を担当してくださった汲古書院の小林詔子さん。途中でパソコンが壊れ、体調までも崩し大変ご迷惑をおかけしたにもかかわらず、いつも「あせらないで」と暖かい励ましをいただきました。ありがとうございました。

最後になりましたが、長い長い学生生活を理解し援助し励ましてくれた両親、留学時代に知り合って以来、心の支えになってくれた夫隆一に感謝しています。

二〇〇五年九月十三日

三　枝　秀　子

束晳　59
孫綽　186

タ行

載公　158
高橋和巳　19,20,29
田部井文雄　42,184,186
段玉裁　48,54
張華　134
張衡　112
長沮　59
陳寿　88
陳寔　125,126
陳琳　75-79
都留春雄　42,73,184,185
禰衡　134
丁柴桑　70,82
鄭政浩　47,48
陶侃　19,56
陶敬遠　69
陶青　56
陶淡　19
董仲舒　59
藤堂明保　53,101
陶茂　56
杜甫　28

ハ行

長谷川滋成　184,185
白居易　6,30,40
花房英樹　155
潘岳　75,77-79,153
班固　133
班昭　133
范曄　88,102
武帝（曹操）　99
文王　157
包景誠　186,187
龐参軍　82
鮑叔　98,111,112
本田済　123,124

マ・ヤ行

松枝茂夫　42
孟嘉　56,79,80,163
孟二冬　54,131,132
庾信　126
楊肇　77
楊韶　77,78
楊潭　77,78
揚雄　99
吉川幸次郎　14,15,17,20,22,24,26-29,33,39,73,147
吉川忠夫　197

ラ・ワ行

陸機　78,154
李康　124,127,129
李善　50,125-129,135
李沢厚　43-45,47
劉絵　159,161,162
劉義慶　157
劉琨　99,128
劉峻　124,129
劉邦　153
逯欽立　185,186
列子　51
盧諶　99
和田武司　42

人名索引

ア行

網裕次　155
石川忠久　14,19-21,24,39,184,185
一海知義　14,17,21,31
伊藤直哉　13,15,32,42,95
井上一之　148,149,152,159,162
韋孟　153
禹（夏禹）　59,157
上田武　42,184,186
内田泉之助　155
栄啓期　51,114
袁行霈　186-188
袁紹　88
燕の太子　103
王羲之　157,181,182,186,187,188,195,198
王詡　195
王粲　154
欧陽建　130,138
王陵　154
大上正美　15,25-28,33,147-149,157
岡村繁　14,22-27,39,97
荻生徂徠　74,84,101

カ行

賈誼　126,132,133
郭維森　186,187
郭璞　8,146,152,157,159,160,162
門脇廣文　6,15,29,33,109,110
賈謐　78
釜谷武志　42,73,184,185
川合康三　6,13,15,29-32,40,42,90,95-97,106,122,181,182,197
顔延之　20,57
桓温　56
顔回　87,88,114
韓康伯　123,124
管仲　98,111,112
干宝　153
堯　108,109
綺里季　51
孔穎達　123,124
楠山春樹　101
屈原　75
荆軻　103
嵇康　26,41,47-51,87
缺　59
桀溺　59
阮籍　26
項羽　154
江淹　155
后稷　59
孔子　59,87
興膳宏　15,28,30-32,110,197
黄帝　108,109

サ行

崔琰　88
蔡邕　125,126,129,136
士孫萌　154
斯波六郎　14-17,22,24,39,147
謝安　157,158
謝霊運　75,78,79,158,159,185
周公　128
周陽珪　165
舜　59
鄭玄　88
邵生　83
植丈翁　166
鈴木虎雄　15
石崇　90,182,186,187,195
単豹　102
宋玉　57,75,76,78,84
曹成　134
曾皙　108
曹植　127

『陶淵明箋注』　186,187
『陶淵明 世俗と超俗』　14,22,25
『陶淵明伝』　14,17,26,27
『陶淵明とその時代』　14,184,185
『陶淵明の精神生活』　184,185
『陶淵明詩訳注』　14,15,16
「桃花源記」　17,21
「桃花源詩」　58
「東征賦」　133,134
「陶徴士誄」　57
「答賓戯一首」　133
「答龐参軍」　82,83,85,86
「答盧諶詩一首幷書」　99
「読曲歌八十九首」　161
「読史述」　98,106,111
『読書の学』　15
「読山海経」　17,21

ハ行

「馬汧督誄」　153
「挽歌」（擬挽歌詩）　21,22,28,32,122
「丙辰歳八月中於下潠田舎穫」　81
「諷諫一首」　153
「鵩鳥賦」　126,129,132,133,135,137
「弁命賦」　124,129
「北征」　28
「補亡詩」　59

マ・ヤ行

「癸卯歳始春懐古田舎」　80,166
「命子」　164
『文選』　181,185,188
「遊斜川」（詩）　58,183,186,187,195,198-204
「遊斜川」（序）　58,182,187,191-193,195,198,
203-205
「遊斜川幷序」（「遊斜川」序と詩）
181,182,184-188,202,204,205
「遊仙詩十九首」　146,157,159,160,162
「遊覧詩二首」　76
「与殷晋安別」　164

ラ・ワ行

『礼記』　41
『礼記』楽記篇　45
『乱世を生きる詩人たち』　197
「蘭亭詩」　182,186-188,195-198,200-204
「蘭亭序」（蘭亭集序）　181,182,187,188,192,
193,195,198,202-205
「臨終詩」　130,138
『呂氏春秋』適音　101
『論語』先進篇　106,108,196
『論語』微子篇　166
「和郭主簿」其の二　59
「和胡西曹示顧賊曹」　164
『「笑い」としての陶淵明 古しいユーモア』
15,32
「和劉柴桑」　105,106

「雑詩」其の五　72,73,90
「雑体詩三十首」　155
「山居賦」　158,159,162
『三国志』魏志、武帝紀　99
『三国志』崔琰伝　88
「時運」　57,98,106,109,111,185
『爾雅』　152
「思帰引」序　90,91
『史記』刺客列伝、荆軻　103
『詩経』　8,146,148,149,153-156,159,161-167
『詩経』国風、周南、関雎　145,151
『詩経』邶風、雄雉　151
『詩経』王風、黍離　150,151
『詩経』国風、曹風、候人　98
『詩経』小雅、鹿鳴之什、鹿鳴　46
『詩経』小雅、南有嘉魚之什、車攻　150
『詩経』小雅、魚藻之什、漸漸之石　150
「自祭文」　21,22,32,40,41,45,46,52,55,61-63,95,121-123,126,129-132,135-137,140,164
「止酒」　21
「子夜歌四十二首」　161
『訳文筌蹄』　74,98,101
『周易』　8,121-130,135,139,140,176
「酬丁柴桑」　70,82,83
『周礼』地官　46
「招魂」　75,84
「鵩鵜賦」　134
「晋紀総論」　153
「晋故征西大将軍長史孟府君伝」　56,79,163
「神女賦」　57
『人物中国の歴史六 長安の春秋』　15,28
「声無哀楽論」　47
「責子」　20,21
『世説新語』　148
『世説新語』言語第二　157,159,162
『世説新語』雅量第六　157-159,162
『説文解字』　48,54,98,101,152
「餞謝文学」　159,161,162
「扇上画賛」　165
『荘子』　87,88
『荘子』譲王篇　87
「贈士孫文始一首」　154
「贈羊長史」　85
『楚辞』　8,146,148,149,152-154

タ行

『高橋和巳全集』　19
『中国のアルバ』　181,197
『中国の自伝文学』　15,29
「陳太丘碑文一首」　125,129,136
「己酉歳九月九日」　100,106,108
「停雲」　54,55
『陶淵明』（鑑賞中国の古典第十三巻）　184,185
『陶淵明』（中国詩人選集）　14,17,21
『陶淵明―虚構の詩人―』　14,21
『陶淵明詩解』　15
『陶淵明集』　186
『陶淵明集全釈』　184,186
『陶淵明集全訳』　186,187

書名・作品索引

ア行

「為賈謐作贈陸機」　77
「飲酒」序　70-73,83,85,86,90
「飲酒」其の一　83
「飲酒」其の五　145,148,165
「飲酒」其の九　70,71
「飲酒」其の十一　98,106,113
「飲酒」其の十三　17,21
「飲酒」其の十九　164
「禹渡江讚」　126
「運命論」　124,127,129
『淮南子』人間訓　101
『王羲之 六朝貴族の世界』　197
「鸚鵡賦」　134

カ行

「懐旧賦」　77
「重贈盧諶一首」　128,129,135,137
『華夏美学』　43
「庚子歳五月中従都還阻風於規林」其の二　112
『楽府詩集』　147
「楽府四首箜篌引」　127,129,135,137
「漢高祖功臣頌」　154
『漢字語源辞典』　53
「感士不遇賦」　138
「閑情賦」　17,21,22,55
「勧農」　58,164
「擬詠懐詩二十七首」其の十八　126
「帰園田居」其の一　104
「帰園田居」其の五　82
「擬魏太子鄴中集詩八首」序　78
「帰去来兮辞」　80,88,112,123,135,139,140
「擬古」其の五　21
「擬古」其の七　58
「帰鳥」　60,165
「帰田賦」　112
「九日間居」　71,73,85,86,89
「享廟楽辞十八首」昭夏楽　162
「金谷詩序」　182,195,205
「琴賦」　41,47-51
「形影神」　17,21,28,96,110,111
「形影神」神釈　132,133,135
「劇秦美新」　99
『阮籍・嵇康の文学』　15,27
「広韻」　54,152
「後漢書皇后紀論一首」　102
『後漢書』梁鴻伝　88
『国語』周語　44
「乞食」　19,21
「五柳先生伝」　21,28,30,31,85,86,110

サ行

「祭従弟敬遠文」　69,88
「祭程氏妹文」　56
「蜡日」　58,103,104
「雑詩」其の一　82
「雑詩」其の二　53,55

著者略歴

三枝　秀子（さいぐさ　ひでこ）

1969年10月21日生まれ。山梨県出身。1992年３月大東文化大学文学部中国文学科卒業。1994年３月同大大学院文学研究科中国学専攻博士課程前期課程修了。同大大学院博士課程後期課程在学中、1995年９月から1997年７月まで北京大学中文系に高級進修生として留学。2003年３月同大大学院文学研究科中国学専攻博士後期課程修了。文学博士。現在、大東文化大学、実践女子大学、白百合女子大学にて非常勤講師を勤める。

たのしみを詠う陶淵明

平成十七年十月二十一日　発行

著　者　三　枝　秀　子

発行者　石　坂　叡　志

印　刷　富士リプロ

発行所　汲　古　書　院

〒102-0072 東京都千代田区飯田橋二-五-四
電　話　〇三（三二六五）九七六四
ＦＡＸ　〇三（三二二二）一八四五

ISBN4 - 7629 - 2781 - 1　C3098

KYUKO-SHOIN, Co., Ltd. Tokyo.